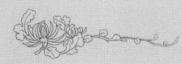

巧婦當家 1

文創風 522

半巧 著

目錄

序文

半巧

作為一酷愛種田文的人，作者君會寫這本《巧婦當家》，也是因為懷念曾在鄉下時，經歷過的一些兒時人生。

我這個人比較實在，很喜歡那種先頭窮，中間努力，後期發富的奮鬥人生；我也覺得，人嘛，就該有點奮鬥精神，這也是我喜歡寫種田文的原因。

書裡的人物，可以說從一開頭，就窮得叮噹響。不僅如此，女主原身還是個賣身為奴、爬過主子床、被打回鄉下、臭了名聲沒人敢要的惡女人。

她因不甘嫁給一個跛子，就上吊了結生命，讓作為現代女的穿越女主，在名聲不好、被眾人唾棄，還被夫婿嫌棄的情況下，一步一步走得甚是艱難。

沒有愛情，就努力收穫愛情；沒有吃喝，就努力創造食材掙銀子。待到好不容易憑著雙手，掙了銀子、富了生活，也有了一點點的商業基礎後，卻又因皇權，不得不將成果拱手相讓，最後落了個人財兩空。

可以說，文中女主的人生雖沒有大起大落，但超現實的生活，有時讓我們覺著真實的同時，也有著一些無奈與氣憤。寫這書時，裡面的「極品」，可以說讓很多讀者朋友們恨了個咬牙切齒，恨不得將他們碎屍萬段；也覺得男女主活得太憋屈，甚至覺得我不是親媽。

其實我覺得我一直都是親媽，可我是現實主義者，寫書，我當然也會把自己置身進去。

我是個從小就很苦的農家娃子，最是知道那種苦，那種被人嘲笑、讓人看不起，憋著一口氣也要活出個人樣來的感覺是什麼。

所以，我寫書從來很少甜言蜜語，卻勝在溫馨實際。

至於書中的男主，我就不提了，喜歡奮鬥和小溫馨的朋友們，可以打開書本，跟著女主一起去發現這悶騷男主的故事，我只能說，男主也是個極有故事的人。他雖然跛了腳，又毀了容，心腸還極冷，但他對女主，自始至終，都是從一而終。

書中一如既往秉持著作者君的風格，沒有小三，有的只有極品親戚、皇權與家國仇恨，還有一些商業知識，雖然不咋專業，但看看也無傷大雅嘛！

哈哈，好了，就不多說了，在這兒，對買過本書的讀者朋友們，先說聲謝謝了。謝謝你們的賞讀，也謝謝你們的支持。

致此！敬禮！

第一章

李空竹一大早被人從炕上挖起來，還未待睜眼，就被人連拉帶拽的強行套了件大紅的粗棉交領窄袖衣裙。

待一方浸了清涼井水的濕帕抹上臉後，她終於意識到一點什麼，開始睜眼四顧起來。還不待張口，再一次被身旁那三十多歲、自稱她娘的婦人給推到一張破舊的梳妝檯前。

「柱子娘，妳來吧！」郝氏見自家女兒老實的坐下後，這懸著的心總算鬆了一點，轉頭對守在外面請來的全福夫人喊道。

「欸，好！」木板門被人從外推開來，一名跟郝氏差不多年歲的婦人走進來。兩人互相對視一眼，那婦人便移到李空竹身後，轉頭對郝氏笑道：「妳放心，這兒有我就成了。」

「噯，那我出去忙別的了。」郝氏抿了下一絲不苟的髮髻，臨走時還不放心的用眼角瞥了眼過於安靜的女兒。

兩人點過頭後，柱子娘便從袖口中拿出一截紅棉細繩出來。「開始了啊！」

「喔！」李空竹淡淡的點頭，閉了眼。

柱子娘看得愣了一下，只覺這丫頭今兒咋有些不一樣了？隨後一想，都到這地步了，就是再鬧也改變不了啥的，還不如認命來得好。想著，她便癟了下嘴，咬住一頭紅繩，兩手撐著繩子，快速的在那張嬌豔的臉蛋上走了起來。

麻麻痛痛的感覺自臉上各處傳來，李空竹閉眼沈思。想著才來不到一天的工夫，都還來不及細細打量這房中擺設，居然就要嫁人了？雖說上輩子混到了二十七、八歲也沒人要娶她，可不代表她就該恨嫁不是？

幾不可聞的輕嘆了一聲。伴隨著臉上的痛感消失，她一睜眼，就見柱子娘將一盒白粉倒扣了大半在手上，對著她的小臉就是一通大抹。

農家婦人的手沒幾個是細皮嫩肉的，這婦人的手更是有好些皸裂開的口子，那大力的塗抹，讓李空竹疼得不由輕皺了下眉頭。

「咋地？還不甘心呢？」將半盒子的白粉扣到她的臉上，柱子娘看了眼那白得嚇人的小臉，滿意的點頭道：「要說妳如今的名聲，能有個娶妳的人，已是莫大的福氣了，這大戶人家裡的丫頭雖體面，可爬過主子床的，到底有些傷風敗俗不是？」

柱子娘一邊說著，一邊又拿了胭脂出來，同樣的倒了半盒在手，雙手交替的搓著，在她兩邊顴骨上大力揉搓了幾下後，才拍了拍手，轉移陣地的又給她盤了頭，插了根細細的銀簪子固定住。「行了！」

「謝謝嬸兒。」李空竹看著銅鏡裡那跟鬼有得一拚的形象，沒來由的心頭一鬆。這模樣，只要不是個憨的，想來沒幾個人有心情吃得下去的。

「嗯？喔！」柱子娘愣了一下，隨即趕緊應了她的謝。見她衝自己笑得恬淡，就沒來由的為剛剛那番話感到心虛。認真的看她幾眼，見她正眉眼溫和的與自己對視，就尷尬的搓手道：「開臉完了，一會兒讓妳娘進來跟妳說些貼心話。」

「好。」

杜子娘得了她的回話，便轉身出去，不想正好碰到有人進來。見到來人，她心口一鬆，臉上堆笑道：「梅蘭來了，來跟妳大姊說說話，這一走，得回門那天才能看到呢。」

「呵！」李梅蘭輕呵了聲，杜子娘卻置若罔聞的趕緊行了出去，李空竹淡笑著點頭目送她。一旁的李梅蘭見了，就不由得譏諷道：「怎麼？上吊一回，腦子也吊正常了？」

聽了這話的李空竹轉眸看了她。見她不過十一、二歲，小模樣清清秀秀，雖比不得原身嬌豔白淨，可作為農家女子，已算得上花兒一朵了。

「正常了。」相較於她尖刻的嘲諷，她倒是淡然。

李梅蘭沒想到她會這般回答，愣了一下的同時，又忍不住輕哼一聲，說了句「但願不是狗改不了吃屎」後，就又轉身，行了出去。

李空竹淡漠的看著那淺綠衣袂消失在門角處，轉眸看向鏡子裡被厚粉遮蓋的嬌顏，不由苦笑連連。

原身的腦子，也不知咋想的，十年的賣身契約不好好遵守，偏要憑著幾分姿色去爬床，若不是活契的身分，怕是早被主家打死掩埋了。就這樣，仍不消停的要賣身做妾，搞得名聲盡臭不說，連帶還連累自己的弟弟妹妹。

如今好不容易有人家願娶了，卻作死的要去上吊，這一吊，倒真真是給作到頭了。

李空竹摸了下頸間的紅色勒痕，聽著院中已然熱鬧起來的人聲，不知是誰高喊了一聲：「趙家兒郎來接親了。」緊跟著嘈雜哄鬧和喜慶的鞭炮聲也隨之傳進來，聽得她雙手開始不自覺的緊握起來。

接著只見郝氏急匆匆地跑進來，喝道：「趕緊將蓋頭蓋了，來接人了呢！」說著，也不待她反應過來，一條厚實的棉紅蓋頭就罩在她的頭頂。「柱子，快來揹你堂姊出嫁。」

「欸！」一名正處變聲期的粗嗄男聲響起，隨著腳步走近，他半蹲在李空竹的身邊。「堂姊，俺揹妳出嫁。」

李空竹平復了一下發緊的嗓子，淡淡的輕「嗯」一聲後，上了他不寬的背脊。隨著身下之人移動的步子，她心頭沒來由的慌了一下。

耳邊的人聲越來越響，有人在那兒高聲叫笑道：「趙家三郎，抱得動你婆娘上車不？哈哈哈……」

「兒啊——」眾人嘲笑聲中，郝氏開始了號哭。

隨著李空竹被背上牛車坐穩，一道潑水聲響起，代表這個閨女從今兒開始正式成了別家之人了。

告別了喧鬧的李家村，車行到達趙家時，不說什麼嗩吶鞭炮之聲，就連喧鬧吃席的賓客也無，出來迎接的是男方同一屋簷下所住之人。

來人遞了一根紅色布條放入李空竹的手中，有婦人大著嗓門的道了聲：「老三，牽著你媳婦去堂屋拜拜爹娘。」

於是，李空竹便跟著那扯緊的布條慢慢的下了牛車，跟進了院子。來到他們口中所說的堂屋後，便有人在身邊扶了下她的手臂，下跪磕了三個響頭。

待起身時，一道沈著的男聲響起道：「先這麼著吧，這熱孝期間不能大辦，委屈你了老三！」

「大哥、二哥也是為小弟著想，算不得委屈。」清清冷冷的低沈之音不鹹不淡的逸出，瞬間令氣氛冷卻不少。

有婦人上前打著圓場，扶著頂著蓋頭的李空竹道：「這禮成了，還是送新娘子進屋歇著吧。」

李空竹淡漠的將手中的紅布捏緊，跟著那牽引紅繩之人，抬步行了出去。

一盞茶的工夫後，不知何時已停下腳步的男人，淡道一句「到了」後，就有似老舊的木門聲，「嘎嘎」的響了起來。

聲音過後，男人的腳步聲也跟著走動起來。李空竹傾耳聽了一下，沒有感受到手中紅布的緊扯感，就慢慢將紅布向手中收了收。發現布條另一端似耷拉在地，心中一鬆，綳緊的嘴角也跟著向上輕微的翹起來。

她摸索著門框，藉著腳下的方寸之地跨過門欄，進屋後，又摸索著想將門給關起來。不想，聽到響動的趙家三郎，轉眼看到她的動作後，眉頭便不經意的挑動了半分，左側臉上密布的傷痕隨著他眉毛的挑動，顯得愈加猙獰。

李空竹將門關上後，就自行將蓋頭揭下來。待適應了光亮，再睜眼時，卻被不遠處立著的紅衣挺拔男子吸引了目光。

只見他面目清冷，唇薄淡粉，鼻挺拔俊秀，眉飛揚入鬢，鳳眼深沈如墨。她想，若不是左臉那張如荊棘般錯綜的傷痕，毀了他那如玉的容顏，即便是個瘸子，光憑著那張白皙如雪的無雙俊顏，也能讓不少良家好女子點頭同意了這門親事。

趙君逸見她沒有半分怯意的盯著自己看了半晌，就有些不悅的蹙了蹙眉。隨即似又想到什麼般，嘲諷的勾起嘴角，眼中慍怒一閃而過。

李空竹本能的感受到他的不喜，卻不在意的走過去，將蓋頭直接扔過架子床頂，轉了頭，衝他淡淡一笑。「當家的可否幫著打盆水？」

既他無意，那麼她臉上這厚得能嚇死人的白粉，也沒有留的必要了。

趙君逸微不可察的再次蹙了眉峰，卻沒有多說什麼的轉了身，拖著那條斷了的右腿，一瘸一拐的開門走出去。

見他出去，李空竹隨即坐在那張陳舊的架子床上，剛一落坐，床就「嘎吱」的搖晃了一下，心下嘀咕了句「還真是破舊」，眼睛便在屋子裡掃了起來。

不足二十坪的地方，除了一角擺了個箱櫃，臨窗有張斷腿小黑桌外，就再無其他多餘的裝飾。泥糊的牆上開了如手臂粗的裂縫，連著頭頂蓋棚的茅草，也有好些已是發黑陳腐。也不知這樣的房子，是如何禁受住四季的雷雨冬雪的？

將打量完，人就回來了，趙君逸冷著臉將水放在斷了腿的小黑桌上。李空竹淡然的笑著，起身衝他有禮的要著毛巾。

趙君逸冷淡的掃了她一眼，轉身就去箱櫃處，拿出一條嶄新的扔過來。

李空竹微不可察的聳聳肩，快速的將臉上的脂粉洗去。

待擦淨臉龐，趙君逸見她樣貌清麗白皙，臉如鵝蛋，眼如秋波，鼻子秀挺，唇紅如朱的，倒真真是有七分好顏色，也難怪會生了那等不該有的心思。

心下鄙夷間，外面如今的趙家當家人，趙金生喚了聲。「老三，一會兒過來，哥仨一起喝一頓。」

「知道了，大哥！」趙君逸淡道，轉眼見人已打理好，又端了水盆出了屋。

正找地兒掛巾子的李空竹見狀，不在意的挑了下眉頭，將毛巾撣在架子床的側床架上後，又找出陪嫁拿來的包袱。打開，見裡面只有兩件灰布的補丁麻布衣衫，就不由得蹙了眉。

那套原身從府裡穿出來的細棉衣裙，為何沒在包袱裡？記憶裡昨兒原身還套在身上才是，今兒出嫁換衣……

心下有些明白的李空竹，淡然的拿了一件補丁較少的出來。將身上那件土紅的衣服換下後，又將頭髮拆了，另梳了個用麻布包著的婦人頭，至於那根細細的銀簪，則小心的放在身上的粗布荷包裡。

趙君逸被喚去跟趙家兩兄弟吃飯喝酒，直到近申時才回。

彼時的李空竹已經有些撐不住的坐在床頭，倚著床架子，閉眼打起了瞌睡。「嘎吱」一聲，隨著推門聲的響動，讓她眉頭輕皺的頭向下一歪，頓時給驚醒過來。

抬眼看去，進來的趙君逸手中正提著兩個裝有半麻袋東西的袋子，見到她時，只淡淡的將她掃了一眼，道：「在分碗，妳且去拿兩副回來。」

分碗？

並不理會她的不解，男人徑直將提著的兩個半袋麻袋，用力往桌上一擱，轉身又走了出去。李空竹見狀，趕緊起身整理了下衣衫，隨著他步了出去。

一出來，趙家的格局立即映入眼簾。整個房屋格局呈凹字形，三間上房並東西兩間廂房，雖是土磚所壘，但房頂卻是實打實的青瓦。

李空竹他們所住的地方，則是院子裡東西兩面用泥土另起的草棚，兩邊各三間；隨著她邁步到院中，還看到靠三間房後，離院門不遠的牆邊地方，另還有兩個棚子。

從這樣的布局看來，趙家倒算是戶不錯的農家。

「喲，三弟妹也跟著出來了，正好，這碗筷俺都給你們分好，放盆子裡裝著了，妳趕緊端過去吧。」

李空竹回神，見廚房裡出來的女人肥胖黝黑，一雙小眼瞇成縫，正對自己咧著大嘴笑。目光順著她手中的盆子看去，兩雙筷子，兩個粗瓷中碗，並一個大碗放在裡面。

見她看著不動，女人扯著嗓子又道：「趕緊幫著收拾，一會兒妳男人還得壘灶呢，不然光憑老三一個人動彈，得忙活到啥時候去？愣著做啥，趕緊接手啊。」

壘灶？李空竹恍然，趕緊伸手在對方不善的目光中接了過來。

另一邊，正提著鎬頭和筐子從倉房走出來的玉盤臉，看著挺討喜的婦人見狀，不由得笑著解圍道：「大嫂，老三家的才頭天兒進門，還不知道咱們分家呢。」
「哼！」被叫大嫂的鄭氏從鼻孔中不屑的輕哼了聲，轉身就又回到廚房去分劃東西。
「她就是那麼個強脾氣！妳別太在意。」已走過來的圓臉婦人張氏，笑得溫和的給她勸解。
「哪裡的話，是我糊塗，不明白這家中的規矩哩。」
張氏挑眉，見她已經福身端著盆子徑直回了屋，只好作罷的將提著的筐子和鋤頭，拿到東面的一間房裡放好。
一下午的時間，李空竹除了拿回那兩副碗筷，便再無多餘的東西。坐在屋子裡，聽著外面一陣陣的嘈雜聲，她頭倚床架，努力回想著腦中原身所知道的一些資訊。
這趙君逸聽說是趙家老爺子在八年前，進深山打獵時撿回來的，當時看他傷得嚴重又可憐，老倆口就心善的將他當作第三子養在了趙家。
本來在頭年秋，老倆口已經著人商議這趙君逸的婚事，奈何，這趙家三郎除了跛腳、毀容外，還不是趙家老倆口的親生兒子，大多數的農家人都不太願意將自己好好的閨女，嫁給一個不能分家產的外來人。
是以，這親事，也從頭年秋一直耽擱到了今年秋。
本來媒婆拿了趙家老倆口的媒人錢，還盡心的找著，可不想就在一個月前，秋糧下來之際，趙家老倆口上山找木料做衣櫃時，卻被自己砍下的大樹給壓死了。這老倆口一死，趙家三郎的親事就更不好找了。

為著讓老倆口瞑目，趙家的趙金生、趙銀生兄弟倆，便放出話說，只要有閨女肯嫁過來，哪怕聘禮高一點也成。原身的娘就是在聽說這樣的條件後，就立刻答應了這門親事。

如今看來，這趙家兩兄弟怕不是為著讓爹娘瞑目，而是急於把趙君逸給劃出去才是，不然的話，就算再急切，也不可能找她這麼個無人敢娶、名聲盡毀的爬床丫鬟了。

正想著，門就被「砰」地撞開來。

進來的趙君逸雙手沾泥的抬在空中，紅衫的前襬別在腰間，露出裡面的黑麻褲。

看到還在發呆的李空竹，他面無表情的道：「灶還未壘好，妳等等借了大房、二房的廚房多做點飯，兩家哥嫂晚上吃飯算在我們這一房。」

大房、二房他們廚房沒有分開？

雖然疑惑，李空竹仍點了頭，起身到小黑桌前，將兩個半袋子打開來。見裡面是高粱米和玉米麵粉，就抬眼看向男人問：「可有分菜園？」

趙君逸微不可察的搖了下頭。「妳看著煮吧，咱家是啥情況，想來他們也知道，儘量煮多點，一會兒端出來，別讓人說了小氣。」

李空竹心中腹誹，面上卻很恭敬的點頭道：「知道了。」

男人眼角掃向她平靜如常的臉，見看不出任何異樣，隨即也懶得再理的步了出去。

李空竹用小碗挖出兩碗高粱米，又用小木盆裝了半盆玉米麵，端著出屋時，正好看見自家屋角那忙活的三個大男人的身影。

聽見響動的三人，有兩人轉頭，回看了過來。

李空竹有禮的衝兩人喚道：「大哥、二哥！」

兩人見狀，皆頷首的回了個嗯字。轉回頭時，趙銀生愣是用眼角多瞄了幾眼那窈窕的身影。「還真別說，大戶人家裡頭待著的，就是不一樣。你說是不，老三？」

趙君逸沒有吭聲，只平淡的將和好的黏泥給遞過去。

趙金生黑厚憨實的臉上有些不悅，看了自家二弟一眼。「都過去的事了，以後都是一家人，可別再說這話。」

趙銀生不屑的癟癟嘴，油滑的臉上滿是堆笑。「我這不是想誇兩句嘛，大哥你做什麼這麼警醒；再說老三都沒說啥呢，是不是啊老三？」

趙君逸並不答腔，見他抽了手想混空兒，就自己上手的擠了他的位置，道：「二哥若覺著累，就在一邊歇息吧，這點兒，我來弄就成了。」

「那敢情好，我正腰疼呢，反正也只剩這些，你跟大哥弄吧，我回屋去炕上直直腰。」說罷，當真轉身向院子走去，衝著廚房喚了聲。「媳婦兒，給我打盆水來。」

剛進到廚房的李空竹，正跟鄭氏和張氏寒暄著。

聽到喚的張氏，笑著嗔了句。「怕是腰病犯了，想著趁空偷懶呢。」說著，便順手拿了門口架上的木盆，到放水缸的地方打了瓢清水，招呼了聲鄭氏和李空竹，就走了出去。

再回來時，便問李空竹：「三弟妹準備做啥樣的晚飯？」

李空竹倒是沒做啥像樣的晚飯，只做了個高粱米水飯，並著烙了一盆的玉米麵餅。由於沒油、沒鹽，又沒菜的，就捨了臉皮跟張氏求了點，弄了個炒白蘿蔔絲，就當作是三家人的晚飯了。

吃飯的時候，兩家的兒女也跟著出來聚在一起。三家人，十二張嘴，不到兩刻鐘的時間，就將那盆高粱米水飯和一小盆的玉米餅給吃了個乾乾淨淨。

末了，鄭氏看桌上菜盤子裡剩下的一點沾盤的菜汁，還很可惜的咕噥了句。「真是敗家，都不知道少炒點，這油水一洗，都得扔畜牲肚裡去。」

李空竹有些無語，只當沒聽見的起身，快手快腳的拾掇起來。張氏抱著有些犯睏的三歲小女兒，只笑了笑的起身，向著西廂走去。

趙金生瞪了眼不識趣的自家婆娘，隨即又跟趙君逸低聲的商議幾句，待兩人談完，就各自回了各房，閉門歇起了覺。

李空竹將碗筷洗好、收拾完，出廚房時，天已經徹底黑了下來。農家人嫌點燈費油，大多數會趁著天將黑就開始閉門睡覺。

這會兒站在院子裡，四周一片漆黑，寂靜的夜空連一個星點也無，深秋的涼風一吹，凍得人直打哆嗦。

第二章

想著今兒一天的際遇，李空竹心裡直犯嘀咕。可再怎麼嘀咕，如今到了這一步，也不可能說現在立刻就跑。不說這個時代的行情如何，單說她身上除了根細銀簪子就再無一物，自己又能跑哪兒去呢？不過好在趙君逸對她無意，這點倒是讓她放心不少。

不過那張不大的破床……皺眉摟著胳膊再次感受一下秋夜裡的涼意，抬腳走向西面所在的屋子，「嘎吱」的推門進去，尋著床的方向瞄了一眼。

她並未感到有人影坐在那裡，就又向著殘桌這邊覷了眼，還是未見到人影，不由得皺眉關門，摸索著去到床邊，想了想，喚道：「當家的，你可睡了？」

黑暗中只聞著一陣風絲從牆壁縫隙鑽進，屋子裡靜得連絲人氣都感覺不到。難不成讓她在這兒守一晚上不成？這男人也未免太過差勁了吧。

「當家的若是不願與我同床，不若另拿一床被子予我可好？有桌子，我也是能睡著的。」

見依然無聲，站了半晌，腿都有些木了的李空竹，即使再好的脾氣也被他磨得生了火。這深秋霜降的天氣，屋子又透著風，她又不是女金剛，真當她能耐住寒不成？想著的同時，她直接賭氣的脫掉鞋子，一個翻身就上了那張破床。

「你幹什麼？」黑暗中，冷冷的話語從床的另一頭傳過來。

李空竹挑眉抬頭。「當家的不應，我就不請自來了。」

「滾下去！」

滾？李空竹哼笑的面朝床外，直接不客氣的將那床硬得似鐵的被子裹在身上。「我一弱女子，實在不好演繹這般高深無雅的動作，當家的若不嫌棄，就由你來示範一次吧！」

另一頭的趙君逸，被子被她裹了個乾淨，又聽了這話，不由得緊蹙雙眉。只覺白天看著她時是一個樣，如何這會兒又是一個樣？想著聽來的消息，又覺哪一面都不像她，難不成還是個多面之人？

手搗著胸口，夜裡的寒涼讓他心口犯起了沈悶，白日裡做了點重活又走了遠路，怕是舊疾要犯了。暗中運氣幾回，終是將那逸出口的輕咳給壓回去。傾耳聽了對面的動靜，只聽對方呼吸均勻平和，竟是睡著了?!

趙君逸實在心口犯疼得厲害，也懶得再多糾結的挪了身子，向著靠牆的一面緊貼而去……

一大早李空竹便醒了過來。

想著自己昨天因為太累，竟毫不設防的睡了過去，不由又覺有幾分丟臉。好歹自己也算是有幾分姿色的人，趙君逸就算再怎麼不中意自己，總歸還是個男的，要是他半夜起了色心，就算他是個跛子，以著自己女人的身板，無論如何還是會吃虧的。

瞄了一眼床上躺著的另一人，見他還睡著，身上除了件裡衣外，被子都沒有一角，想著昨晚自己的行為，到底覺得有些過火，便提著被子，小心的給他蓋上。

不想，才將一鬆手，對方就立即睜了眼。李空竹被嚇了一跳，趕緊起身道：「天還早著呢，我去做飯，當家的你再睡會兒吧。」說完，提著門旁立著的木盆就走了出去。

她一出來就趕緊拍拍胸口。剛才那一瞬間，她從那廝眼裡看到了殺意，若不是他隱得極快，她真怕他下一刻就會伸手來擰斷她的脖子。

此時的天才麻麻亮，村子裡卻已經有炊煙生了起來。住在西廂的張氏也起了身，兩人一照面，相互招呼了聲，隨即一同去廚房開了門。

李空竹打了涼水洗臉，這兒沒有牙刷，只得含著水多漱口幾遍。想著一會兒得空，去摘幾枝柳枝回來，不然不刷牙，還真有些不得勁。

「灶今兒陰一天，怕是就能燒了，若是缺柴禾就吱一聲，我讓苗兒他爹給你們打兩捆回來。」張氏在一邊麻利的和著三和麵，一面親切的跟她說著話。

李空竹笑著說聲不用了，隨即回了小屋取米。等張氏將粥飯煮好盛出後，自己才接手洗鍋，熬起了粥。

張氏將饅頭從中間大鍋屜籠裡挾出來，又盛了碟醃鹹菜，兩手端著盆對她道了聲：「我做完了，先去張羅了啊。」

李空竹點頭，坐在灶前，平靜的看著灶堂裡的灶火。

外面的鄭氏也起了床，看到張氏嘟囔道：「妳起得還真早。喲，還蒸了饅頭，一會兒給我留兩個吧，我光煮個粥就成了。」

張氏臉上有一瞬間凝住，隨後又笑道：「倒是蒸得不多，光苗兒爹一頓就得三、四個的，還真不好分。」

「這一盆少說有十個、八個的，老二吃罷，妳跟苗兒還能全吃完啊？」

聽她理所應當的口氣，張氏眼中有絲不悅，正想著多一事不如少一事的。正繫著腰帶出來的趙銀生聽到，油滑的臉上嘿嘿一笑。「大嫂，咱們可是分了家的，要還在一起吃，那不跟沒分一樣嗎？這樣，妳讓老三兩口子心裡怎麼想啊？」

鄭氏哼了聲，見趙金生已經黑著一張臉從東屋走出來，到底沒敢做得太過，轉身向廚房走來。一進來就見李空竹正盛著粥，瞟了一眼，不過是清湯寡水，就不屑的癟了下嘴。

她拿出身上掛著的鑰匙開了碗櫃，從裡面拿出昨夜分好的白麵放到木盆裡，對外面扯著嗓子喊道：「當家的，你看咱兒子起來沒？今兒早上咱們擀白麵吃。」

李空竹只當沒聽到般，快速的把鍋洗刷乾淨，端著粥盆就走出來。

鄭氏見狀，暗地裡呸了一口。想著昨兒分家的事情，要是她甩開臉鬧一場的話，說不定那兩畝山桃地還省下了呢。

這邊的李空竹把飯做好端過來，卻見趙君逸仍然躺在床上閉眼睡著。想著剛剛他的眼神，到底沒敢再上前去，而是將他那碗用大碗裝好放在一邊，自己則快速解決掉自己那份，拾掇好後就起身道：「當家的，我們可有分到水桶？」

「嗯。」男人終是睜眼看她，抬手指了一下旁邊倉庫的方向。「西面三間草棚分予我們這房了，妳自己去尋吧。」

李空竹見他臉色有些不好，想著昨兒夜裡自己獨霸被子一事，就有些擔心的問道：「你可是不舒服？」

男人並不理會她，重閉了眼，均勻的調整起呼吸。

李空竹見狀也懶得相理，只道了句。「若是能起，還是將粥喝了吧。」

出了屋，去到倉房，尋了只上緣破洞的水桶，問了張氏水井在哪兒後，便出了趙家院子。

一出來，她就將整個趙家村給環視了一遍。

整個村落倚山傍水，坐北朝南；抬眼向北望去，崇山峻嶺的高山連綿不絕，將整個趙家村半包在其中，就像環抱的嬰兒一般，倒真是一塊寶地。

尋著張氏所說的方向，來到村末挨著清水河的一處井眼處。見那裡已經有不少村人在排隊等水，大家在看到她時，皆露出一副好奇又鄙夷的目光，由於多是男性，大家都避嫌的沒有與她搭話，可一旁的婦人就沒顧忌了。

「妳是昨兒個趙三郎娶回家的丫頭？」一名三十出頭的婦人，一雙八卦至極的眼睛看著她上下打量著。「這可憐勁兒的，雖說趙三郎腿腳不好，可平日裡見著也是有把子力氣的，咋今兒不見了影兒，是不是累著了啊？」

「哈哈哈……王家嫂子妳還真是嘴不饒人，妳咋知道趙三郎是不是累著了？」

「一個個的哪個不是毛頭小子過來的，這點事還用得著明說不成？這沒沾著腥的貓，一旦沾上了，哪還有夠？」婦人扠腰點了一圈圍看的人，又癟嘴的瞄了一眼正彎腰打水的李空竹。

剛見她走路姿勢怪正常的，說不得還真不是完璧之身了呢，也就趙三郎那麼個又醜又跛的能要她，要是換了別人，哪個就敢要了這麼個不知羞的？

將水提起來的李空竹聽了這話，就是再好的脾氣也給磨得沒了。轉過身看著婦人，輕輕對她福了個身，道：「嬸子說的這話，奴家會原封不動給當家的說說，讓他去跟叔探討一下，叔是怎麼能夠不累還下地兒的？」

「……哈哈哈哈……」一群大男人又大笑起來，只覺兩婆娘吵架還真是敢說。依著她這話的意思，那王氏的男人能夠不累又下地兒的，不是不行嗎？那王家的這麼說人家，是不是又是酸醋心理哪！

王家嫂子聽了這話，滿臉脹紅，惱怒得不行，扠腰看著提水走下井臺的人兒，直恨不得上前去抓花那張狐媚的臉。李空竹在說了這話後，下了井臺，就埋頭快速的自人群中穿出，向著趙家的方向行去。

聽著身後隱隱傳來的罵聲，李空竹心中怨得不行。怨老天咋就讓她穿了這麼個地方、這麼個身子，還嫁了那麼個冷淡的人？上輩子活了二十八年，一直勤勤懇懇的做個老實人，連件虧心事都不敢做，為何就得了這樣的懲罰？

一路氣鼓鼓的回到趙家，將院門推開，院中正在玩耍的三個小兒就跑了過來，圍著她上下打量。

其中一個約四歲大的男孩更是衝她伸出手掌。「三嬸，俺娘說成婚第二天要認親呢，認親長輩都要給紅包，妳給俺發一個唄。」

他一開口，另一雙小兒女也跟著抓著她的闊腿褲叫著要紅包。李空竹被弄得尷尬異常，手提著桶，勒得手指生疼，想換個手吧，又怕將這三小兒給碰到。

正不知該咋辦，不知何時已起床的趙君逸，出來看到這一幕，就冷淡的喚了聲。「過來！」

三小兒聽了他的喚，轉頭有些怯怯的看了他一眼，轉回頭時，仰望著李空竹，希望她能快點拿出紅包。

「過來！」又是一聲冷淡至極的聲音。

另兩個小兒有些禁不住的鬆了抓著李空竹的褲腿，只那領頭的四歲小兒還有些不服氣的嘟嘴抗議。「俺娘說有紅包哩，俺要紅包！」說著，就有些咧了嘴，似要大哭般。

李空竹看得有些心軟，手向著腰間那個粗布荷苞摸了一下，正想著要不要拿出來哄哄，不想，一道沈喝伴著一個人影閃過，將那小兒給提了過去。

「你個混不吝的混帳玩意兒，誰教你要的紅包？看老子今兒個不打死你。」

「當家的你這是幹啥……」坐在堂屋裡正吃著麵的鄭氏看架勢不好，趕緊放了碗跑出來。

哪承想，她叫喊的話還沒說完，趙金生那粗厚的巴掌，就「啪啪」兩聲，狠狠的落了兩巴掌在自家大兒子的屁股上。

「哇哇……」趙鐵蛋被自家爹搧了屁股，張著大嘴就開始仰天大哭起來。

後面的鄭氏急紅了眼，直接扯著嗓子開始大叫。「你這是幹啥？娃才多大你就照著死裡打，你打，你打啊！你乾脆打死好了，看老娘還給不給你趙家生！」叫著的同時，快步跑來將咧嘴大哭的兒子摟在懷裡哄著。

其餘兩小兒，見到大人打人，也跟著咧開嘴的大哭起來。

趙金生見大兒子被她摟著，小兒子又跟著哭起來，不由得氣怒一喝。「都他娘的哭個啥，把嘴給老子閉了！一個、兩個不省心的玩意兒，誰他娘教的你們這些！」

「喲，怎麼，這哪一點錯了，你惱個啥？論著這十里八村成親結婚的，哪個不是第二天認親敬公婆茶水的，怎麼偏偏咱們家是個例外，當成了寶貝疙瘩慣著？」鄭氏也來了火，直接將大兒子拉到身後，又將小兒子摟過來，扠腰邊喝罵，邊看向那邊有些尷尬的李空竹。

「不是大戶出來的，幾文錢還放在眼裡啊？當初成親聘禮都要了二兩，還真是小氣得緊！」

趙金生聽得又要發火。這時聽見哭聲的張氏，也趕緊從西屋房走出來，步下臺階，喚著閨女的將苗兒抱起，遠離了這吵鬧之地。

鄭氏見狀，不滿的癟了下嘴。

「幾個姪兒姪女的認親錢，一會兒我自會給兩家哥哥嫂子送去。這會兒，能不能讓我的媳婦兒先回來，她還提著水，這麼堵在大院門口的，讓過路的人看了，到底有失了臉面。」不知何時步過來的趙君逸，臉色平淡的看著趙金生說道。

趙金生被他看得有些心虛，吭哧了下。「別聽了你大嫂那張白活的嘴，啥認親錢不認親錢的，沒有錢，難不成就不親了？」

趙金生雖說因分家有些愧對這個三弟，可一想到那本就是自家的家財，若真要分給這沒有血緣的弟弟，還是有些不捨。

是以，在分家時，他就順著其餘人，除了一個月的口糧，就只分了二畝結酸桃的山坡給三房，想著若以後他們家實在過不下去了，自家就接濟一下，給三房一口飯吃，他還是出得起。

鄭氏在聽了趙君逸說送錢後，眼珠就轉了下，見自家男人又說了這樣的話，就不滿的接嘴道：「老三都說送了，你做啥要攔了去。」

趙君逸淡淡的掃了她一眼，對趙金生點了個頭後，便吩咐還傻站著的李空竹道：「走吧。」

李空竹點頭，趕緊將桶換了個手，提著跟在他身後。回到自己所在的小屋，將水桶找了個蓋簾蓋了後，見桌上留飯的碗空了，便伸手將之俐落的清洗乾淨。

趙君逸冷淡的看著她做著一切，從一旁立著的箱櫃處拿了個天青色的綢緞荷苞，放入腰間，跨步便出了屋子。

李空竹眼角瞟了一眼，不在意的去到倉房，找來一口鍋邊破了洞的舊鍋，拿著洗刷的笤帚就開始用力的清洗起上面的鐵鏽來。正費力刷著呢，院門就被推開，一夥人也不知從哪兒搬來的泥坯土磚，用著黏泥混著的爛稻草，就開始抹泥的在院子裡砌起了圍牆。

看著漸漸壘起的牆體，李空竹心裡罵娘的心思都起了。她這才進門第二天哩，這裡裡外外的弄了多少事？如今更是過分的連招呼都不打一聲，就急著將院牆分開，這讓她下晌從哪兒出去？難不成翻院牆不成？

李空竹很想就此上前去理論，可看著那幾個男人凶神惡煞的樣子，又只好忍下來，趁著他們還沒有砌高，自己又趕緊去到井邊打了半桶水回來。

之後她就一直坐在小屋裡生悶氣，覺著自己當真倒楣透頂，滿打滿算來到這個世界三天不到，卻讓她經歷了這般多無語的事情，真是再好的脾氣都快磨沒了。

「不行，我不能擱這兒傻著。」想著的同時，她一個大力起身，摸了摸自己腰間的銀簪子，似下定決心般，又去到一旁，從床架上取下掛著的陪嫁包袱，揹在肩上正準備出屋跑路時，屋門從外給推了開來。

看著進來的人，李空竹愣了一下，隨即又似洩了氣的皮球般，讓滿腔的怒火變得心虛不已。

趙君逸一進來見她揹著個包袱，眼中就忍不住起了絲嘲諷，對她迴避又有些心虛的表現更是不屑一顧。徑直走到衣櫃處，將那天青色的荷苞小心的放入櫃中後，又走到床邊，脫鞋，上床，躺著閉眼。

一氣兒的動作下來，連看都沒多看她一眼。

李空竹心虛變成了尷尬，後又一想，她不是這個時代的人，也不是原身本人，幹麼要尷尬心虛？

了門。

猶豫不決的掙扎半晌，終是下定決心。雖外面世界她不太懂行情，可總比一直傻呆著喝西北風強，以著男人清冷的性子，靠他是不可能了，還不若硬氣的闖闖看。想著，手便伸向剛要打開，後面一道清冷的聲音就傳過來。「變國無女戶，若無戶籍身分的女子，大多淪為買賣人口。」

伸向門的手快速的縮回來，李空竹嚇得一個激靈的轉頭看他，見他在說完話後，只平靜的閉眼躺著，呼吸均勻。若不是他剛剛有說話，她都要以為他是睡著的。

終是沒敢再伸手開門，有些氣餒的將包袱重重掛了回去，坐在殘腿桌前，聽著外面的叮咚聲，只覺異常煩悶。躺在床上的趙君逸因損耗太多，也無暇顧及自己是以何種心情說了這話，閉著眼，很快就沈睡過去。

李空竹坐在那裡思慮良久，終有些不甘心的步出去。

一出來，就見牆已經砌得比腿彎高了。正忙活的幾人見到她，皆瞟了一眼後，手上壘磚的動作更快。

李空竹是懶得再惱，直接去到旁邊空了的倉房和家禽棚子裡，尋到一根小腿粗、與她差不多長的鐽屎棍子，扛著就來到位於院門邊的舊牆處，掄著棍子就一個猛勁的敲下去。

「砰砰、啪啦……」牆體由於年頭較久，又是泥坯，被她連著幾下掄過去，靠牆頭上方的地方，還真讓她給掄下了幾塊。見缺了口，她又照著那個缺口，大力的掄了幾下，又是好幾塊落了地。

趙銀生在一邊看見，就著急的相問：「老三媳婦，妳這是幹啥？當心連著整個牆都給弄垮嘍。」

聽了這話，敲牆敲得發累的李空竹，將鏟屎棍拄地，喘著氣兒的哼笑道：「二哥這話說的，既已分了家，現下連圍牆都起了，我若不鑿個門，難不成要學那江湖俠客飛不成？」話完，正好歇過了氣兒，她再次掄起棍子，又照著那缺口掄起來。

李空竹見他們不再相理，也正好樂得發洩。如今的她正憋了一肚子火，若再不發的話，可真要憋壞了。

想著的同時，掄著棍子又狠狠對牆捶了起來。

就這樣，捶捶掰掰一直到了晌午，那被捶的牆，竟讓她給捶落不少，照這樣下去，還真能讓她給捶出一個門洞來。

只是這樣一來，要安院門的話怕是不成了，即使是用個木柵欄的，旁邊的牆順著那空隙一扒就得完，根本不可能關得住。

不過，就這窮得叮噹響的家，想來也沒哪個沒眼力的賊人會來光顧。

第三章

摸摸有些餓的肚子，李空竹收拾了一下，便準備開始做飯。

沒有柴禾，她也不客氣的直接繞到還沒分開的後院，問著兩家人要了捆。趙金生、張氏倒沒說什麼，鄭氏跟那幫子來幫忙砌牆的倒是說了幾句閒話，不過都被她以出不去沒飯吃給頂了。

趙家兩房人知她有火，也不跟她計較。畢竟才成婚第二天，家裡這麼大動靜的砌牆，多多少少還是會讓外人瞧了笑話。

李空竹要了柴禾回來，就著屋簷下的灶便開始點火。

灶還有些濕，加上打火石實在不是她這麼個現代人能打燃的，點了近半個時辰，手頭都打起泡了，除幾個火星子，那灶還是冷的。氣極的她一個狠勁就將石頭用力一拋，不想一個滑手，石頭向後砸到小屋的門框上。

屋子裡趙君逸被她這一砸，驚醒過來，聽著響動，眼角瞥到一個人影正在門口，貓著腰不知在找啥？片刻後，又起了身，轉身消失在門口。

男人側耳細聽到了幾聲「噼哩啪啦」，頓時明白幾分，暗中平息了一下氣息後，整衣起床，抬腳就走了出去。

李空竹還在奮鬥著，深秋涼爽的天氣，硬是將她逼出一腦門的薄汗。

「起開！」

清冷沙啞的聲音傳來，令她轉頭看向已然醒來的男人。見他盯著自己手中的打火石看著，就立即明白的快速起身，將石頭遞過去。

趙君逸只淡掃一眼，並未伸手接過。

李空竹癟嘴，識趣的將打火石放在灶臺上。只見男人優雅的蹲身下去，拿著一撮乾草放於灶前，兩手拿著火石一個用力，「噼啪」幾個火星就跳到了草上。藉著那燃著的火星，男人輕輕的吹動幾下，剛還不明的火，漸漸泛起了紅，再吹動幾下，小火苗開始慢慢竄了出來。

李空竹覺著這個時候是不是該拍拍掌，或是冒個星星眼啥的表示崇拜？畢竟她自己在手磨破的近一個時辰裡，除了點火星，啥也沒看見。可一看那點火之人一張生人勿近的冷臉，頓時又將好感降到了冰點。

趙君逸不知她所想，只將火點燃後就起了身。

李空竹自然明白的上前接手，淘米下鍋，接著又和了玉米麵，準備粥開後放下去，捏玉米湯圓吃。眼角瞟著男人跛著腳要走，就趕緊清了清嗓子問道：「當家的，我們可有分到地？」

男人立住腳跟，連轉眼看她一眼都懶。「北山靠南邊有分得一畝山桃林。」

山桃？那玩意兒可酸得很，能幹啥？

轉眸再去瞟男人，卻見他已然進屋，就不由氣餒。

這就完了？就二畝山桃林，不能吃、不能賣，就能當個賞花用的玩意兒，有個啥用！手中攪和著玉米麵子，李空竹面露難色。以著兩半口袋的糧食，待上了凍，這個冬天的日子要咋過呢？

中飯是簡單的水飯配玉米疙瘩湯圓。吃完飯收拾完碗筷，李空竹便又開始砸牆。

二房那邊也很快，到下晌天黑之前，一道近六尺高的圍牆就圍了起來。

牆未起時不覺這邊有多窄，待牆立在那兒後，李空竹才發現，他們這邊出了小屋的門不過五、六步的距離就是隔著圍牆，也真真是有點欺人太甚了。

趙君逸從頭到尾都未表露出一點不滿，只在牆砌起來時，眼神掃了一眼那主屋的方向，就再不管的進了屋。

晚上兩人依舊是同床而眠，只李空竹這回良心了一點，沒再裹了被子。卻不想，對面之人根本連跟她同蓋一被都不願，和著外衣，隔著分來的被子，將身子緊貼裡牆，就似她有多髒一般。

李空竹暗中嘴角抽了一下，也不在意。鑿了一天的牆，她也累得很，而且為了生計，她還想著明天得去看看地、踩踩點，看看有什麼可挽回的？不然這個冬天來臨之際，怕是不單受凍那麼簡單了。

想著的同時，她緊了緊身上似鐵疙瘩的棉被，閉眼，很快就睡了過去。

隔天一早，當李空竹好不容易尋著趙君逸所說的那兩畝桃林時，只見滿樹的小桃果子掉落大半在地上爛掉。深秋霜風瑟瑟，樹葉大半入泥，枝頭零散的掛著幾片，也在秋日晨霧中顯得格外淒涼。

李空竹伸手摘了個桃子，用手抹去上面的白毛，試著入嘴咬了一口。入口酸牙，還沒果肉，用點力都能咬著核，當真無用得很。

忍不住吐出口濁氣。就這兩畝玩意兒，難不成能填著肚子過冬不成？

她環視了四周一眼，見入眼處皆是山桃林，就不由有些奇怪。按說古時有土地能種糧，是無論如何都不會讓其荒廢才是，難不成是土地問題？

四下轉悠的巡視了一圈，見除了山坡以外，連著北山南面的山下都是桃林。用手撚了塊泥土，研究半天，也搞不懂這土有哪裡不對，不由暗嘆口氣。看來，還得有專業知識才吃香啊。

站起身，遠眺著這北山，一望無際的寬闊連綿山脈，叢叢密林的樹葉，青黃交錯的混在深秋的濃霧裡，就跟仙境一般。

李空竹站在原地沈思的想了想，終是抬步，向著北面山林嘗試著慢慢走去……

趙君逸跛著腿從井邊打水回來，見一大早纏著他問清地貌的女人，自出門到現在已經近一個時辰還沒回來，就不由猜想著，她是不是又跑了？

不覺想起昨兒她揹包袱的一幕。這樣不自愛的女人，自己當時怎就說出了那樣的話？

隔壁院牆傳來小兒打鬧的聲音，讓他憶起昨兒所說的認親錢。眼神暗了一下，去到屋裡，從那天青色的荷包裡拿出最後剩餘的一串錢走出去。

將錢交給趙金生兩口子，轉身出院時，又正好遇到從清水河洗衣回來的張氏。她看到他時，眼睛向後瞄了一眼，見後頭的鄭氏慌忙的將什麼東西往袖口裡揣，便猜到了幾分。

臉上堆笑的看著趙君逸道了聲。「老三，你兩口子沒回門啊？剛我在河邊洗衣時，倒是有看到一個人影向北山上跑，瞧模樣跟弟妹有幾分相像。大清早的，她上北山幹啥？」

「啥？上山了？」鄭氏聽得來了勁，大嗓門一扯，以院裡院外都能聽到的聲音驚道：「聽說嫁來的前兩天還鬧著要賣身哩，不會是跑了吧？」

「妳瞎說個啥？」趙金生低吼了句，心頭惱怒。清早八晨的這麼叫喚，還嫌家中閒言不夠多不成？

「我瞎說啥，這十里八村挨著的哪個不知？要我說當初就不該說這門親，這下好了，進門才兩天呢，就不見了影兒，白費了二兩銀子不說，還浪費兩天的米糧。」

「閉嘴！」見她越說越離譜，趙金生忍不住黑臉的來了怒氣。轉眼見趙君逸依舊淡淡，就不免又尷尬的道：「老三，你別聽了你嫂子胡言亂語……」

「認親錢既已送到，大嫂一會兒記得給二嫂家的苗兒分一份。」趙君逸說罷，抬腳跟張氏錯了個身，就出了院。

後面的鄭氏聽了，氣得鼻子直哼哼。敢情是嫌她說話難聽，想擺她一道呢。

「大嫂，老三送認親錢了啊！」

張氏笑得溫和，鄭氏肥胖的圓臉頓時就拉下幾分，不情不願的從鼻子裡嗯了一聲。「是送了幾個錢，一會兒等我忙活完，妳喚苗兒過來，我分好就給她。」說著，轉身就去尋了雞舍裡的家禽打罵，一通的指桑罵槐。

趙君逸回到自己家中，坐在床上閉眼調息靜氣。

一個時辰後，感覺胸腔已經好了很多，這才睜眼順著殘桌牆邊的小窗向外望去。見不知何時日頭已然高升，早間的晨霧也早已不見了蹤影，而那個女人還沒有回來！

他皺眉一下，想著剛才張氏說的往北山去了。

北山？記憶裡那片連綿望不到頭的深山叢林，那兒高山峻嶺混著遮天蔽日的古木，若是沒有熟悉地形的獵人帶路，走得過深，怕是會遇到猛獸。

「那個女人！」趙君逸眉峰緊皺，也不知想到什麼，半晌，終是起身，跨步走了出去。

李空竹從北山南邊，摸索著外沿往北走著。

太深的地方她不敢去，只翻了幾個小山谷，尋著樹不高的地頭走動尋找。轉悠了大半天，除了一些荊棘、枯長草外，就是一些中高的小灌木，野果倒是見了幾個，可大多不認識，也不敢試吃。

這會兒好不容易下定決心，又向裡翻了個小山谷，坐在山谷底有溪流的地方，看著水流邊上灰黃草葉的落寞之景。不知是不是應著心情不好，她總有種快要走投無路的感覺。

想著昨兒那男人的話——無女戶，沒有戶籍的女子，就得發賣。

嘆了口氣，將走得發汗的雙手伸進冰涼的水中，一個激靈，讓她又瑟縮了回來。用著涼意的手拍拍有著薄汗的小臉，她四下打量著這兩邊山谷的灌木叢林。

入眼處，依舊是滿樹的枯黃映著秋日獨有的日照，若不是心境不好，這樣一幅難得的秋景之圖，要放現代，就是一難得的遊覽景點。

「就不能放點別的顏色？」氣急的李空竹甩手從地上站起來。沒有高超的手藝，想著混點山貨、做個粗手工的活計都不給她，老天爺就這麼看她不順眼？

賭氣般的跨過溪流，向著對面山谷走去。

她就不信，這麼大座山真找不到有用的東西了？就算真找不到，餓急了，她也要把這群山的樹皮全剝了當飯吃。

一鼓作氣的上了山坡，尋著往裡又走了一段，結果又是個斜坡伴著小山谷。她不由得有些氣餒，剛想轉身之際，不料腳底打滑，嚇得她連連向下猛的跑了好遠，才抱穩一棵不大的樹身停下來。

受驚的拍了拍心口，抬眼一看，竟是快滑下小山谷了。

李空竹這會兒已經徹底失了探索的興致。本不想再下去了，可看看滑下的距離，又覺可惜，心中或許還存著一絲絲的希望和不甘，遂乾脆鬆手順著林子，又走了下去。

一到谷底，竟莫名的發現，這個小谷跟剛剛那個有點相像，同樣的小灌木叢林，同樣有著小溪流，同樣樹葉是黃的……

黃的？不對，好似有一點紅……李空竹猶豫了一下，定睛向對面山坡邊看去，不由得瞳孔睜大。這是……山楂果？

心中莫名的升起了股說不清的喜悅。她臉帶急切的快步步過小溪流，向著對面山坡跑去，片刻，李空竹喘著粗氣，跑到那棵結滿紅果的樹下。

抬頭仰看，只見滿樹紅紅的果子沈墜枝頭，果實不如現代賣的大，這樣的，在北方好似被稱作是山裡紅。她伸手揪了一個放嘴裡。

「我去！」好酸！李空竹酸瞇了眼，邊嚥著口中冒出的清口水，邊想著山楂到底能做些什麼？

前世裡，山楂除了做糖葫蘆外，還能做山楂糕、山楂茶、山楂片……貌似品種還不少。不過這些這個時代有嗎？有些遲疑的伸手摘了幾個，想了想，又將身上的灰布褂子脫下來，覺著不管怎麼樣，先摘點回去再說。

拉拉雜雜的終於兜了一整兜。李空竹在吃得牙酸得使不上勁頭時，抬頭見日頭已經離正中向西偏了。知道出來過久，怕是已過正午，她便將包著的果子放懷裡一抱，準備往回走。

「嗷嗚——」突然，幾聲高亢的猛獸之音劃破寧靜的山谷。

李空竹嚇得肩膀抖瑟了一下，轉頭向上看去，有窸窸窣窣的聲音不斷傳來。她捏著包袱的手開始冒起冷汗，後背的寒毛也嚇得倒豎起來，幾聲獸鳴也越發近了。

「該死的！」李空竹猛的開始捶打起自己的雙腿。天啊，別這個時候發顫啊，得趕緊動起來跑啊！心跳如擂鼓的連著捶了十多下，終是感到痛意的李空竹開始邁步向著山下狂奔而去。

不顧形象的跑到山下，將要邁過溪流時，一道青灰色的影兒從後面一個大力跳躍，就躍到她的面前攔住去路。

李空竹嚇得心臟急劇收縮，向後一退，腿一軟，一屁股就坐在溪流裡。瞳孔睜大的看著眼前那頭張嘴伸舌眼冒綠光的大狼，不知怎的，全身上下除了眼瞳急劇收縮外，連全身的血液就似凝住一般，讓她動彈不得。

青皮狼不緊不慢的踱著步子向她走來。

李空竹張著嘴，嗓子跟封蠟了般，發不出半點聲響。

一步、兩步……步步踩著她顫抖緊縮的心臟，令她絕望的閉眼哀呼。她才過來四天不到，四天不到啊！要穿回去嗎？穿回去……她又要往哪個屍體裡塞啊……

聞著那越來越靠近的狼味，李空竹已經沒有多餘的空閒再胡思亂想，整個腦子一片空白，心臟驟然停止般，屏息以待的等著最後一刻的來臨。

「噭噭……嗯嗚……」

忽然，兩聲低鳴響起，嚇得李空竹縮著脖子向後不停的蹬腿，眼閉得更緊了。

等待被咬碎的疼痛並沒有傳來，四周也因剛剛的兩聲低鳴變得安靜起來。傾耳聽了一下，除了颯颯的秋風，確實沒有其他聲音。難不成狼好心的想開不吃她了？

李空竹本懷著疑惑慢慢睜眼，哪知雙眼一睜開，就被眼前血淋淋的一幕嚇了一跳。怕自己失聲驚叫，她趕緊用手死死的捂住嘴。

只見剛剛還威風不已、眼冒綠光的青皮狼，這會兒已經雙眼圓睜，一動不動的倒在溪水裡。那流血的脖頸處，一枝二指寬的尖尖樹枝橫穿了牠的脖子。

狼還沒有死透，李空竹能感覺到牠身體細微的顫動。看著那源源不斷冒出的血液，染紅整個小溪流，她偏過頭，強忍著那衝口而出的噁心感。

「打算坐到何時去！」平淡冷情的聲音夾雜一絲不耐傳來。

李空竹抬眼望去，見男人立在溪水的另一邊，手拄一根手臂粗的木棍，雙眼正冷冷清清的注視著她。

李空竹張了張嘴，半晌不知該如何回答，卻見男人眼中一絲厭煩閃過，道了聲。「若還想繼續留著等死，就待著吧！」說罷，轉過身就要走。

「等、等一下！」回過神來的李空竹，這才發現還坐在冰冷的溪水裡。

這一開口，身子也哆嗦得不行。快速起身將跑丟掉的包袱給撿起來，見果子散落不少，又開始彎腰去拾。

趙君逸見女人不要命的撿著那不值當的山果子，就不由得升起幾分煩躁的道：「若不想再次喪命於獸口，就趕緊離開此地。」

這裡挨著叢林深處，又是溪流的地方，不少野獸會在晨間、下晌前來飲水，若不快點走，萬一挨著叢林近的野獸，聞著血腥味而來的話，他便是再厲害也無能為力。

眼神掃向那倒在溪水裡的青皮狼，若這不是一隻鬥敗的孤獨頭狼的話，僅憑著他如今的功力，又如何能與狼群抗爭？這個不知死活的女人！

李空竹見他來了氣，也知事態嚴重。收了撿果子的手，就快步跑過去道：「走、走吧！」

趙君逸看了眼她抱著包袱，並不言語的抬步前行。

「等一下！」

趙君逸皺眉。李空竹則歪著頭，盯了眼那倒在溪流裡的青皮狼，隨即轉眸問他。「狼皮值錢不？」

見他挑眉，她又道：「當家的你看啊，咱家除了那兩個半袋的糧食，連半分菜地也無；除此之外，我今兒還去看了山桃林，那桃子比那萬年老陳醋都酸，要賣賣不了，留著也吃不了……唉！」

她話還未說完，前面的男人已經不再相理的快步拄棍走遠。

李空竹不由無奈地跺腳，轉眸看向溪水裡的狼，猶豫了下，終是咬牙哼道：「有道是富貴險中求！」

說著，就快步跑到男人跟前，將懷中抱著的果子包袱往他懷裡一放。「當家的，你拿著果子先走，我來墊後！」

男人眼角微不可察的抽了一下，荊棘密布的左臉皮也跟著抖動了下。李空竹卻無暇顧及的又跑了回去。

看著跑回溪流裡拖狼的女人，趙君逸再次露了個不耐煩的神色，哼了聲。「不知死活！」

李空竹不是不知道死活，不管是讓她餓死還是被野獸咬死，她都不願。

相較於剛剛死裡逃生了一回，她覺得還是應該相信運氣的。既然老天爺沒想讓她死，說不定這財也是老天爺安排讓她發的。

看！她多認命！

李空竹將狼自水裡拖上來，順勢扯了幾把枯草，將那流血的脖子和嘴給勒住。轉眼見趙君逸已經步到了半山坡，就不由暗道了聲差勁，拖著那狼身，準備一個用力，甩背上揹著。

不想這狼看著不大，卻實打實沈得厲害，她一連甩了多下也未能將那狼身甩動。最後，還是蹲下身，扒著狼爪子給扛起來。

李空竹扛著那頭帶血的青狼，一連翻了兩個小山谷後，實在累得不行，抱著一棵粗樹，在那兒不停的喘著粗氣。

看著前面始終離她一丈遠的男人，不由得怨氣橫生。敢情她這麼拚死拚活的只為著她一人不成，他是準備不沾一點光？好歹是個男人，就算跛著，難道連搭把手的力氣也無？

回想起狼脖被刺穿的情景，李空竹不覺得這男人是個沒本事的，至於他為何會淪落至此，這不是她所關心的，她所關心的是……

「當家的有一把子好力氣能刺穿狼脖，就沒半分力助一下婦人？」

走在前面的趙君逸聽到，緩了下步子，淡薄之音逸出淡粉薄唇。「長年近身服侍之人，皆似半個主子養著，有這力氣，又何須人助？」

李空竹挑眉，隨即笑道：「原來如此，當家的是在說彼此彼此？」

第四章

趙君逸淡瞟了李空竹一眼，並未接她話的又再次走動起來。

自她嫁來，就跟傳言中的火爆脾氣不符，聽說在成親的前一天，還因不滿婚事而上吊過。如此，再一看眼前之人……

趙君逸暗哼。這兩天他一直都覺得她有些不對勁，雖不知道哪裡起了變化，可如今至少可以肯定一點，她已不再是原來的「李空竹」了。

而他，並不把她話中的威脅放在眼裡。

後面的李空竹看得牙癢不已，敢情這廝反拿著她的把柄呢。腦中腦補了下自己把他隱著會武的事渲染出去後，他則告訴世人自己是妖魔附體的情況。

好像……是後者比較嚴重吧。想著在這個敬畏鬼神的年代，被人當妖魔般燒死，李空竹禁不住哆嗦了下，只得認命的扛著那重死人的狼身，再繼續著翻山回村的路。

終於，太陽西掛的時候，兩人下了山。

彼時的李空竹已經累得麻木，汗水浸在濕答答的衣服上，黏在她的後背讓她十分難耐。即使都這樣了，她還得拖著沈重的身子，喘著粗氣彎著腰，一步一步的向村中走著。

「天哩！」不知誰叫了聲。

李空竹抬眼望去時，卻見前面的趙君逸不知何時已停了腳，正與一對收活回來的中年夫婦打招呼。那扛著鋤頭的婦人轉眼看到她身上的血時，故作驚訝的放下肩上的鋤頭，快步走過來。

「這是個啥？老三媳婦，妳從哪兒弄的一身血回來啊！」她一邊快步走來，一邊嘴裡嚷著，待走近看到吊掛在她背後的狼頭時，嚇得臉色一白，那看著李空竹的臉也由原來的假意，變成了驚恐。

李空竹對趙君逸詢問的望了一眼，見他並沒有打算解釋什麼，而與他談話的男人卻走了過來。

中年男人過來看清她肩上所扛之物後，也跟著臉色一變。「你們兩口子幹啥去了？這、這是狼吧！」

中年男子不可置信的看著趙君逸。剛才遠遠的就看到他兩口子扛著的東西了，還以為是上山運氣好，套著個狐狸啥的，怎麼也沒想到，居然是一頭狼！看這狼個頭不小，老三家的是怎麼扛得動的？

趙君逸也跟著退回來，對李空竹道了句。「這是二叔、二嬸。」

「二叔、二嬸！」李空竹氣喘吁吁的喚了人。

趙憨實點點頭，旁邊的林氏也隨著她的叫人緩了臉色。

林氏見她臉色通紅氣喘如牛的，就動了下眼珠，瞪了下自家男人。「沒瞧見人累成啥樣了，還不趕緊搭把手。」

李空竹連連搖頭。「不用了，就快到家了呢。」

「哎呀，一家子親戚妳外道個啥？這老三不能出力啊，我們見著了，還能袖手不成？」

李空竹見她執意要來卸了自己背上的狼，隨即抿嘴，不好意思的笑了笑。「謝謝二嬸了，一會兒若是得空，不若就在我們家吃頓飯吧！」

「哪就要吃飯了？」林氏笑得瞇了眼。幫著把狼自她肩頭卸下後，直接就掀到自家男人身上。拍了拍那狼身，感慨道：「瞅著這皮挺齊整的，怕是能換個好價錢哩！」

李空竹順勢搶過她家的鋤頭幫忙扛著，聽了她這話，笑道：「也怪我這運氣太好。今兒去瞧分到的兩畝山桃林，想著進山看看有沒有這季節的山貨可採？哪承想，這一走就走到深山叢林邊緣，當時只覺得陰森森的，結果回頭一看，二嬸妳猜怎麼著？」

「怎麼著？」林氏聽她起了頭，也有些好奇這狼是咋來的。

李空竹看了眼前面的趙君逸，指著狼脖子道：「妳瞅著那狼脖子上穿的棍子了沒？」

見她點頭，她又故作頓了一下。見趙君逸並未相理回頭，就不由挑眉無趣道：「我這一回頭啊，就瞧著一頭青皮狼，兩眼凶光畢露，那哈喇子流了二尺長的看著我，還一邊嗷嗷的仰脖叫著。

「我當即就嚇傻了，拔腿的就想向山下跑啊！我跑啊跑啊，眼看那狼都追到屁股眼兒了，我那個心啊，嚇得都快跳出了嗓子眼。妳猜怎麼著？」

「怎麼著？」林氏被她說得也跟著提了心，尤其聽她嗷嗷學狼叫喚，心下就不自覺的跟著抖了幾抖。

李空竹清了下嗓子。「結果那狼嗖的一下就躥了起來，我一看，哎喲喂，那樣簡直就有我兩個高，嚇得我抱頭順著坡就滾了下去，那狼也是在那時追著我，急著一個下地，沒煞住腳，直接撞到了一個樹樁子。正好那樹樁子旁斜那兒長的那根枝，斷了個利口，就那麼一叉，把牠給叉死了。妳說我運氣好不好？」

「啊？」林氏怎麼也想不到，這狼居然是這樣來的。轉眸看著眼前講解之人的滿臉認真，倒真有些羨慕的點點頭。「還真是好運氣哩！這是求都求不來的運氣。」

也沒人敢去求，誰會不要命的去給狼追？就為著一張皮不成？

前面的趙君逸聽得嘴角微不可察的抽了下。

一旁不明就裡的趙憨實聽完，難得對這姪媳刮目相看，與趙君逸道：「倒真是個運氣好的，瞧著也有把子力氣，過去的事啥也別提，以後兩口子好好過日子就好。」

能把一頭狼從深山叢林扛下山，可見是個能耐的，就衝著這點，老三也算不得吃多大的虧。說不得，以後還得靠著婆娘出力才能混口飽飯吃呢。

趙君逸微不可察的點點頭。回想在山上時，那女人因為跑不動，嚇得一屁股坐在水裡的情景，就不由心中哼哼：倒是敢吹！

有了趙憨實兩口子同路，沿途又碰到許多收活回家的農家人。林氏是個碎嘴的，見著人就說一遍李空竹運氣多好多好，上趟山，沒被狼吃著不說，還不費力的撿了頭狼回來，這肉一看有好幾十斤的樣子，再加上那皮，少不得能賣不少錢呢。

村人看到了趙憨實身上所扛之物，就知所言非虛。一時間，趙老三媳婦上山撿著一頭狼的消息，不到半個時辰就傳遍了整個趙家村。

李空竹一行人剛到家，家中除了早得了信兒的大房、二房兩家人，還有不少鄰里村人也都圍等在他們這邊破洞的「家門口」。

鄭氏一見到他們，扯了嗓子就問：「老三家的，聽說妳撿了頭狼，在哪呢？是不是二叔身上揹的啊？給俺看看……喲，還真不小哩！」說著近前，伸了手就要翻動。

林氏上前拍了她一下。「老大家的，妳這是做甚，妳叔扛著呢，妳翻來翻去的，要不穩摔了咋辦？」剛路上李空竹言語間給她透露，剝了皮，要分個後腿給他們哩。這趙老大家的，混不吝還摳得緊，真要入了她手，別說後腿了，連肉湯味都聞不著。

這會兒天已經開始擦黑，鄰里村民都跟著圍攏近前來看。

鄭氏被拍了手，就有些不悅，想鬧兩句，卻見張氏也跟著迎上來，拉著李空竹的手道：「剛我跟妳二哥還擔心來著，商量著要再不見你們回來，就出去找找，正念叨著呢，就聽人說回來了。人沒啥事吧……哎呀，衣裳上咋這麼多血啊？趕緊進屋換換吧！」說著就把她向院裡拉去。

李空竹任她拉著，在進門洞時，轉眸喚道：「二嬸，妳讓二叔留在這兒幫我剝下皮吧！我有些不敢下刀哩！」

「這有啥，一會兒我給妳收拾出來。」林氏還未答，趙憨實便笑道。

「妳大哥、二哥都會哩，幹啥還煩勞外人啊？」鄭氏戳著趙金生，被瞪了眼也不在意，又道：「當家的，還不趕緊幫著二叔把東西給卸下來啊！」

趙銀生從一邊跟過來，油滑的臉上滿是堆好的笑。「二叔，給俺吧，嬸子還扛著鋤頭呢，想來累一天的還讓你們幫忙，怪麻煩的！」

林氏見他們聯手想硬來，不由得生了不滿，道：「老三家的留我在這兒，又沒進你兩家的屋子，瞎操個啥心？」

趙銀生被她說得有些尷尬，不自然的笑了笑。「二嬸子這話說的，我跟老三是兄弟，自家人的東西教外人扛著，不是叫人瞧著生分哪！」

「外人？哪個算外人？論著輩分我還是你們的長輩哩。趙老二，你說這話是啥意思？為著一點子狼肉，你連親戚都要翻臉不認了啊！」林氏也不是個好惹的，她一扠腰把輩分祭了出來，趙家兩房頓時不敢吭聲。

趙君逸一直淡淡的看他們鬧著，見場面壓住，才開口道：「先進院吧！二叔、二嬸一路幫忙扛回來的，怎麼也得吃頓飯才行。」

林氏哼哼了兩聲，招呼著自家男人進院，一進去就皺了鼻子哼道：「咋只給留這麼點道？兩步就到頭的，門還對著牆，這是有多大仇、多大怨給整成這樣啊！」

趙銀生在後面聽得面皮子發緊，鄭氏則不滿的嘀咕著。「白給就不錯了！」

林氏回頭看了她一眼，又瞄了尷尬不已的趙金生。「要說如今老趙家的當家人換了，連人情味都變得寡淡了哩！」

「妳瞎叫喚個啥？」趙憨實在一旁聽得直皺眉。別人家的事讓她一說，搞得要給人撐腰似的，也不怕到時惹了是非，弄得一身騷。

李空竹被張氏拉著進屋，換了身乾淨的衣服，聽著眾人的聲音已經進院，就趕忙步出去。張氏本想跟她單獨閒話幾句，卻見她換了衣服就急慌慌的開門要走，只得也跟著出了小屋。

李空竹一出來，正好聽到林氏抱不平的聲音，隨即笑了聲道：「二嬸，我才記起，俺家還沒刀呢，能不能從妳家借把啊？」

「這有啥，正好俺家有把脫了柄的舊刀，妳若缺，我這就回去給妳拿來。」林氏說著轉身要走，卻被李空竹纏著要一起。

鄭氏在一旁不滿的喊道：「老三家的，刀我們又不是沒有，就兩步路的道，妳幹啥非得繞了那遠的？」

「我想著去趟里長家，正好跟二嬸一起順路。」

「妳去里長家幹啥？」大房、二房幾人皆有些不明的看著她問。

李空竹笑了笑，看了眼跟著進院的幾個鄉鄰道：「我想請里長來分肉呢！」

「分肉？」

「嗯。」李空竹並不明說，只點了個頭，隨即又對趙君逸道：「當家的，我跟二嬸走一趟啊！」

「嗯。」趙君逸掃她一眼。見她出了院，就喚著兩位哥哥幫忙把屋子裡唯一的兩張長凳搬出來，招呼著趙憨實跟進來的一些鄉鄰坐著嘮嗑。

路上的林氏領著李空竹，開口問她請里長幹啥？李空竹淡笑道：「難得有狼肉吃，就想著不若全村跟著嚐嚐味兒。」

「啥？」林氏張大了嘴，一副不可置信的樣兒。「妳要分給村裡？天哩，那得多少才夠？」

那狼雖看著不小，可全村上下百十戶的上百口人，若要分，到時他們家能得多少？那她允給自己的狼腿豈不是沒了著落？林氏臉色當即就有些不好，態度也冷淡下來。

李空竹知她所想，笑著不動聲色的添了句。「我記著二嬸的好哩，一會兒拿了刀回去，先請當家的給二嬸分。」

林氏聽罷，這才緩了臉，重拾笑臉的領她先去了里長家。

趙家村的里長陳百生，年過四十有餘，如今家中只他跟老伴領著五歲的孫子，住在四間明亮青磚瓦房裡。兒子跟兒媳因為要掙錢，在縣裡租了個小宅，一個幹木工活，一個在繡樓當繡娘。

當李空竹她們到來時，正逢一家三口坐在院中吃晚飯。門是陳百生的婆娘王氏開的，看到林氏，她很熱情的招呼兩聲。

可當聽到林氏說是李空竹有事來找時，就淡了幾分笑，轉眼將她打量一遍後，道：「喲，當真是個美人胚子，這麼晚了找來，有啥事不成？」

李空竹本想絞絞手指裝個害羞啥的，可看她眼神實在不喜，只好作罷的顯出落落大方來。「今兒上山遇到條笨狼穿樹杈上，刺破了喉，被我白撿了回來。回來時，驚得村中鄉里好多人前來圍看，就尋思著平日裡，大夥兒也不是常常能嚐著這狼肉味的，就想著，不若把牠給分了，讓大家一起嚐嚐鮮。」

「狼肉？」

「可不是！」林氏見王氏疑惑，趕緊把在李空竹那兒聽到的事，又添油加醋的說了一遍，末了還舔了下乾涸的唇道：「妳說這是不是運氣！」

王氏驚得點頭，看著李空竹的眼神變了幾分，臉上的笑也真誠了一分。「妳還真是膽大，也虧得這好運氣，要不然，小命都怕難保了。」光是想想那被狼撵的情景就足夠讓人肝顫的了，更別說還有勇氣和力氣把那狼給扛下山。

李空竹抿著嘴，有些不好意思的半低了頭。「當時被嚇傻了，後來看運氣這麼好，也就顧不得害怕了，想著有錢後能頂一段日子，還覺著撿著了呢！」

王氏聽得無奈的嘆了口氣。對於趙家的事他們都知，可又不能插手管，畢竟趙三郎跟趙家沒有血親，撿回來時又是個半大的小子，真要論起來，老趙頭兩口子還是他的大恩人，不然放在那深山叢林裡，怕早就是一具白骨了。

陳百生在一邊聽得蹙眉想了一下，隨即開口問她。「妳真要把肉分出來？」

李空竹點頭。不分，也抵抗不了大房、二房鬧騰占便宜，既然要分，她還不若賣個好。如今她頂著原身不好的名聲，要是不撿點回來，跟村中鄰里打好關係，那以後她要做點啥，都禁不住有人鬧騰說道。

那種被人罵又被人鄙視的日子，她是一點也不想過。

陳百生見她點頭，又道：「妳打算怎麼分？」百十戶幾百口人呢，那狼就算再大，可一剝皮、一掏空，也剩不了啥了。

「我尋思著，除了留下的幾斤外，剩下的能不能都交給里長叔，請嬸子幫著煮個大鍋湯，到時請村裡的人一人來喝碗肉湯就好。雖說不多，到底是我的一點心意。」

「這個法子好！」王氏聽得拍了下掌，轉頭看著陳百生道：「當家的，我記得咱們修房時，舊宅院子裡搭的灶還沒拆，到時就用那個灶吧。誰要來喝肉湯，就叫各家出點自家種的菜來煮著，到時全村跟著擺著吃一頓。雖說不解饞，可能嚐個味兒也是好的。

「再說了，這秋糧下來又是忙冬麥的，正好趁著這個機會，大夥兒聚聚，聯絡下感情。」何況，這對自家男人的聲望也好！

陳百生認真的盯著李空竹半晌，只覺她不像傳的那般不堪，將狼肉交給他，等於是賣了個好給自己。畢竟自己婆娘拿著肉，不可能不貪心的留點。

可接了這樣一個好，他就得幫她收買人情了。陳百生沈默的想了會兒，終是點頭答應走一趟。

當李空竹把陳百生請來，說明情況後，大房、二房兩房人簡直如炸了鍋般，不可置信的看著她。

趙金生還好，只是稍微有些不贊同的皺了眉，對趙君逸勸道：「這肉既是你們撿的，不分，誰也不能說個啥。冬天本來就沒啥吃的，留著當個嚼用也好。」

鄭氏卻有些受不住，指著李空竹，直接拔高嗓門的大叫。「妳是不是傻的，自家的東西可著勁兒的往外拋，妳是傻透了不成？」

「老三，你咋當的一家之主，一個男人讓個婆娘騎到脖頸子上撒野，還有沒有點當家人的氣概了？」趙銀生也來了氣。長這麼大，還沒見過這麼敗家的婆娘，那幾十斤的狼肉啊，就算吃不完，弄去賣個野味也能值不少銀子，就這樣白白送給別人，是犯賤還是怎麼著！

李空竹在一邊聽著也不相理，拿著林氏給的菜刀，直接遞給趙憨實道：「二叔，你幫俺剝了吧！」

趙憨實欸了一聲，老實的扛著狼，走到院角，開始了剝皮的工作。

鄭氏、趙銀生等人見李空竹把他們說的話當耳邊風，就不由得愈加心生怒氣。

「這肉可不能白費了，要敗家，滾妳老李家敗去，我們老趙家可要不起這樣的媳婦。」鄭氏氣得大吼，扠著腰就要向那邊正在剝皮的趙憨實行去。

林氏見狀，直接擋了道，哼笑兩聲道：「喲，我還頭回聽說都分了家的人，還能管了別家的事。怎麼，手就這麼賤啊，見不得別人家的好，死活都要橫插一槓子？」

「我趙家的事，關妳屁事，妳要不得了好，妳能這麼賣力？」鄭氏氣紅了眼，直接不客氣的對她呸了一口。「死老婆子，妳打啥主意，當誰不知道哩！」

「趙金生！」林氏被呸了口水，氣得直接一個大叫，衝著站在一邊的趙金生吼道：「老娘還不能說兩句公道話了不成？她是個什麼玩意兒，還敢對我吐口水？我是誰？啊！我問你，我是誰？你們他娘的一個個都活膩了是不是？信不信我現在就去族中請了族長來！一個個不敬長輩的玩意兒，趙家有你們這樣的後人，臉面都要丟光了。」

趙金生被吼得直縮了脖子。見鄭氏還在那兒梗著脖子，就走過去，衝她搧了一巴掌，吼道：「妳個死婆娘，咋說話的？二叔、二嬸跟咱們是一脈血親，那是長輩，眼睛糊屎了？」

「啊！」鄭氏被打了耳刮子，更不依了，怒瞪著趙金生就叫罵開來。「你個挨千刀的！老娘哪一點說錯了？啊！我這麼做為的是誰啊——」

話沒說完，就見她一屁股坐下去，拍著大腿仰天大哭。「作孽喔，我這是好心沒好報啊！老天爺啊，我們把人當親人，人把我們當外人喔！我好心好意勸這個敗家的婆娘，結果倒好，死婆娘倒是聯合起外人來數落我的不是，挨了揍又討不了好，讓我咋活啊？啊啊——」

李空竹看得是一陣無語。林氏見狀，嘿了一聲，捋著袖子就想去教訓她一頓。不想被李空竹扯著衣袖，衝她搖搖頭，努著嘴，讓她看院子角落那正剝皮的趙憨實。

林氏見自家男人正不滿的看來，就抿抿嘴，終是沒有開口的哼了一聲後，就雙手抱胸的走到院落，到自家男人那兒，氣沖沖的站著。

第五章

鄭氏在地上又是撒潑，又是打滾，讓院裡來圍看剝皮分肉的村民們看得鄙視不已。陳百生更是皺眉，見鄭氏根本沒有停下的意思，就向趙金生道了句。「雖說鄉里鄉親都是熟人，到底一把年歲了，還是留點臉面的好！」

趙金生臉皮發燙，連連點頭稱是。趙君逸則不為所動的請了里長去到屋簷處單獨坐著，眾人也都各說著各話。李空竹拿了個乾淨的碗出來，給陳百生舀了碗水。

鄭氏坐在地上乾嚎了半天，哭得嗓子都啞了，卻陡然發現誰也沒把她當回事，不甘心的擦了把眼淚，一拍大腿，想要再來一輪，卻不想後頸突然一緊。

轉回頭看去，就見趙金生一臉鐵青的瞪著她，直接一個提手，將她給硬拽了起來。「妳要再這麼下去，信不信老子明兒個就讓妳滾蛋回娘家！」

鄭氏被喝得滿臉紫脹，憋著氣，翻著耷拉的眼皮，狠盯著趙金生。趙金生已經覺得夠丟臉了，見她還不知趣，就氣得臉黑，又一個大掌要搧了去。

「剝好了啊！正好，二叔幫著砍下肉吧！」李空竹的聲音正好在他身後響起，讓落掌的趙金生頓了一下。

坐在地上的鄭氏一聽砍肉，趕緊掙脫趙金生的箝制，一個打挺就從地上站起來，想圍上去看怎麼分肉。不承想，剛要走時，脖子又被趙金生死死的箝制住。

「你要幹啥？俺看看分肉都不成啊！」鄭氏回頭，大著嗓門，不滿的衝他吼著。趙金生恨不得直接伸手去堵了她的嘴。

「大嫂既然要看，就過來看吧，正好，砍了幾塊里脊，一會兒咱們三家一家一塊，剩下的就都讓里長叔拿走，明兒請了王嬸子幫著做肉湯。」

「妳個傻透的玩意兒啊……」

鄭氏張口要罵，卻被趙金生狠狠擒住脖子，狠戾道：「妳今兒要給老子再作，就別怪老子明兒就將妳休回家！」

「你敢！」鄭氏咬牙低吼，不過到底沒鬧騰的閉了口。

李空竹見事情終於平靜下來，這才抽著嘴角，開始分起了肉。

林氏跟趙憨實一家，她是答應了的，給了塊後腿二斤左右的肉；另還有三塊從狼背里脊處切下的肉，大的一塊她留給自家，剩下的則是給趙金生和趙銀生兩房人的。

趙金生有些不大好意思相要。李空竹看他笑得老實，卻聯想起剛剛他狠戾的樣子，直覺他也不是表面看著的那樣，就堅持把肉給塞過去。

給二房時，張氏接過肉，還笑得溫和的看著趙君逸道：「老三，這肉算是你同意的吧？」

趙君逸可有可無的嗯了聲。

張氏像是鬆了口氣般。「那就好，女人啊，還是得聽了當家的話才行。」

李空竹直接忽略，故作聽不懂。一旁趙銀生則還有些不甘心的問著趙君逸。「老三，真要送人？」

「嗯。」

「你咋這麼沒出息呢？讓個婆娘指得團團轉。」

趙君逸見他一副恨鐵不鋼的表情，就輕勾了下唇角，左臉那荊棘密布的傷痕，在夜色的燈影裡顯得極陰森。「不是大哥、二哥替我相中的嗎？」

趙銀生背後莫名的起了陣寒意，張口要反駁什麼，終是沒有發出聲。

那邊廂，李空竹把剩下的狼肉，讓趙憨實剖成兩半，當著陳百生和圍觀的鄰里村民道：「剩下的就這些了，雖說不多，到底是我們兩口子的一點心意。明兒煩請王嬸幫把子手燉了，請村裡的叔嬸哥嫂們嚐嚐味兒！」

陳百生點頭。「妳有心就好。」說著，就點著幾個圍觀的壯實漢子道：「來兩人，把這肉搬走，明兒個請了全村人去村口楊柳樹下搭桌喝肉湯去。有那不知道的，今兒在場的，幫著傳個話。」

圍觀眾人一見那剩下還挺多的狼肉，皆有些不大相信。先頭還以為可能會做做樣子，會把肉刮得剩不下個啥。如今一看，好幾十斤的肉，總共就割下十斤不到，大部分卻是動都沒動。當著這麼多人的面，送這麼多肉，那得多大的肚量啊！

眾人轉眼打量著李空竹，見她面上帶笑，絲毫不見不捨和不滿，不由得開始對她的看法有所改觀。

旁邊拿肉的林氏得了好，嚷著嗓門就道：「這事兒里長放心好了，明兒個一早，我就挨家挨戶敲門招呼去。願來自然是好，不願來，就當他沒那個口福了。」

「嫂子這話在理！」一群眾裡，有跟她平輩的婦人聽了，笑著附和了聲。眾人聽了也都相繼出聲讓放心，說是到時肯定全到場。平日裡誰也捨不得花銀買肉，有免費的喝，還不得跑斷鞋的趕來啊。

眾人嘻嘻哈哈的笑鬧著，看著抬肉的漢子們出了院，也相繼跟著告辭出去，回了家。院子裡一下靜了下來，大房、二房的人見事已落幕，也不好再說什麼，準備各自回家。鄭氏臨走時狠盯了李空竹一眼，張氏則別有深意的衝她一笑。

李空竹一一受著。反正她的目的已經達到了，又看了齣胡鬧劇，管他們心裡怎麼想她的。回過神，發現忙碌了一晚上，竟是連晚飯都沒做，這會兒閒了下來，感覺肚子已開始咕嚕的唱起空城計。

李空竹看了眼搬凳進屋的男人，道：「當家的，你餓了沒？」沒等他答，她自顧自的去到屋簷灶臺處，舀了水，開始刷起鍋來。「我餓了，能幫忙生把火嗎？」

趙君逸見狀，將最後一張凳子放進屋裡後，再次出來，卻是蹲在那灶門處，手拿火石的生起火來。

隔天晌午未到，趙家村上上下下上百口的人，從自家搬來桌凳，圍坐在村口楊柳大樹下，一邊嘮著閒嗑，一邊聞著從里長舊宅傳出的香味，不時難耐的嚥了口口水。

李空竹在院中露天灶前燒火，王氏上灶，把村人拿來的菜全扔鍋裡，一鍋亂燉。王氏面上帶笑的咧嘴道：「肉味聞著倒是挺香。今兒這幫子人有口福了，平日裡一個個摳精似的攢錢，若不到過年節啥的，連點骨頭棒子都捨不得買呢！如今白得了頓肉湯喝，還不得樂壞了去！」

「真香！」王氏正說著話，沒留意到自家五歲的孫子吉娃吸著鼻子跑進來，這會兒站在灶臺前，仰著脖子看著鍋中，手上拿著個饅頭，直嚥著口水問：「奶，還得多久啊？俺餓了呢！」

「哎喲，你個饞嘴的猴兒，不是有饅頭在手嗎？幹啥還叫著餓啊！」

「村裡其他人都拿著呢，李伯伯說饅頭沾上肉湯才香哩。奶，妳讓我沾一點唄！」

王氏被他逗得發笑，看著他仰起白生生的胖臉，忍不住捏了一下。「還沒熟哩，先等會兒吧！」

「喔！」吉娃垂眸點點頭，卻不離開，拿著饅頭蹲坐在李空竹的身邊，拄著圓臉盤子，看著她挾柴進灶。半晌，他歪著頭相問。「妳是不是趙三叔娶的那個爬床丫頭啊？」

「吉娃！」王氏聽得肅臉喝他。

吉娃癟癟嘴。「又不是俺說的，剛剛在外面，趙大嬸子說的，說趙三叔娶的爬床丫頭，是個敗家的娘兒們！」說完，他又轉頭，瞪著一雙骨碌碌的大眼看她。「俺問趙大嬸，誰是趙三叔娶的丫頭？她說在這院裡燒火的狐媚子就是！」

「吉娃！你這孩子，咋說話的？皮癢了不成！」王氏臉色尷尬的泛起了紅，伸手就要過來抓吉娃。

李空竹見狀，連忙起身，伸手給攔下來，將吉娃護在身後笑道：「嬸子，妳這是做甚，他一個小娃子懂啥？以前我做的那些糊塗事，本來就不妥，拿來笑話也沒個啥，我都沒咋地，倒是把妳氣得夠嗆。」說罷笑著上前拉了她的手，又幫著給她順了胸口。

王氏聽她這樣說，盯著她愣看了好一會兒。

李空竹被看得有些不大好意思，無奈的嘆道：「那時腦子就跟糊了屎似的，就一門心思的覺著那是對的，如今想來，就覺著是那腦子在犯抽呢！」

「噗！啥糊屎不糊屎的，妳倒是敢說！」王氏被她逗樂，笑著拍了她一下，隨即又嗔怪的看著自家孫子喝道：「以後不准亂學了舌去，這村裡村外的，你好的不揀，盡揀起長舌婦的糙話學，再有下次，小心我打了你，還把你送你爹那裡，看他怎麼收拾你。」

吉娃聽得縮了縮小脖子。奶他不怕，就怕那做木匠活、有著大蒲扇手的爹呢。去年時，他就因為不聽話，被他爹狠狠的搧了幾巴掌，害他疼了好久，到現在都記得那滋味。

看奶還盯著自己要回話，就趕緊乖乖點了個頭道：「知道了！」

見自家孫子老實了，王氏跟著暗中鬆了口氣。拿了個小碗給他盛了小半碗的肉湯，在他耳邊悄聲嘀咕兩句後，就讓他躲到一邊吃去。

王氏嘆道：「小子平日裡被寵壞了，今兒是碰上妳脾性好、不計較，要是日後還這麼著，指不定得闖下啥大禍哩！回去，我得好好跟他爺說道說道，可不能再這麼慣著了。」

李空竹將一小把柴禾丟進大灶裡，不在意的笑了笑。「小娃子嘛，還不到分辨的年歲，容易學了話也正常，嬸子妳多心了。」

鄭氏之所以會口無遮攔的在外面損她，多半是因著昨兒晚上的事沒占著好，心裡不舒服呢。正想著，外面忽然傳來陣陣吵鬧打罵之聲。

王氏肅著臉將鍋蓋蓋上，在圍裙上擦著手道：「誰這麼不識趣，在這種時候鬧！」說著，又解了圍裙，道了聲：「我去看看，妳注意下鍋啊！」

李空竹點頭，見她出去，就傾耳聽了一下。聽著那熟悉的叫罵聲傳來，就不由得抽嘴暗想，還真是到哪兒都沒有清靜的時候。

片刻的工夫，外面的叫罵消了聲。

王氏又重繫好圍裙走進來。「讓趙老大給弄回去了。也是不消停的，那亂嚼了舌根，是個人都受不了！」

李空竹淡然應和了聲，隨即繼續故作漠不關心的挾柴燒火。

「哎喲，這味兒真香，饞得我們幾個婆娘都想來貪貪嘴了，咋樣，燉爛了沒？」有婦人的聲音跟進了院子。

王氏見到她們，就笑著招呼了聲，當著她們的面揭開鍋，用鏟子鏟了下，提了塊骨頭出來，用手一抖，上面黏著的肉就掉進了鍋裡。

見此，王氏滿意的點頭道：「好了哩！正好，不用找幫手了，我用大碗公盛了，妳們幫著端出去吧！」

婦人們笑著應了聲，走過來站在那裡看王氏盛菜，其間又跟起身洗手的李空竹閒話了兩句。幾人見她說話謙虛得體，又想著這肉是她拿出來的，到底有著幾分吃人嘴短的人情。

一婦人笑著打趣道：「都說流言不可信，如今看來，還真是這理兒。前兒那段日子裡，那些說趙老三家的如何如何，如今見著了真人兒，才知差得有多離譜。看看，多標緻溫婉的一個人，哪就有說的那般差勁了。妳說是不是，嫂子？」

另一婦人隨即道：「可不是，這人啊，還得見著才能算得準。都是些愛閒話的口，自然會添枝加葉了些。」

李空竹笑聽她們附和，有禮的跟著閒話幾句，等在一邊也準備端菜。

王氏將菜盛裝好，吩咐她們趕緊端，而她則跑出去吆喝道：「肉湯燉好了。要吃中飯的，可得再拿點菜來啊，不然一會子沒了，沒吃飽，可都別起了埋怨！」

「放心好了，嬸子，俺家婆娘早把菜端來了，就等著肉湯沾饃吃呢！」一青年壯漢揚聲回道，惹得旁邊一群人跟著哈哈大笑起來。

「有啥好笑的，你們不也一樣！」那青壯漢子見眾人笑他也不惱，而是環視一圈周圍的幾張桌子，瞟了一眼那上面擺著的碗和菜辯道。

王氏拍著身上的衣裙縐褶，笑聲爽朗。「就你二狗子是個爽快人。可別忘了，這肉可是趙三郎家出的哩。」

「俺記著呢，嬸子！」叫二狗子的漢子嘻嘻一笑，正好幾個婦人把菜端到他那一桌。見狀，他趕緊將碗裡的饅頭拿在手，一手提了筷子，就跟著搶了起來。

趙君逸跟里長和村中幾個長輩坐在一桌。在那一桌，沒人敢搶，大家都平靜的吃著菜，喝著肉湯。

李空竹端完菜，收拾了出來，看了圈楊柳樹下放著的十幾張桌子，見坐得滿滿當當的，便不打算前去相擠。大家見她尋著什麼，持著疑惑的眼光將她上下打量著。

見此，李空竹抿著嘴，跟那些看過來的村民有禮的頷首致意。有些人回了她個點頭，有些人則很直接的又轉過頭，並不受她的好意。李空竹也不惱，畢竟那麼差的名聲，不是光靠一頓肉就能挽回的，往後她儘量小心做人，慢慢將她的形象拉回來便是。

王氏也沒跟著就座，她拿了肉，自然給家裡留了點。見李空竹站在那裡沒處坐，就過去拉她進了舊宅的院子。「剛剩了點，妳就著喝兩口。昨兒我聽妳叔講，妳也沒留多少給自家，怕是都不夠解饞的。」

李空竹謝過她拿來的小半碗燉肉湯，抿著嘴幾口喝下後，便說家中還有點事，想回家去。

王氏知她留著也沒個意思，就揮手道：「回吧，反正後頭吃完，他們都是自家搬自家的東西，不過就是幾個碗，我幾下就洗完了。」

李空竹從院裡出來，找著趙君逸說了回家的意思，他倒是漠不關心的頷首一下。李空竹本也沒讓他關心，見樣子做到，就轉身離開了。

跟趙君逸坐在一起的幾個長輩見她知禮尊夫，又得體大方的將肉分出來，雖說有賺名聲之嫌，可這肚量，也不是人人都有的。

「若是個安分守己的，倒是可以不計那些前嫌了。」一名年過花甲的老頭，見人走遠，就捏鬚說了這麼一句。

「是啊！」幾個老者點頭附和。

陳百生眼神閃了下，跟著笑道：「說起來，不過是流言傳得厲害罷了，真人兒啥樣，咱們誰都沒看見。聽說自小就離了家，跟本村人不熟，這以訛傳訛的到處傳。說不得當初不過是一些小事，就給放大來呢。」

同桌的老者皆點點頭，那年過花甲的老頭兒更是說道：「年歲小，又見到了那滔天的富貴，哪有不起心思的？如今平靜下來，瞧著也是個穩妥的，若能好好過日子，也算是幸事一樁。」

大戶出來的丫頭，有些也是失了身的，只是瞞得緊，又有身家跟見識，不抖出來，農家漢子大多還是願意娶的。

桌旁的眾人連連附和，趙君逸不動聲色的眼眸裡閃過一絲異樣。

那個女人！看來還是個慣會做表面工夫的。

李空竹回到自家的小院，將早間剩下、溫在鍋裡的一碗高粱米水飯下了肚，收拾俐落後，便將昨兒摘的山裡紅，拿出來倒在盆子裡。

果子因昨兒晚上的事，忘了倒出來晾著，捂了一夜，這會兒通風打開，還有些熱氣燒得慌。拿了個果子在手，正想著要不要去籽看看，不想外面，卻有人喚道：「三嫂子在不？」

李空竹將手中的果子丟進盆裡，走出屋看向門洞外。破掉的門洞口立著個挎籃子的清秀小婦人，看年歲跟如今的自己差不多，十五、六歲白白淨淨的，一雙漂亮的單眼皮，正帶著笑意的看著她。

「三嫂子，俺婆婆昨兒個拿回來的那張皮子，讓俺當家的硝製好了，她讓俺給妳送來哩！」

李空竹聽得連連請她進院。「倒是添麻煩了，我們不懂行情，還是二叔說硝製一下能賣得好，就腆著臉皮求上了門。」

「對了，妳咋這個時候過來？沒去吃肉湯？」李空竹請她進屋就座，從水桶裡舀碗清水充當茶水，放在小黑桌上。

麥芽兒將放在籃子裡的皮子拿出來遞給她，道：「三嫂子昨兒有送狼肉給我們家，我就犯了懶不想去擠，正好當家的把皮子硝製好，想著趁空過來碰碰運氣，不想，正好碰著妳在家哩！」

「有勞了！」李空竹笑著把皮子接過來，見昨兒個剝下時還軟塌塌、血糊糊帶著腥味的毛皮，這會兒已經有了一定的硬度感，毛髮也顯得光亮不少。

「皮子挺完整的，俺當家的說，能值個五、六錢的樣子，就是還有些潮，掛著再晾晾就好了。」

李空竹笑著道謝，找來根木棍把皮子撐起後，直接掛在屋簷下的通風口。進屋見麥芽兒拿著顆山裡紅看著，眼神就閃了一下。「昨兒上山摘的，妳嚐嚐？」

麥芽兒搖搖頭。「俺不愛酸。山裡紅雖說有幾分味兒，可不能多吃哩，吃多了，容易鬧肚子。」

「想著平日裡沒啥吃的，就拿來嘎巴下嘴，見結得多，就多摘了些回來。」

「也是，不值幾個錢，不摘也得爛地裡了。」麥芽兒將手中的果子放回去。

李空竹眼神深了深。「這玩意兒還能賣錢不成？」

「倒是聽說能入藥，不過藥鋪收得不多，還便宜。如今又不是啥災年，吃不起飯，就沒人去挨這累了。」麥芽兒說著，又奇怪的看著她道：「三嫂子不知道不成？」

「我自小離家，成日裡關在四四方方的院子裡，好多東西都不記得。就好比如今集市上的柴米油鹽，都不知道是個什麼價位哩！」這話她倒是沒有撒謊。原身在府宅內院做著侍候人的活計，雖說有月例銀子，可長年不出府，讓她對市井之物知之甚少。

第六章

麥芽兒見她有些不好意思，想著那些說她的傳言，就不由得心下生憐，笑道：「這有啥？如今俺們成了親戚，三嫂子往後有啥不明白的，直接來問俺好了。反正兩家也隔不遠，招呼一聲，就能聽見的。」

李空竹點頭。「只要堂弟妹不嫌了我就成。」

「這話說遠了啊！俺啥時嫌過嫂子了？」麥芽兒說著就挽了她的胳膊來。

要說昨兒個以前，自家婆婆會讓她儘量遠著點趙三哥這房，可昨兒晚上他們兩口子從這兒回去後，連公爹都說趙三哥娶的媳婦不像傳的那樣，看著是個實誠、和善、會過日子的，所以她今兒才會帶著好奇過來看看。沒想到，還真不像傳的那樣，什麼混不吝、不知羞又做甚的。

李空竹樂得這直率熱忱的小姑娘跟自己投機，兩人聊了近一個時辰，相得甚歡。麥芽兒臨走時，還有些擔心她不甚瞭解說的那些事情，就對她道：「趙三哥的腿腳不好，這去鎮上得近一個時辰的路哩，嫂子若要等皮子乾了去賣，到時不若叫了我一起。俺當家的如今跟著鄰村獵人組隊上山打獵，前兒拿回幾張皮子，到時一起吧！」

「那敢情好！」李空竹正愁找不到好的賣家，有人同路自然是好的。

兩人商量好後，麥芽兒便告辭走了。

李空竹送走麥芽兒，回屋把蔫掉的山楂切了片，鋪在蓋簾上，準備曬乾儲備起來，以後當消食茶喝。

趙君逸是在下晌未時三刻回來的。兩人依舊無話，各行其事，晚上簡單的一頓水飯過後，便相繼睡去。

到了跟麥芽兒約定上集的日子。李空竹早早便收拾妥當，拿著借來的籃子把晾乾的狼皮裝好，便向麥芽兒家行去，行到半路，正好撞著走過來的麥芽兒。

兩人一碰面，麥芽兒就對她道：「嫂子，咱們先去村口等著。俺當家的去借牛車了，一會兒咱坐牛車去鎮裡。」

李空竹笑道：「行，待賣了皮子，回來我再付一半車錢吧！」

「嫂子這話生分了，俺當家的借牛車，是要拉糧去鎮上磨坊磨麵，搭上咱倆不過是順道的事。」麥芽兒挽著她的手，完全一副小女兒心態的不滿嘟嘴。

李空竹也不矯情的非要爭，朗笑道：「那我就不客氣了，到時我這大屁股一坐，牛車重得拉不動，妳可不許反悔了去。」

「哎喲喂，三嫂子妳可真逗！」麥芽兒拍著她，笑得有些直不起腰。越發覺著那些傳言都是假的，這樣一個愛玩笑又和善之人，哪有半點傳言中的不堪？

兩人笑鬧間走到村口，正好麥芽兒的丈夫趙猛子趕著牛車過來。見到兩人，他「吁」的一聲將牛繩拉緊停下，揮著鞭子招呼兩人趕緊上車。

麥芽兒拉著李空竹上了後面的板車。兩人在邊沿坐穩後，對趙猛子喊了聲。「行了！」

趙猛子黑俊的臉上綻了個大笑，手中鞭子在空中一甩，喝了聲「駕」，牛車便不緊不慢的行走起來。

如今快進十月入冬的天氣，早間天氣寒涼，晨霧厚重，那白白的霧氣帶著水珠沾染在人的頭上和睫毛上，白白的，煞是好看；沿途的冬小麥也長出了幼苗，綠油油的籠罩在一片厚重的白色晨霧之中。

坐在車上的李空竹看得出神，只覺這樣一幅仙境似的景象，在現代那個重工業污染的環境中，怕是再難尋到了。

麥芽兒用布巾把頭給蒙起來，只餘了雙眼睛在外面。見李空竹光禿禿的也不遮一下，就從籃子裡拿了張兔皮出來給她套在頭上。「這風如今吹著都割臉了，還是包著點，別回頭受了凍，臉裂開了，遭罪的還是咱女人。」

「媳婦兒妳放心，妳就是吹了滿臉的口子，俺也喜歡。」前面趕車的趙猛子聽了她的話，趕緊接嘴表著忠心。

「貧嘴！俺要真吹了滿臉的口子，你到時指不定得躲多遠哩。俺娘說，男人沒有一個不起那花花腸子的。」

「哎，妳不能一竿子都打死啊！俺是真的喜歡，要不，妳現在就揭了那包著的布頭，吹個一臉口子試試，看俺嫌不嫌妳。」

「我呸！」麥芽兒嗔怪的上前拍了他一下。「想哄著俺把臉吹壞，你好再找一個是吧？

看俺不把你耳朵揪下來！」

「不敢，不敢，俺這輩子就認準媳婦兒妳一個，哪還敢再生了二心啊？」趙猛子被她拍得受用得很，咧著嘴一個勁兒的表著忠心，任她揪著自己的耳朵也不惱。

李空竹有些羨慕的看著吵鬧的二人，只覺得這才是簡單實在的農家夫妻生活。想想自己如今面對的那個男人，除了冷就是酷，再來就是瞧不起人。暗嘆口氣，也不知她這輩子能不能擁有這樣平凡簡單的幸福？

一路笑笑鬧鬧的進了環城鎮門，趙猛子把牛車寄在鎮門邊上專門的看管處，讓麥芽兒兩人幫著看會兒車，他則去磨坊借來個獨輪車。把要磨的麵搬上車後，跟兩人約定好回程的時間，便分了道。

李空竹跟著麥芽兒向南邊街道行去。路上，她跟李空竹子講解了一下這裡收皮貨的行情。「咱們先去客棧看看有沒有行貨商，往年這個月行貨商們已經開始來這邊收皮子了，要是運氣好遇到的話，比在那皮毛店多賣不少錢哩！」

「成，我聽弟妹的，妳指哪兒，俺跟哪兒。」

「嫂子，妳咋這麼逗哩！」麥芽兒又被她給逗得哈哈大笑，覺著這三嫂子還真是對了自己的脾胃。

「俺可不逗，俺說的都是大實話。」李空竹想把她當同齡女孩交往，自然沒有對長輩說話時的那種顧慮。果然，麥芽兒又笑個不止。

兩人嬉鬧間，便被麥芽兒輕車熟路的帶到一家簡潔大方的客棧。一進去，店小二忙迎過來，問兩人是不是要住店？

麥芽兒搖頭，上前跟小二小聲的嘀咕幾句。那小二看了眼兩人提著的籃子，點點頭，讓兩人坐在大堂一邊的桌邊等著，他則向後堂跑去了。

李空竹有些疑惑的看向麥芽兒。「妳常來這店？」

麥芽兒搖頭。「都是老規矩，到時只要給點跑路費就成。」

難怪！李空竹恍然。想來這南來北往收貨的行商販，引來不少農人前來賣私貨，店家小二想掙外快，行貨商想收好貨，久而久之，自然就形成這樣一個不成文的規矩。

兩人未坐多久，很快從內堂就出來兩人。除前頭領路的是剛剛那個小二外，後面跟著的人，是一名長著絡腮鬍子，身著棉質直裰的中年男子，看著身形高大魁梧，眼露凶光，不像行商之人，倒有點似保鏢。

小二靠過來給兩人介紹。「這位是老闆身邊的管事，妳們不是來賣皮貨的嗎？拿出來看看。」

麥芽兒跟李空竹將籃子裡的皮毛拿出來，那絡腮鬍男人將兩人的皮子拿著翻了翻，對小二嘰哩咕嚕的說了幾句。李空竹仔細聽了下，並不像變國語，也不像任何一地的方言。敢情還是個外來人？

小二對兩人道：「管事的說，這裡面的皮子就狼皮值點錢，問妳們算一起，還是分開算？」

「分開算。」

小二點頭，跟男人解釋。男人頷首，從腰間拿了個荷包，將麥芽兒和李空竹的貨物分開來。

麥芽兒一共三張兔皮、一張狐狸皮子，賣了六錢銀子；而李空竹的那張狼皮，因為完整又破洞小，給了整整九錢銀子。完事後，小二又問兩人每人要了五十文當是跑腿費。

這樣一來，李空竹憑著一張狼皮，換成銅板的話，賺了整整八百五十文。轉頭看著麥芽兒滿是神采的眼睛，她知道，這個價，是個難得的好價。

兩人拿著銀子出了客棧，麥芽兒問她可有東西要買？李空竹連連點頭，說要買的東西很多，怕是要借她的牛車一用。麥芽兒表示沒問題，讓她儘管買，買多少牛車都裝得下。就這樣，兩人揣著銀錢，開始在街頭商鋪的大肆採購。

首先李空竹要買的東西，就是解決保暖的問題。如今晚上太陰冷，睡在稻草鋪的架子床上，即使裹了鐵被子，還是覺著冷得不行；再加上自己嫁過來時，只有兩件單布衣衫，如今即使兩件都穿在身上，早間坐車依然感覺有冷風侵體。為著整個冬天著想，厚棉衣服和厚被自是少不了的。

李空竹沒有進實體店買成品，而是直接去往布莊，扯了粗棉跟秤了棉花。記憶中原身是會女紅的，到時自己可藉著記憶練練手，若練不會的話，大不了到時再出幾個錢，請麥芽兒跟王氏教教就是。

再來就是糧食。家中只有點高粱米跟玉米麵，李空竹上輩子是南方人，很想買點精米，可一看那價位，就直接放棄改選了較便宜的白麵。秤了二十斤的白麵，又買了十斤糙米，再來是油鹽跟一些最簡單的調料。待這些買齊後，李空竹又拉著麥芽兒去往專賣糕點糖果的鋪子。

一進去，李空竹直接問老闆可有冰糖賣？那站櫃掌櫃上下將她打量了一眼，見她滿身補丁，並不像一般的富裕人家，就道：「小娘子若要買糖，可買比較便宜的紅糖。冰糖做工複雜，上等的要六錢銀子一斤。」

旁邊跟著的麥芽兒聽得直吸涼氣，拉著李空竹的手不住的跟她打著眼色，李空竹也沒想到這冰糖居然這麼貴。見麥芽兒看自己的眼神都有些起了變化，就不由搖頭失笑。「我都不知行情，還以為便宜著呢。」

麥芽兒想到那天跟她談話的內容，她確實有很多不懂，就不由暗吁口氣，還以為自己上當走眼了呢。

「白糖呢？」麥芽兒還沒想完，李空竹又退而求其次的問了白糖的價格。

那掌櫃見她誠心要買，就道：「白糖比較便宜，可也要一百五十文一斤。」

李空竹有些咋舌。想著先頭買的那些已經花去了近四百文，身上剩下的這點，也只夠買三斤的；再加上若要保密性，還得買個爐子跟小鍋，算算，錢好似不夠。

麥芽兒見她猶豫著似要買，趕緊急道：「三嫂子，其實水糖比白糖好呢，水糖能緩癸水痛，白糖也就甜點，沒啥用處。」

李空竹知她好意，也不瞞她。「我沒打算吃，有用處哩。」

「用處？」

「嗯。」李空竹點頭，在她耳邊輕聲嘀咕了兩句。麥芽兒聽得有些疑惑，李空竹則拍拍她的手。「回去我若做出來，拿去給妳嚐嚐。」

見她堅持，麥芽兒只得無奈的點頭。看她招呼著掌櫃說要買，欲言又止的張了張口，終是沒再說什麼的隨了她去。

李空竹秤了二斤白糖，身上餘下的一百多文，又去鐵鋪問了爐子和小鍋的價錢。憑著講價纏磨的本領，最終將爐子、小鍋並一塊鐵板和鐵水壺給收入囊中，自然，銀子也是花得一分沒剩。

回程的路上麥芽兒有些鬱悶，苦口婆心的勸她以後不能再這般大手大腳。想著她所說的那個葫蘆能賣上價還好，要是賣不上，怕是連本兒都回不來，到時豈不是白白讓錢打了水漂？

李空竹微笑聽著，直說以後再不盲目了，才止了她不停念叨的嘴。

趙猛子將牛車趕到李空竹的家門口。剛停車，大房、二房就從隔壁衝出來。

鄭氏扒著車一個勁兒的看有什麼好東西，嘴裡叫嚷著發財了也沒見給姪兒、姪女買顆糖甜嘴兒啥的，捋著袖子就想上車翻了東西，不想被麥芽兒直接挎著籃子給擋回去。

趙猛子跳下牛車，準備幫著搬東西。李空竹見鄭氏有些蠢蠢欲動，就轉頭看向老實相的趙金生，笑說：「不過是些米麵布疋的過冬之物，不承想，倒是煩勞兩房的哥哥嫂嫂跟著操心了。」

趙金生有些面皮發熱，瞪著鄭氏，警告她不許亂來。

張氏隨口笑了句。「聽著外面挺熱鬧，就過來湊湊，哪知是你們上集回來了。」說著暗中給趙銀生使了個眼色，面上笑得和善的道：「當家的，趕緊幫把子手，雖說分家了，可到底還是一家人。」

趙銀生油滑的笑著稱是，走過去，直接跳上車，挑了包最大的包袱揹在背上。

李空竹也不在意，反正麥芽兒將裝白糖的籃子挎在手上，剩下的任他們折騰去。轉過身，衝著門洞院裡喊了聲。「當家的，我回來了！」回頭拉著麥芽兒先一步進了院。

趙君逸自牛車停在院門口就知他們回來了，聽到她喊，自小屋出來，正好見著趙猛子搬著米麵和扛著大包袱的趙銀生。他跛著腳，上前招呼兩人將東西搬進小屋，跟著出來時，鄭氏與趙金生等人也沒閒著，每人手上幾樣，不過兩個來回，就將車上的東西全部搬完。

看著堆得滿滿當當的小屋，鄭氏有些酸氣直冒的道：「真是發點小財就找不著北了，買這般多的東西，怕是那銀子也沒剩下幾個了吧？」

「全用完了。」

李空竹淡淡的回了句，鄭氏聽得直咋舌，指著趙君逸就喝道：「老三，你娶的是個啥婆娘？這銀子到手都沒捂熱呢，就全蹦了出去，錢都花完了，難不成以後指著喝西北風啊?!」

「都是哥哥嫂嫂挑的人，自是知道我娶的何樣人。」趙君逸神情冷淡，將他們掃了圈，嘴角噙了抹似笑非笑。

鄭氏有些氣虛的噤了聲。趙金生覺得再待下去會沒了面子，扯著自家婆娘道：「趕緊回家做飯去，都大晌午頭了，還不做飯，要挨到何時去？」

鄭氏有些不願，眼神瞟向那裝糧的袋子，剛才她有看見白麵哩。「家裡兩娃子鬧著要吃爛麵，都沒白麵了，你叫我咋做？」

「一頓不吃死不了，沒了老子明天就去磨，還不趕緊回家去做飯！」趙金生一見她那眼神，就知道她在打啥主意，伸手拉著她的胳膊，眼中警告意味明顯。

鄭氏被罵，想到前幾天因為分肉喝湯，鬧騰被揍之事，到底收了心思，有些不甘的嘀咕著出了屋。

張氏見大房兩口子走了，就扯了一下趙銀生的袖子，使了個眼色笑道：「那我們也回了。老三、老三家的，往後要有啥事，儘管來找我們就是，都是一家人，咱不說那客套話。」

李空竹笑著客套兩句，送他們出屋。張氏抬腳跨門時，眼角瞟了一眼屋裡的小爐和麥芽兒手上提著的籃子。

屋裡的麥芽兒見兩房人終於走了，才把籃子裡裝著的白糖拿出來，哼道：「瞧著跟盯賊似的，要真給看到了，怕是連渣都不剩了。」這東西這麼貴，要真餵進那兩房嘴裡，還不如丟水裡聽個響泡呢！

李空竹笑著把白糖放進買糧送的小罐子裡，招呼著兩口子就座。「前幾天醃的狼肉還剩下點，晌午別走了，留這兒吃頓晌午飯吧！」

趙猛子不願留，說是要回去還牛車，又怕家中做了兩人的飯菜，到時吃不完剩下也可惜。李空竹留了幾句，見兩人堅持，只好送他們出了院。

那邊廂，躲在自家院門後的趙銀生，看著趙猛子自隔壁出來趕車走後，就快步回到自家所在的西屋。

張氏見他推門進來，趕緊相問。「咋樣？」

「籃子又挎出來了，跟剛剛一樣蓋著巾子，瞧不出少沒少啥。」

難不成是自己猜錯了？張氏疑惑的點頭，有些吃不準想起剛看到小爐和小鍋。那又是幹麼用的呢？

這邊的李空竹將醃著的狼肉洗淨切塊，和著王氏前兒回送的幾個土豆，用調料燉出來。放在小黑桌上，每人再配一碗糙米乾飯，兩人就那樣默默無言的吃起來。

飯後，李空竹收拾妥當，見男人背著雙手立在院中一角，盯著某處一動不動，就轉了下眼珠，上前與他道：「當家的，今兒中飯可還合胃口？」

「尚可。」

見他不鹹不淡的連眼皮都懶得掀，她也懶得跟他打迷糊眼。「有道是吃人嘴軟，拿人手短，當家的既是覺著好吃，可否幫小婦一忙？」

男人眼睛瞟向她，並不答話。

李空竹見狀，牙根癢了下，轉瞬帶著明媚之笑，道：「眼看著三九冬寒就要來臨，如今只有一床被子勉強保暖。」說到這兒，她故意停頓，拖了個長音，嘆道：「唉，本還想著多做幾床新被禦寒，如今看來，只要在舊被裡多填點棉花便可，也省去了許多麻煩。當家的，你說是不？」

趙君逸瞧著她臉上的笑，木著臉默然以對。

當李空竹揹著從麥芽兒處借來的背簍再次上山時，心情是前所未有的好。無視後面某人因腿腳不好，走得艱難又難看的臉色，她心情愉悅的翻過一個又一個小山坡。

剛剛借背簍時，麥芽兒知道她要上山摘山裡紅，本打算跟著一起來，不想家中還有點活計，無奈的指了幾處不危險的地方，讓她小心著點。

李空竹也不缺陪著上山的人。帶著趙君逸完全是因為他會武功，前兒那狼把她嚇得夠嗆，怕會再遇到個啥，至少有個會武的人在身邊擋著，心中安穩點。

到了北西面一帶的叢林周邊，果然見到幾棵結得不錯的山裡紅。如今正逢霜降之時，整個山裡就這一點紅看著讓人精神不少。李空竹將背簍放下，挽了袖子，就開始扒著樹幹爬上去。

後面拄著棍子跟上來的趙君逸，眼中有絲狼狽閃過。抬眼看著那俐落上樹的女子，不由得生了絲惱意出來。

第七章

李空竹找了個落腳較穩的枝幹，脫了外面的褂子，伸了手就開始猛揪那一串串結著的果子。待褂子裡的果子裝滿，她又衝著立在樹下的趙君逸喊道：「當家的，你來接一下，放簍子裡。」

趙君逸冷然的抬頭，眼中利光一閃而逝。

李空竹癟嘴。「既是答應了，哪怕是做做樣子，也煩請你做得像一點！」

不過是搭夥過日子，真當他是大爺了？若不是那不能立女戶的條件綁著她，他以為自己能委屈的跟他湊合？

趙君逸沒有回話，而是直接走到位於她樹下的位置，伸出手來，淡道：「放！」

李空竹聽著就將那包袱口挽緊，手伸長的小心丟下去。卻見還未等那包袱到目的地，男人一個伸手就將那包袱口給提溜住了。

李空竹聳著鼻子，哼了聲。「耍酷！」

正在倒果子的某人抬眸看她，卻見她轉身又開始摘起了果子。

小半個時辰過去後，李空竹從樹上滑下來，看著簍子裡的半筐果子，拍了下手，道：「成了，再去拉棵粗點的樹枝吧。」如果可以，她倒是希望用竹子，畢竟那玩意兒長得快，也好削。

隨後兩人就著山林灌木，找到棵不高的樹，尋著樹的枝椏，又找了根手肘粗的樹枝。

「就這棵吧！」李空竹站在枝椏下比了下高度，見離地面不高，就將背上的簍子放下來，捋起袖子，雙手高舉的向上一蹦，整個人就那樣掛在那棵枝椏上。

只見她吊著樹枝，狠勁的一咬牙，用著全身力氣，使勁的向下一掰。「呵！哈！」樹枝「唡嚓」一聲斷裂，她成功的摔倒在地，那樹枝也成功隨著斷裂，劃到了她的身上。一直冷眼旁觀的男人，看到這情景，眉頭一挑，腳下不自覺的向前挪動了步。

「嘶……」李空竹用手扒著纏在身上的枝椏，疼得直抽冷氣，一邊揉著屁股，一邊坐起來。撐起身，捋了捋被刮亂的頭髮，見樹枝雖斷了，可還有一小半皮黏在樹身上。

於是，她又一個狠勁的用手抓著枝幹，用力往下一拉。「嘩啦」一聲，整個樹枝完全脫離枝幹。李空竹將那掰掉的大樹枝，用手掰去多餘的枝條，餘下一根光溜溜的枝幹和尾巴下的一點枝葉。

她俐落的將枝幹往身上一扛，轉眸對著一旁局外人的某人道：「好了，當家的就幫著揹那半簍山裡紅吧！」

趙君逸嘴角抽了抽，眼中有異光閃過。見她說完扛著那根不小的樹枝，大搖大擺的從自己身邊走過，就勾動了下唇角，抬步走到背簍旁，單手一甩，便將背簍提上左肩扛著，右手拄著樹棍，跟著她，一步步向山下行去。

兩人從北山回來，已經是夜幕降臨時。

李空竹忙著刷鍋準備晚飯。這其間，她將菜刀遞給放下背簍的男人。

見男人挑眉看來，就拿出一根筷子道：「當家的能不能幫著把樹枝劈成一根半的筷子長，再把它削成比這細一多半的小籤子？」

見男人不說話，她又道：「床太小，若有銀錢的話，就能趁著冬雪來臨之前砌個新炕，到時當家的夜裡也不必總是盤腿打坐了。」

這幾天，有次晚上她不經意的醒來時，看到他端坐於床的另一頭在盤腿打坐。當時夜色太暗，看不清是怎麼一回事，可第二天清晨看他臉色有異，就猜想到他應是有什麼舊疾隱著。

男人接過菜刀，只淡道一句。「無須誘逼於我，顧家從夫，乃婦人本分。」

李空竹眼角抽動，很想一巴掌呼上去。

從夫？顧家？啊呸！要不是不能立女戶，她早把他一腳踹太平洋待著去了，就那面癱還毀容的，她沒嫌棄傷他自尊就不錯了，還真是自大自戀到不行。

李空竹暗哼一聲，懶得相理，直接轉身進屋舀米做飯。

趙君逸看了看手中的菜刀，又看了看另一邊放著的樹枝，比劃了一下，並未再說什麼的直接過去，一刀就將那樹枝給劈成兩截。

晚飯是簡單的饅頭配水飯。吃過飯後，李空竹抱著碎柴禾進了小屋，在門邊牆角處放著小爐，將小鐵鍋洗刷乾淨放在上面。

挑了大顆紅潤的山裡紅去蒂、洗淨，然後拿著削好的木籤串好，放在一邊平滑的蓋簾上，又將要來的鐵板刷上一層清油，放置在一邊備用。

來。

待一切準備就緒，只見她呼了口氣，往鍋中加入少量水，最後才在爐子裡添柴生起火來。

待鍋中水沸，李空竹將白糖拿出來，放入大概二百多克的量，然後拿著用木頭做的鏟子，不停的攪動鍋中的糖水，直到糖水變稠，用鏟子向上一提有絲狀且微變色為止。

最後她將蓋簾上串好的果子拿起，就著那翻滾的泡沫輕輕一轉，一層晶瑩剔透的糖霜便裹在了上面，做好後，將之放在一邊備用的鐵板上面。

接下來第二串、第三串……直到鍋中的糖全部掛完，那塊不大的鐵板也都被整齊的鋪滿，毫無空隙。

熄了火、洗了鍋，等著糖葫蘆差不多冷卻後，李空竹忍著口中溢滿的唾液，拿了一串，咬了一口。

嗯，酸酸甜甜的。入口的糖脆，混著裡面的酸味果，吃得她很滿意的瞇了眼。

「就是這味兒！」雖比不得前世賣的那麼好吃，不過也不差啦！

一直在一旁看著她做這些的趙君逸，不動聲色的將她細細打量了一遍。見她滿足的瞇眼鼓嘴咬果，就忍不住跟著伸手拿了一串。入口的果子酸甜適中，於他來說雖不是很喜愛，卻也稀奇有餘。

「好吃吧！」不知何時睜眼的李空竹，見他拿了串在吃，就忍不住的笑問等誇獎。

「尚可。」話完，他又接著咬了第二口。

李空竹暗地裡癟了下嘴，面上卻笑道：「那以當家的看，這果子能不能賣上價？」

「一時稀奇倒可賣上兩天，卻不是長久之計。」做法太過簡單，也很容易仿出，怕是一推出，沒多久就有仿品出來了。

這點李空竹當然也知道，不過她倒是不在意的聳聳肩。「本來也不靠它。」若有人仿，仿便是了，她點子多的是。

見夜色已晚，她伸了個懶腰，打了個哈欠，自門處拿了立著的臉盆，走將出去，準備打水淨臉洗腳睡覺。

趙君逸獨自默默的坐在桌邊，將那串糖葫蘆吃完，見女人已經洗漱好翻身上床，就起身，抬腳走了出去。

李空竹看了眼開著的大門，黑暗中男人的身影立在那堵圍牆幾步遠的地方，背著雙手，仰頭看天的不知在想著什麼。

突然，李空竹「咳咳」兩聲低咳，她趕緊將被子拉高捣臉。

一時興奮，竟忘了屋子裡在燒火，有煙。難怪那死男人出屋，敢情是躲煙去了！

翌日，李空竹用舊籃子裝了幾串糖葫蘆，藉著還背簍的事情，先行來了麥芽兒家。

院門是林氏開的，見是她，很熱情的將她往院裡拉。「老三家的，妳咋來了？是不有啥事啊？來來來，快進來！」

李空竹笑著進院，將背上的背簍拿下來。「昨兒個借的，今兒來還。沒耽誤到嬸兒用吧？」

「如今這個閒天，哪還用得著簍子啊？咱家又沒牲口，用不著割草啥的。」說著，就將她一邊往上房推，一邊衝西屋喊。「芽兒，妳三嫂子來了，出來嘮嘮嗑。」

「欸！」一聽李空竹來了，麥芽兒趕緊從西邊屋裡走出來。見到她，很熱情的快步過來。「嫂子，妳咋過來了，妳昨兒不是說要摘山裡紅嗎？咋樣，摘了多少啊？」

「啥！摘山裡紅？摘那玩意兒幹啥？」林氏領著李空竹進屋，端了碗白水給她，聽了兒媳的話，很不解的問。「難不成要拿去賣？」

「嗯，準備拿去賣。」李空竹謝過坐下，將籃子放在桌上笑著回話。

林氏有些同情的看著她道：「雖說不值個啥錢，可好歹是個進項。摘得多不多？若是不多，我讓芽兒去幫妳一天。」

「暫時不用，我忙得過來哩。」李空竹說笑著，將籃子上蓋著的巾子拿開來。「我也沒啥好本事，就是在府裡偷著學了點手藝啥的，想著這山裡紅味兒倒是正，就尋思出了一味吃食。昨兒嚐了下，挺是味兒的。嬸兒、芽兒弟妹嚐嚐，看夠不夠得上賣價？」

麥芽兒在她一打開布巾，就看到那亮晶晶的紅果串，想著昨兒上集她說的那什麼葫蘆，就問：「嫂子，妳說的那個，是不是就是這個？」

「是啊，妳嚐嚐味兒行不？」李空竹伸手拿了串遞予她，又拿了串給林氏。

林氏拿在手上近眼瞅了瞅。「還真是山裡紅？」

那邊的麥芽兒卻迫不及待的放入口中咬了一口。「嘎嘣」一聲，脆糖的味道，再來就是裡面山裡紅酸酸的味道。

「味兒挺稀奇，吃著又甜嘴又生津，倒真是好吃。」麥芽兒說著，又咬了一口。她不愛單一的酸，可配著這糖味，還真有些喜歡上了。

「嗯，味兒不錯，小娃子應該喜歡。」林氏也試著咬了一口，點頭中肯道。

李空竹見她們接受和喜歡，就心下一鬆。只要能合了口味就好。

林氏將一串吃完後，就閃著眼神問：「老三家的，妳真要用這個賣錢啊？」

李空竹點頭。「嬸子覺著可以嗎？」

「可以，當然可以。我瞅味兒不只好，還都沒見過呢，要真能賣出去，怕是要紅火哩！」說到這兒，她又略帶幾分猶豫的問：「這玩意兒好做不？」

李空竹淡了幾分笑，旁邊的麥芽兒臉色也凝了幾分。她看著自家婆婆，不好明說，就只好轉彎道：「昨兒上集的時候，鋪子的冰糖竟要六錢銀子一斤，就那白糖也要一百五十文一斤呢。」

說著，又轉向李空竹問：「三嫂子，我瞧著這葫蘆上掛著的糖不像是水糖，是不是妳昨兒買的白糖做的啊？」

「是哩！」李空竹收到她遞來的眼神，就點點頭。「費了點成本，還不知能不能賣個好價，正想著要定個啥價位，就怕定高了賣不出去，定低了，又回不了本呢。」

「天哩，妳咋買白糖做啊?!」林氏也給驚著，聽自家媳婦說那糖的價格，就忍不住一陣肉疼。

「水糖不如白糖甜哩，嬸兒。」

「那也不能這麼浪費銀子啊！」林氏見她說得雲淡風輕，就忍不住一個勁兒的搖頭。還真是在府中過慣了富貴日子，不知平民持家的苦啊。

李空竹淡笑，不作解釋，見聊得差不多了，就起身告辭。

麥芽兒送她出院。出來時，拉著她的手，讓她放心的說：「俺婆婆摳精兒呢，那白糖那麼貴，她肯定不捨得的，嫂子放心好了，俺不會學了去。」

李空竹不在意的笑了笑。「沒事，這玩意兒也沒啥技巧，看著琢磨幾回就會了，我就是想圖個先頭快。」

麥芽兒雖贊同，卻還是堅定的搖頭。「俺是不會做的，嫂子放心！」

李空竹就喜她這分坦率，這番來，也本著試探的意思。若她真有心貪，那麼以後，自己大可與她過面子情便是，如今看來，她還是值得自己一交。

在這陌生的異世界裡，自己想要單打獨鬥根本不可能，唯一的方法，就是能結交幾個說得上話又能幫自己說話的知心人。

從麥芽兒家出來，李空竹又走了趟里長家。

將那紅紅的果子拿出來時，王氏的孫子吉娃立刻就拿了個在手上吃著。一進嘴，就見他驚呼的一個勁兒跳著小腳喊：「好吃，好吃!真好吃！」

王氏看著自家孫子那饞嘴的樣子，就忍不住嗔罵。「你這貪吃的猴兒，看哪天讓人拿顆糖給拐跑了咋辦！」

又問李空竹來有啥事。李空竹只說來送糖葫蘆，想看看合不合小娃子的口？想著憑這個賣幾個零花的錢。

王氏一聽她特意繞過趙家兩房的娃兒，來了他們這處，就明瞭的點頭。這是怕另兩房以後見財起意，到時鬧騰的話，自家得了她的好，想讓自家當家的屆時來幫著說兩句公道話吧。

想到這兒，她轉眼看向那籃子裡不少的糖葫蘆，笑道：「我瞅著這小子愛得很，應該不愁賣。對了，妳打算上集去賣不？」

「賣哩！昨兒跟著芽兒弟妹上集賣皮子，雖說不當集，可我瞅著人不少，想來當集人會更多，到時說不定能買個好價。家裡如今要添置的太多，花錢的地兒也多呢。」李空竹見自己不掩的用心被她接受，就笑著跟著接了話頭。

王氏輕嗯的點頭，道：「要真有個進項，也是好事。」

見目的到達，李空竹又跟著閒話了幾句。走時，王氏拿出自家種的幾個番薯出來當回禮，李空竹也不推辭的欣然接了。

回到家，剛步進門洞放下籃子，就見趙君逸跛著腳，身扛一捆柴禾走進來。

嫁來這麼些天，李空竹還是頭回見男人扛東西做活。平日裡跟個老大爺似的，吃了飯不是打坐晃神，就是不見蹤影，還以為他不會做呢！

李空竹走過去，幫他將身上的柴禾卸下來。「這下不用再腆著臉去隔壁借柴燒了，當家的倒是做了件好事。」

趙君逸淡漠的看她，提著柴禾扔去後面的雞舍，再出來時，手上拿著根濕木枝子。

李空竹挑眉。只見他進屋，把菜刀取出來，看著那已經豁口的刀刃，男人淡道：「承蒙媳婦看得起，來日有錢，可否買把稱手之刀？」

媳婦？李空竹禁不住抖了下身子，看向那淡漠之人，乾笑道：「當家的有無吃藥？」

「尚未。」

「難怪！」她吁氣，見他疑惑的看來，她又笑道：「來日待掙得銀錢，我定為當家的取幾服好藥回來嚐嚐，定保藥到病除！」

藥到病除嗎？男人轉眸盯她半晌，不知怎的竟從她眼中看到絲狡黠閃過，隨即鳳眼暗沈，勾唇冷道：「怕是銀錢不夠。」

說落，他一個抬掌下去，樹枝從中斷成兩截，又將手上拿著的那截，一個大力相握，就見那根手腕粗的樹枝，再次斷裂開來。

李空竹莫名的縮了下脖子，轉身，討好的從小屋端來長條凳子放於他身後，道：「莫管多少銀子，只要當家的有病要醫，小婦人定當全力相保。」

男人冷眼掃來，李空竹趕緊伸腰直立。「天兒真好，我倒是忘了櫃中放著的布疋棉花了。哎呀，不若趁著這會兒太陽正暖，我去拿出來做做？」

見男人不理，她又故作無所謂的聳肩。

進到小屋，搬出小黑桌擦淨，再將買來的布疋拿出來攤桌上，尋著記憶努力的回想該怎麼裁剪。

半晌，只見某人一手捏著被面，一手高舉的不停抖啊抖。見抖動不開，就放下高舉的手，和著另一手去解線路中間結上的疙瘩。奮鬥良久，結依然死死的抱著團，李空竹氣得臉色通紅，終是耐心用盡，一個狠甩將手中的布疋扔在桌上。

都幾次了，怎麼次次都跟她過不去？走一針打個結的，再這樣浪費下去，怕是買的那幾卷線都要打水漂了！

「看來還是舊被塞棉花要容易得多。」某人手拿削好的木籤走來，將之一把扔於桌上後，看著扔在桌上的布疋，語氣冷淡似調侃的道：「細皮嫩肉，卻原來是個打雜的？」說著，又轉眸盯著那雙白嫩嫩無繭的雙手看了看。「倒是打的一手好雜活。」

我去！李空竹氣急，眼睛一個狠力向上瞪去，見他冷冷淡淡，就不由回諷。「瞅著一身功夫，倒是賣得一手好皮相。」裝什麼裝，再裝也不是莊稼漢。

男人挑眉。「彼此彼此。」

「當家的不覺話多失常？真病了？」

男人有一瞬的僵臉，見她挑釁看來，突然伸手接過她手中針線。

「你要幹麼？」

並不言語的某人，很快解開了那打結之處，淡道：「若是做被，先絮棉。」

「絮棉？」

見她一問三不知的樣兒，某人再次挑眉。「看來誘逼無用了。」

「呿！」李空竹暗中翻了個白眼，將被面布疋收起來，不服道：「就算不會，我也有法子穿新衣、蓋新被。」

這倒是！趙君逸心中暗哼。憑著她做面子工夫的本事，那些得了她好的人，自然會賣個面子情給她。

「三嬸！」門外忽然傳來幾聲小兒的呼聲。

李空竹抱著被面轉身看去，就見三個小兒中，最大四歲的趙鐵蛋快步跑過來，抓著她的褲腳急喊。「三嬸，俺也要吃葫蘆，俺也要吃葫蘆！」

葫蘆？後面兩個同歲的趙苗兒跟趙泥鰍，因為跑得慢，見哥哥已經先開口要了，就雙雙急哭了臉的喊著。

「俺也要吃哩！」

「三嬸，還有俺！」

兩小兒後腳快步跑來，巴著她的另一邊褲管，讓她動彈不得。李空竹恍然，低頭點著下巴道：「要吃葫蘆先放開手，我把被面放了就拿給你們。」

三小兒聽話的鬆手，見李空竹向小屋走去，三人趕緊顛顛的跟著。李空竹將被面放進櫃子裡，又去到一邊放碗的盆子裡，拿了三串，一人給了一根。

趙苗兒跟趙泥鰍兩人拿著就一口咬，又咧了嘴的笑。「好甜哩！」

趙鐵蛋手裡拿著，眼睛還瞄著那蓋著的大盆子，不滿的癟嘴。「吉娃他家有好多哩，三嬸偏心，不給俺！」

「吉娃說的？」

「俺看到的！」趙鐵蛋不服氣的哼著。「俺看到吉娃拿著葫蘆出來吃，還給了春花一串，說他家有好多哩！」

「那誰跟你說三嬸這兒有的？」李空竹將剩下的拿出來分給三人，問他。

「二嬸說看著妳提籃子去里長家了。」趙鐵蛋吸著鼻子，用手抹著滿嘴的糖，不滿的嘟著嘴。

李空竹心中哼笑。這個張氏，難不成在暗中盯著自己不成？若真是這樣的話，看來以後得離她遠點才行。

第八章

三小兒拿著糖葫蘆心滿意足的出了院門。李空竹看著破了洞的門口，突然轉身問院中一直淡然的趙君逸。「當家的能把院門堵上嗎？」

「嗯。」趙君逸將手中最後一根籤子削完，扔桌上後淡淡的輕哼一聲。

李空竹見狀，想了下，回屋將剩下的果子全部洗淨去蒂，然後挖籽掏空，想著到晚上時，將剩下的全部做出來。

這邊廂的張氏在看到三小兒回來時，笑著招手讓拿著葫蘆的閨女近前。

趙苗兒得了甜嘴的東西，趕緊跑過去，舉著手中紅紅亮亮的串兒大叫。「娘，娘，葫蘆，葫蘆，甜，甜！」

張氏笑著將她伸過來的糖葫蘆拿在手中看了看，眼神一深。「閨女，娘嚐一口行不？」

趙苗兒猶豫的皺著小眉頭，看了自己娘一眼，終是點頭說了聲。「好。」

「真乖！」張氏笑著摸了女兒的頭一把。她將那果子咬掉一個進嘴，待那酸甜脆爽的感覺入口，眼睛不自覺的瞇了起來。這個老三媳婦……

張氏放了小女兒跟大房的兩兒子去玩，而她卻回屋對躺在炕上的趙銀生不滿道：「如今農閒，你倒是清閒了，人都想著掙錢存錢，你倒好，成日裡往炕上一趴，就跟那老太爺一個樣了。」

趙銀生自炕上起身，臉上滿是調笑的摸了她一把。「咋地，誰又惹妳生氣了？」

「哼！」張氏冷哼的拍掉他作亂的手，眯眼盯著西面出神。「老三怕是娶了個帶福的進門。」

「這話咋說？」

張氏回眸看他，努著嘴道：「待過兩日看看吧！」

夜幕降下，靜寂的村中只餘下幾聲土狗的叫喚。李空竹蹲坐在地，盯著小爐上鍋中的水開後，便將挖籽剖半的山裡紅放入鍋中，不停的煮著、攪著。待到果子水分煮得差不多蒸發完，她又找來大木盆盛放，隨後拿著木鏟在盆子裡不停的鼓搗。

將果肉搗成泥是個重體力活，饒是李空竹力氣不小，可搗鼓一陣還是覺得有些累人。滿頭汗的看向一邊坐著持碗喝水的男人，道：「當家的，我流汗了！」

男人點頭，並不搭話，見碗中水沒了，就提著水壺又倒了一碗。

李空竹將盆子「砰」的放在桌上，端過他倒水的碗一口飲盡，吁了口氣道：「這玩意兒消食厲害，不過得賣錢，當家的若是晚上吃多了，不妨出把子力當消食，畢竟水喝多了，尿也多，到時晚上起夜折騰的也麻煩。」

男人嘴角抽動，抬眼不鹹不淡的看她。

李空竹直接無視的將鏟子遞給他，見他伸手接過，就滿意的點頭。「快點，最好搗得細膩點，要成醬泥形。」

趙君逸不動聲色的接手過去，一手定盆，一手快速的在盆子裡攪動拍打起來。

一旁的李空竹看得有些瞠目。乖乖，這速度，簡直堪比攪拌機啊。滿意的拍了拍他的肩膀。「有前途，以後，這樣的重活就交給當家的你吧。」看來他也不全廢，有了他做幫手的話，自己至少能省一半的力了。

男人冷然的瞟了眼她放在肩上的纖手，李空竹猶不自知的又拍了拍。「我先去洗鍋，得把糖漿熬上了，不然怕來不及。」就他這速度，用不了多久就能成形。

說著就趕緊過去將爐子上的鐵鍋洗淨，加水放糖不停攪動。待糖水熬濃成焦拉絲，那邊搗果的某人也將搗好的果子放在桌上備用。

李空竹將盆裡成糊的山楂醬慢慢的朝鍋中倒去，一邊倒，一邊還不停用手攪動拌勻。待攪得糖漿與醬完全融合後，再裝入洗淨晾乾的盆裡。

李空竹看著盛出的平滑紅色物體，又將盆子用力在桌上摔了幾下，道：「好了！」

將盆子端出去，蓋上蓋簾放於屋簷下灶臺通風處，準備用冷夜來充當冰箱。

「當家的今晚若還要起身打坐，記得三個時辰後叫醒我。」李空竹將盆子放好後，又大開屋門，拿著另一蓋簾進屋，不停的搧著屋中堆積的煙霧。

「以後要不去倉房做？」搧風的李空竹，自言自語的覺著自己太笨。嘀咕完後，見煙小了，就拿著木盆出去，準備淨面歇覺。

屋子裡的趙君逸靜靜的喝著消食茶，待她洗漱完畢上床，這才出屋開始淨面打坐。黑暗中盯著那很快入睡的某人，男人嘴角不經意的勾動了一下。

或許，有個人陪著也不錯。

離當集只兩天時間了，這兩天裡，李空竹跟趙君逸又上了趟山，把採回的果子攤開放在倉房通風。

其間麥芽兒過來一趟，想著幫把子手。李空竹沒讓她幫別的，只說忙著做果子，沒空做針線，就求她幫著做床新被。

看著麥芽兒手法嫻熟的坐在他們那張搖動的架子床上，比著舊被絮著棉花時，李空竹才總算明白趙君逸說的絮棉是啥意思。

敢情這裡的農人是自己動手，將棉花比著被褥的大小，一點點整得蓬鬆絮上的啊。

麥芽兒在這兒幫著做被的兩天裡，李空竹又拿了山楂糕予她嚐。得了她的肯定後，自己便開始完全放心的著手準備上集的事務了。

待到逢集的這天早上，天未亮，李空竹便起床開始著手裹起了糖葫蘆。

弄好晾涼後，她把早就準備好的茅草綁在一根小手腕粗的棍子上，綁好後，又將糖葫蘆一串串的插於上頭。

不多時，那厚厚的草靶子上，就插滿一串串紅紅亮亮的糖葫蘆，看著很是喜慶，讓人忍不住眼前一亮。

將一旁蓋著巾子的籃子挎上，李空竹正準備扛起那根葫蘆靶子棒時，不想卻有人給接了過去。李空竹詫異了下，見男人扛著靶子步出去，就嘀咕了句。「吃錯藥了？」

抬步出去時，不想前頭的人卻一動不動，正好讓她給撞了個正著，李空竹捣鼻不滿的看他。「何時當家的有了這情趣？」

「當下。」淡音出口，人已遠走。

李空竹愣在當下半晌，待回神之際，又忍不住的嘀咕搖頭。「不正常，太不正常了！」這男人何時變得愛搭理她的？

從家中出來，一路上遇到不少攜娃挎籃的村中婦人。大家見她跟在趙君逸後面，而前面的趙君逸還扛著根插滿紅果子的大棒子，皆有些好奇的上前打聽這是啥物？

李空竹也不瞞，只說是用糖裹了的山裡紅，做成糖葫蘆，想賣兩個油鹽錢。

有婦人近前一看還真是山裡紅，就忍不住癟了嘴，嘴裡說著能有個進項也不錯，眼中卻是實打實的諷刺不已。有小孩子看過吉娃吃，就開始纏著自家的母親要。

「有啥好吃的，那山裡紅山上到處都是，你要饞嘴，下晌回來我讓你爹給你摟一筐回來。」婦人不耐煩的喝著纏人的娃子。

小娃不聽，不停的跺腳摟腿，哭著說山裡紅太酸，這果子是甜的，連春花吃過後，都天天跟在吉娃屁股後面，說長大了要給吉娃當媳婦哩。

婦人被兒子磨得沒法，想下手打又捨不得；可看著那紅紅亮亮的山裡紅，讓她出錢買，不是拿她當大腦袋嗎？

李空竹笑著摘下一串，遞於婦人面前道：「要不嫂子嚐一個？」

婦人看了眼那紅亮的果子，正想搖頭，不料摟著母親纏的娃子，卻先一步跳起來，將那果子給奪過去，沒待婦人反應過來，就一口咬了下去。

瞬間，娃子就擤著鼻涕，轉哭為笑的道：「娘，娘，甜著哩，真甜著哩！」
婦人聳眉，不滿的看了李空竹一眼，嘴裡不陰不陽的問道：「這就吃上了啊，多少錢？」
「不要錢。」李空竹笑道。「本就是想送予嫂子嚐嚐味兒的，給誰不一樣？」說著，就招呼著趙君逸快走。
那邊的小娃子拿著糖葫蘆，一邊跟同路的娃子炫耀，一邊直咬著果子捨不得鬆嘴，惹得同路的一些娃子看了，皆眼饞不已的開始磨著大人要。
一時間，還在大路旁呢，小娃兒們齊齊開始號哭要起東西來。
「真有那麼好吃？」婦人跟同行的幾個婦人相繼對視一眼，隨即喝著自家娃子過來，想要試吃一口。
小娃子捨不得讓她咬多，看著她張嘴要咬，就向後縮了一下。
那婦人頓時只咬著了點皮，不過就這點皮也讓她吧唧了好一陣嘴。「別說，還真有那麼幾分味兒。」
「是真好吃哩！」小娃子嘀咕，不滿的看著她咬出的牙印，逗得婦人忍不住嗔罵了他一嘴。
看著前面走遠的兩人，心裡有些個不是味兒，覺著自己有些太過小肚雞腸，就趕緊喚兩人道：「那個趙三郎家的妳等等！」
李空竹頓住腳，轉頭瞬間嘴角不可抑制的勾了一下。「嫂子還有啥事不成？」

婦人拉著娃子快步追過來，手伸進袖口，拿了個粗布荷包出來。「這、這啥多少錢？我給妳！」

「不要錢。」李空竹笑得溫潤。

婦人卻是堅持。「不行不行，白拿著我這心裡不得勁。妳說多少錢？」

「兩文一串，三文兩串。嫂子若硬要給錢，那給兩文好了，我再搭送一串。」

婦人一時沒轉過彎，聽著給兩文就搭送一串，點點頭，從荷苞裡拿了兩文與她。李空竹笑著從棍棒上又摘下一串遞給她，婦人伸手接過，這才反應過來的「噯」了一聲。

卻聽李空竹笑道：「兩文兩串，獨賣嫂子一家！」

婦人有些不大好意思了，抬眼看她時，說了句。「那啥，先頭的事別往心裡去啊。」

李空竹搖頭。她非但不往心裡去，還要感謝她兒子呢。那邊被兒子、孫子們纏得不行的婦人們，見那婦人一連又買了一串，就紛紛上前問咋樣？

婦人得了李空竹的好，自是賣力誇著。什麼別看這是山裡紅，裡頭味兒卻是不錯，看那糖透亮的，怕是用的是白糖、冰糖啥的。

有人一聽白糖、冰糖就不得了。平日裡連水糖都捨不得買來吃，這趙三郎家的為著掙錢，還真捨得下血本啊。小娃子們聽了，更加開始不耐煩起來，哭鬧不休硬要買。

婦人們得了這樣的信兒，都是疼兒子的主兒，也就應了下來，上前問著價。頭一聽二文錢還覺著有些貴，可再一聽三文能拿兩串，又有些想貪了這便宜。

有那聰明的婦人，拉著同伴相商，合計著乾脆兩家合買，多出錢的那位，到時上集再合計一起買個啥補回來就是。總之不管是單買還是合夥買，李空竹這一路還未出村子上正道呢，就連著賣出十串了。

掂著粗布荷包裡的銅板，李空竹嘴邊的笑差點有些兜不住。

旁邊扛著棍棒靶子的趙君逸淡淡的瞟她一眼。「倒是玩得一手好策略。」

李空竹也不惱，將荷包塞回腰間，得意的覷他一眼。「白來的機會，不抓白不抓。」說罷，挎著籃子，心情極好的大步向村口走去。

趙君逸立在後面，看著她走遠的身影，想著那句「白來的機會」垂下眸。白來的機會嗎？呵，他何時也能有這麼一回呢？

兩人路過村口時，碰到了等車的麥芽兒，她很熱情的招呼李空竹過去一塊兒。不過李空竹有瞄到等車人群中的張氏跟鄭氏，就笑著推拒了，只說想走路上集。

人群中的鄭氏不屑的撇嘴，看著後來的小娃子人手一串糖葫蘆的，就恨恨的哼了一聲。「糊弄人的玩意兒，上當了還樂著呢！」

張氏瞥她一眼，懶得相理的轉頭看向那走遠的兩人，暗了眼神。

且說這邊的趙君逸跟李空竹兩人出了村口，上了大道後，碰到不少從別村會合於一條道上的村民。

大家看到他們扛著的東西時，皆有些好奇的走近，待看清後，又不免癟嘴嫌棄的離開。

一路下來，看稀奇的人居多，真正問價的卻是一人也無。

其間村中等車的婦人、娃子們坐著牛車先她們一步上了集。

鄭氏一下牛車就直奔集市找攤位賣雞蛋，張氏則尋了個藉口讓她幫著代賣一會兒，便從集市又重回到城門口。

待李空竹他們到時，集市上已經聚集不少來來往往趕集之人。如今這個不當忙的季節，正是閒逛的時候，趙君逸扛著那麼大個靶子走動，自然吸引不少人的目光。

只是看的人很多，問價的人卻少有，便是問了價的，也是嫌那葫蘆太貴，都癟嘴的不願出那個錢。

李空竹也不急，拉著趙君逸並未到集市擺攤的地方，而是去到上回賣糖果糕點的鋪子。先行去到店中買了幾張大的油紙讓其幫著裁了，又求掌櫃允許他們在一旁叫賣後，才從裡面走出來。

隨後拉著趙君逸在一邊蹲下來，將手中挎著的籃子放在地上。揭了上面的巾子，露出放在碗裡切成小塊的晶瑩山楂糕，扯著嗓子就開始叫賣起來。

「山楂糕、糖葫蘆欸！又酸又甜助消化，先試後買，不好吃不要錢勒！」

她一唱，本來因為乍眼兒聚攏的不少人，紛紛擠攏過來，七嘴八舌的問著咋個試法？

李空竹將早備好的小籤拿出來，用兩根長點的籤子，從碗裡挾了塊半個巴掌大的山楂糕放在小油紙上，然後再用籤子劃成一小塊一小塊的樣子。

用小點的籤叉了一塊，遞給最前頭一名帶著娃兒的中年婦人道：「大姊，給娃嚐嚐，看看好不好吃？俺說話算話，要吃著不好吃了，大可當面吐出來，損我都沒問題。」

那中年婦人一聽她嘴甜的叫自己大姊，心頭禁不住歡喜；再看那遞來的紅紅軟軟的糕點，確實誘人，於是就伸手接過，卻未給身邊的娃吃，而是送進自己的嘴裡。「嗯，軟糯糯的，倒是又酸又甜。」

一塊不大，她剛放進嘴裡抿著嚼了兩下就化開了，那濃厚的山楂酸甜之味直接從嘴裡散開，一路滑向了那嗓子眼。

婦人意猶未盡的吧唧了下嘴，剛想說再來一塊嚐嚐，卻見李空竹已經把叉了籤子的山楂糕點捧在手上，讓圍觀的人群一人拿著一塊嚐著試吃看看。

看熱鬧的人，見有人試吃了，也都紛紛伸手拿一塊放進嘴裡。

「哎呀，別說，還真是好吃呢。這味真是濃郁！」

「真是呢，這味兒我喜歡！」

大家議論紛紛中，有那小兒沒嚐到的，就忍不住吸著手指，仰頭看看大人，又轉眸直勾勾的盯著那籃子裡的紅色糕點直流口水。

李空竹見狀，從棒靶子上摘了串糖葫蘆下來，將籤子抽掉，給近前的幾個娃兒一人餵了一顆。

幾個小娃子一嚐到嘴裡的甜味，就不幹了，磨著自家大人開始叫喚著要買那果子串吃。

那些嚐了山楂糕的大人們，見自家娃兒又白得了人一顆甜嘴的果子，心下不好意思的同時，又覺這糕點確實好吃，就有心要買點回去。

「這糕點味兒不錯，咋賣的啊？」

「三文一塊，買三塊搭送一串兩文的糖葫蘆。」李空竹從碗裡又挾了塊出來，擺在一旁的油紙上。

見問話的婦人臉色有些為難，就笑道：「大姊不要覺著貴。妳瞧瞧，雖看著小塊，但是厚度卻厚，買回家，一頓給小娃和老人切上這麼一小塊，不但吃了助消化，還能開胃讓小娃多吃飯，老人少脹氣哩！」

那婦人看向那提上來的糕點厚度，確實挺厚，但是三文還是有些貴了。

正當她猶豫不決的時候，一個住在鎮裡的住戶卻忍不住開口了。「在鎮上住著，還未見過這種糕點呢，吃著挺是味兒，三文一塊是吧？給我來三塊，正好買回去，讓家裡嚐個新鮮。」

「好勒！」李空竹聽得爽朗一笑，用一張大的油紙給包了三塊，又摘了串糖葫蘆遞給那人道：「大哥，你拿好了。買三塊送一串糖葫蘆，葫蘆給你家的小娃兒嚐嚐味；還有就是糕點別吃太多，吃太多容易酸心。」

「妳這娘子倒是敢說實話，要放了別人，還巴不著讓人多買啊。」那男人接過糕點、糖葫蘆，哈哈打趣著她。

「俺奉行誠實賣貨呢。還有，糕點七天內得吃完啊！」

「知道了、知道了！」那人付了錢，滿面笑容的咧嘴行去。

有人開了頭，後面接著來買的人就容易得多。特別是鎮上的住戶，平日裡也總會逛個糕點鋪子啥的，對這點錢也不大在乎，大多出手就是三塊，要求搭串糖葫蘆的。

農家人雖買糕點的少，但捨得一、兩文給小娃子買糖葫蘆甜嘴的卻不少。李空竹一邊吆喝著，一邊快手快腳的給來買的人包著糕點，本就熱鬧的人群，不多久，又聚集了不少人前來圍觀擠買。

李空竹做的山楂糕不多，一大粗瓷碗的量，不到半個時辰全賣了出去。有些得了信兒趕來的人見沒了，就忍不住開口問啥時還要來賣？李空竹陪笑的說下集一定會再來，不過糖葫蘆會天天做著來賣的。

眾人聽後散去。李空竹則將藏在碗後的一塊山楂糕用油紙包好，又從棒靶子上摘了兩串剩下的糖葫蘆走進店裡，送給掌櫃，說是當占用地攤的費用。

那老掌櫃拿著糕點嚐了一口，問了句。「小娘子可有意出讓方子？」

李空竹笑了笑。「承蒙掌櫃的看得起，小婦人自是願意，不過小婦人有一請求。」

「請講。」老掌櫃見她毫不猶豫就答應下來，心下高興，捏著鬍鬚請她講條件。

「方子讓於掌櫃的，可否允小婦人在外行賣一冬？」

這點倒不難，老掌櫃點點頭。「自是可以。不知小娘子打算出價多少願賣？」

「本是無本買賣，只糖霜貴點而已，技巧也不高，掌櫃的看能出價多少？」李空竹並不瞞什麼，又將皮球踢給他。

那掌櫃的又撚了顆糖葫蘆進嘴，半晌，道：「三兩！老朽誠不欺人！」

第九章

三兩啊……李空竹在腦子裡換算了一下，見他又拿糕點品嚐著，就知他大約已經研究出了什麼。

給三兩，也算是個實誠價，若是自己拿喬不肯賣，想來不出兩天，就有仿品出來了。她本就不是做糕點的師傅，這點簡單的手工，想瞞過長年研究糕點之人，簡直是天方夜譚。

「掌櫃是爽快人，三兩價成交！」

掌櫃的見她識趣，待她說了做法後，就著帳房拿了銀子給她。不過李空竹卻在拿銀子時，還讓寫了張契約，標明是只賣山楂糕和糖葫蘆的契約。

從店中出來，李空竹讓趙君逸扛著棒子，向另一街道的打鐵鋪子行去。

趙君逸與她並肩齊驅，看著她輕快的背影問了句。「三兩銀子的買賣，不覺得賣便宜了？」

李空竹也不問他站在外面是如何知道的。上輩子的武俠小說裡，不都是內功深厚、千里傳音嘛，這點距離倒也不足為奇。「這玩意兒又沒啥技巧可言，就看你捨不捨得用料。即便藏著、掖著，在我手中也不見得賣得好。」

以著今兒這火熱的場面，想來再賣幾次就會有仿品出來了，到時那些捨不得買好糖的人，就會退而求其次的買些低價的麥芽糖這些。雖做出的味道不正宗，卻能賣給低層人士便宜價，也算是一條出路不是？

那樣的話，自己成本高的糖葫蘆就不好賣了。可光靠賣山楂糕的話也不實際，隨便一家賣點心的鋪子，派個人買個樣品回去，用不了幾天，也很容易模仿出來。與其到時弄得整不下去，還不如趁著現在賣個好點的現錢。

畢竟她沒有路子，無法長期籠絡住那些不挑錢只挑嘴的顧客。

「妳倒是精明。」

兩人走過一個轉巷。幾個在巷中玩耍的小孩子看到他們，皆好奇的盯著男人肩上的所扛之物。

李空竹不在意的聳聳肩，看著幾個小兒時眼中一亮，招手讓幾人近前道：「我教你們唱歌，若是會了，就一人送一串糖葫蘆給你們可好？」

那幾個小兒看著那紅紅亮亮的果子，不知怎的就嚥了口口水，點點頭，齊聲道：「好！」

李空竹從靶子上摘下糖葫蘆，每人一串，然後雙手打起拍子唱道：「冰糖葫蘆甜又甜，紅紅山楂圓又圓。一排排呀一串串，嚐一嚐呀笑瞇眼。不用說話先點頭，你說喜歡不喜歡……你一串我一串，人人的臉上笑開顏。」

這兒歌還是前世時，在一朋友家聽她給她家小孩放的，歌詞說唱簡單且通俗易記。幾個小兒也是從未聽過這樣風格的歌兒，很是稀奇的待她教了兩遍後就完全記住了，隨後人手一串糖葫蘆，一邊蹦跳著一邊唱了起來。

李空竹看著幾人竄出巷子，臉上是怎麼也兜不住的純真笑容。深秋的陽光打在她的身後，讓她沐浴在那金黃的光線之中。臉上細小的茸毛清晰可見，豔麗青春的臉旁讓人忍不住心生顫動。

一旁默看之人垂下了眼眸，走將過去，淡淡的道了句。「走吧。」

李空竹哦哦兩聲後，跟在他的身邊轉出了那條小巷。不想出巷還未走多遠，身後就有好些個小兒拉著父母圍攏過來，指著趙君逸扛著的棒子大叫。「糖葫蘆，俺要糖葫蘆！」

幾個小兒受了剛剛拿著糖葫蘆、唱兒歌的小兒們影響，看著那紅紅的果子，又是羨慕又是著急，一個勁兒的磨著父母一定要買。

那些娃兒大多是鎮上住戶，父母也是溺愛孩子，沒磨多久，就答應出錢買個兩串來。小兒們得了糖葫蘆，個個臉上笑開了顏，一蹦一蹦的，也開始學了先頭拿糖葫蘆唱歌的小兒們。

歌聲引來一眾人的圍看傾聽。有樣學樣，不時又引來不少磨著父母要那歌兒裡糖葫蘆的孩子。將剩下的最後一根糖葫蘆賣完，李空竹拿著已經沈手的荷包，笑得是見牙不見眼。

轉眼看到某人扛著的大棒子，少有的關心道：「當家的可累了？可要找個地兒歇歇腳？」

「不是要去鐵鋪？」男人挑眉。

李空竹點頭。「去啊！我不就想你腿腳不便，想著讓你歇歇嘛。」

某人無語。從村中走到鎮上的近一個時辰裡，也未見她心疼半分，這時倒因著點銀子想起他的不便來了。「無須，走吧！」

見他抬腳前去，李空竹趕緊跟上與他並肩而行。側頭，正好見著他完美的俊逸右側顏，這才想起，他頂著半張破面與她賣糕點時，居然沒有引起眾人的猜看和嚇著小孩。

是人們注意力被她的糕點、糖葫蘆吸引，還是說他用了啥法子避免不成？

伸著脖子、歪著腦袋盯著他看，見男人皺眉瞥她問著何事，就搖頭的收回伸長的脖子，看著近在眼前的打鐵鋪道：「今兒個，俺要買買買！」

確實算得上是買買買了。除了進鐵鋪買了一堆必要的鐵板外，李空竹還買了浴盆，買了水缸、米缸、米、麵、乾菜、番薯這些，就是連日常用品也買了不少。

看著牛車上堆得滿滿當當的東西，李空竹一臉肉疼的摀著扁下去一半的荷包，嘆道：「這銀子咋這麼不禁花呢！」娘的，一兩半的銀子轉眼就沒了，整得她都心痛死了。

某男坐在牛車的一旁，任她自怨自艾也不為所動，眼神淡淡的掃向城門一處的轉角，問：「走了？」

「走走走！」李空竹連連點頭。再不走，她都快成剁手黨了。

趙君逸給趕牛的車夫打了個眼色，老實的牛車漢子立即一甩鞭子，車霎時就滾動起來。

「老三、老三媳婦，等等！」

突來的大嗓門，讓李空竹忍不住皺起眉頭。轉眸看去，見張氏與鄭氏兩人，人手一籃的，正一人滿臉堆笑，一人怒氣沖沖，快速的向著這邊奔來。

車上，鄭氏眼珠可打轉的盯著那一車的東西，大嗓門的扯著高音一個勁兒的天哩天哩。

張氏暗中拉了她一把，看著李空竹笑問：「今兒個早間，遠遠就瞧著村中娃子拿著那什麼葫蘆在吃，不想竟是這樣紅火。」

紅火得都能憑著那麼點玩意兒買一車東西了，可見是掙了不少。想著早間她哄著鄭氏幫她賣雞蛋，自己跟去看到的情況，張氏閃著眼神，看著李空竹，笑得越發親和起來。

「就那山裡紅的果子賣的？」鄭氏驚得瞪大眼珠，又轉眸直勾勾的盯著李空竹問：「老三家的，妳賣了多少銀子？這車東西要多少錢？」

李空竹忍著心中不悅，剛想開口，卻聽一旁的張氏又道：「瞅著又是缸又是盆的，都是大件物件啊，怕是得要一兩、半兩的吧！」

「一兩、半兩?!」鄭氏驚得倒吸了口涼氣。大屁股一挪，挨近李空竹，扯著她的袖子，大聲道：「妳花了一兩銀子買這麼些個玩意兒，那得賺多少錢啊？啊！那玩意兒咋做的，真能這麼賺錢？妳還剩下沒，拿來給我瞅瞅！」

李空竹心下煩躁，不著痕跡的掙脫她的手，別有深意的別了張氏一眼，似笑非笑的道：「賣光了呢，哪還有剩。」

「既然這麼好賣，不如趁著勢頭多做點，到時賺多的銀錢，你們兩口子也好多存點。」

「對對對！應該多做。」鄭氏被張氏一提，立刻就開了竅。「回頭妳要忙不過來，上山摘果啥的，招呼我們一聲，到時我跟妳大哥還有妳二嫂一家，都去幫忙。」

李空竹垂眸，眼角掃向一旁事不關己的某人，抬眼故作「焦急」的看著他問：「當家的，可以嗎？」

「這有啥不可以？都是一家人，掙了錢，俺們不眼紅也不搶的，妳怕個啥！」鄭氏說著，到底沒忍住手癢的去掀了那蓋著的浴盆。

見裡面是些番薯、乾菜跟米糧，又忍不住眼熱的道：「家裡……」

「大嫂，中飯我準備做白麵呢。」張氏給她使著眼色，又轉過臉笑看著李空竹道：「到時，你們兩口子也過來吧。妳二哥常念叨著，就怕吃著好吃的，你們沒嚐著哩！」

呵！這話藝術，敢情是說她在吃獨食？李空竹抬眼看著張氏，笑得有些意味不明。轉眼，眼中閃過怒火的喚著趙君逸。「當家的，你說呢？」

趙君逸無視她眼中的怒意，只淡淡的盯著正前方看著，就在她快要忍不住時，才淡淡開口道：「果子隨你們採，只是方子賣予了糕點鋪子。」

「方子賣了?!」張氏皺眉低呼，鄭氏高聲驚呼。

「是哩，賣了，賣給借地兒的糕點店了。」

「咋賣了哩？那得賣多少錢啊？不能虧了啊！」

鄭氏的急呼，讓李空竹簡直莫名的笑出了聲，看著她有些不客氣的道：「大嫂，這屬機密，不能說哩。」

「有啥不能說的，我問問還不成啊？」

「不成！」她突來的冷臉，讓鄭氏吃癟的脹紅了臉，不滿的拿眼瞪她。剛想張口訓斥，不想，一聲淡漠至極的嗓音傳來。「看來大嫂精力不錯，不若步行回家。」

鄭氏聽了這話，立刻炸毛般的將矛頭轉了方向。「老三你啥意思，說的是人話不？我不過問點事，你兩口子是啥意思？別忘了你這些年吃的是誰家的飯，住的是誰家的房。問一下怎麼了？我要不是看著一家人的分上，我問你呢？你就是死外面我都不待搭一句的。」

「大嫂！」張氏見她說得過分了，趕緊出聲制止。抬眼見趙君逸依然不鹹不淡的樣兒，就溫笑的當著和事佬道：「老三你別往心裡去，她就是這麼個刀子嘴，這麼多年來，你……」

「大嫂並未說錯，這麼多年，我吃誰家的糧、誰家的飯，我自是心裡清楚，死去的爹娘心裡也清楚。」

張氏梗住，臉色有些難看。鄭氏喝了聲，梗著脖子又想開罵，卻被有先見之明的張氏給暗中拉住了。

氣氛一時尷尬了起來。李空竹見鄭氏被扯著一臉不服的樣子，就直接轉眸向外，懶得再看。

張氏拉著鄭氏不讓她鬧，想著再打聽點什麼。可一見那兩口子，一人轉頭向外假看風景，一人不鹹不淡的注視著前方，皆不想相理的樣子，就不免沈了臉。

牛車就這樣沈默著一路進了村。

村中玩耍的小兒和坐在村口楊柳樹下嘮著閒嗑的村民，在看到他們這一車東西進村時，皆不由自主的招呼上前，跟著牛車行了起來。

有村民開口相問。「趙家三郎，你這是上哪兒發財了不成？能不能給大哥我介紹介紹！」

「喲，瞧瞧這一車拉的，怕是得不少錢吧！對了，今兒早上見你們扛著那啥果子串兒的，難不成是那玩意兒賣的錢？」

李空竹看著這些想打聽的人群，暗中吐了口濁氣後，這才臉上堆笑的道：「倒是能賣錢，不過不是那賣果子的錢，是另賣方子所得的錢。」

「方子？啥方子啊？」

李空竹抿嘴微笑，並不答話。眾人見狀，有那心思活絡的就想跟去看個明白。是以，牛車一路慢行到了趙家時，後面跟著不少「熱心」前來幫忙的村民。

李空竹也不推拒，任他們幫著將牛車上的東西卸完後，再一一謝過他們，拿出家中僅有的幾條長凳讓他們在院中坐下。

沒有茶水，她抱著小爐子出來，當場給他們燒水喝。

有眼尖的村人見她往燒開的水裡泡著紅色的片狀物，就好奇的走近看了看。見是山裡紅，就奇道：「這玩意兒還能泡茶喝啊？」

「是哩！」李空竹將山楂片扔進壺裡後，拿出家中僅有的幾個粗瓷碗盛了水，讓他們輪流喝著嚐嚐味兒，狀似無意的笑道：「還是當下人時慣出的毛病，想喝茶沒有那個條件，尋思著這山裡紅有那麼幾分味兒，就摘了些曬乾泡了，喝著還算不錯。大家伙兒嚐著怎麼樣？」

「一股子山楂味，酸酸的，不咋難喝。」

眾人給臉的點點頭，有不排斥的，可也有嫌棄的。不過大多對於她當下人慣出的喝茶毛病，還是有些不屑的。

半晌，終有人憋不住的開口相問起來。「那啥，趙老三家的，這些東西不便宜吧？那果子是不是真能這麼賣錢？」

李空竹抿嘴笑道：「果子能值幾個錢？不過是點油鹽費罷了。」

見那人又想開口，她連著將話說完，解了那人的疑。「做僕人時學了兩把子做糕點的手藝，創了個山楂糕，讓一位做糕點生意的掌櫃看上，買了方子。倒是給得不多，全用在買物什上面了。」

說完，就有些心疼的掃了眼倉房方向，故作愁狀的喃道：「還以為能剩點啥，結果一點也沒餘。那掌櫃只允我賣一冬，來年，還不知要靠啥活哩？」

眾人聽她都這樣說了，也知這是秘事，就算賺錢，也只她一人能賣。不過好在賣不長，想來應該也賣不了多少錢才是。

一些人猜想的同時，又不約而同的看向那三間開了大縫的草屋，心下不知怎的就平衡了不少。得了明白的村人，跟著又嘮了幾句，隨後相繼告辭回去了。

李空竹送走村民，瞟向一旁一路跟著，這會兒還沒走的張氏跟鄭氏兩人。「我記得二嫂說中飯要做白麵？正好，家裡買了麵，我等等添碗過去，二嫂幫著多擀碗吧！」

張氏笑著點頭說好，但鄭氏猶自不甘心的還想要再問什麼，卻被張氏拉著暗中連使幾個眼色，才安撫下來。

兩人告辭走後，李空竹去到倉房整頓了一會兒，出來時，又舀了碗白麵在手。見趙君逸拿著新買的砍刀，正坐在院中削木頭，想著他腿腳不好，又走了那般多的路，就有些不忍心的道：「當家的，歇會兒吧，籤子暫時不急，下晌再削也來得及。」

「木頭已經集得差不多，我做個柵欄攔門洞上。」

李空竹聽罷，這才記起前些天讓他做門的事。看向那缺了口又不平整的牆洞，她沒再說什麼，端著麵，行去了隔壁。

趙君逸的動作很快，當天下晌就將那柵欄做好給攔在了門洞口。

沒有固定門扇的位置，柵欄做得比洞口寬了不少。趙君逸另削了幾個長木釘，將柵欄的一端釘在牆上，另一端則用大腿粗的木棒頂著，要出門啥的，直接起開木棒，拉開另一端的柵欄即可。

雖說麻煩，卻比一直空蕩著的門洞看著要安全得多。

因家裡還有剩些鮮果，是以下晌時，李空竹便沒有上山，找來麥芽兒一起做衣。說是一起做衣，實則大部分是麥芽兒在裁衣，而她跟著學而已。

彼時院子裡的三人，趙君逸一直任勞任怨的削著籤子，對他突來的勤快，李空竹有些摸不著頭腦，卻也懶得相理。

李空竹手拿針線的跟麥芽兒嘮著嗑，看著麥芽兒拿著棉花絮棉，就想起打炕這事。

如今他們分得的三間房，倉房和住房連著，她打算把倉房騰出來，用來作內室砌炕；而現今住的這間小房則拿來當廚房，兩間房的下面打洞，把這邊廚房的灶眼對著那邊炕的炕洞。

這樣一來，做飯燒柴的工夫就能把炕燒熱了，一石二鳥，也省了不少事。想法剛一說出來，絮著棉的麥芽兒就直說好。

李空竹想著砌炕得找專業人士，再一個就是銀兩問題。向麥芽兒打聽行情時，卻見她邊搓著手中棉花，邊道：「不咋貴，有坯子的話，一天的活兒，總共也就三、四百文的樣子。」

「猛子老弟有認識的手工匠人不？有的話，讓他介紹個可靠點的唄。妳也知道我是個閉塞的，啥行情也不懂。」李空竹拉線的手在空中停住，見又打了死結，只好放了手中的針，開始解起疙瘩線來。

「我娘家哥有跟著鄰村瓦匠做活，到時我幫著問問。」

「那敢情好！」李空竹將解不開的結給一口咬斷後，又重挽了疙瘩，開始重新走針。「要真能幫著我把這事做好了，到時該是多少錢，肯定不待賴的，這點芽兒弟妹只管讓妳娘家哥哥放心就是。」

「有啥不放心的，我信著嫂子哩。」麥芽兒好笑，不經意瞄到她走針的紋路，就不由皺眉道：「嫂子，妳別把線弄得那麼長，短點的，不那麼容易打結。」

「這樣啊。」李空竹點頭。咬掉再一次打結的線後，特意照著麥芽兒說的，給弄斷一半，果然要順手得多。雖還是手拙，卻沒再頻頻出現打結的情況了。

麥芽兒看著她研究了半天，突然冒了句。「嫂子以前是做糕點的？所以不擅長針線活？」

「呃……那啥，其實最開始是打雜來的。一點點上去後，才做近身服侍的。不過那會兒長大了，學了兩針，倒是不精了。」李空竹有些心虛的解釋。

麥芽兒看著走得歪七扭八的針腳點點頭。「難怪。」

李空竹聽得是一陣的汗顏。而後將絮好的棉花用布縫成做襖的夾層，做好後，麥芽兒就回了家。

第十章

李空竹見天色不早，就收了東西，開始洗手做飯。

吃過飯，她又用鍋燒了一大鐵鍋的熱水出來。問趙君逸可是要洗浴？卻聽他喝著茶道了句。「妳且先洗。」

李空竹聽得癟嘴。她不過是客氣的問問罷了，真當誰會把先洗的機會讓給他呢？真是自大。想著，便找出買來的胰子。還沒有換洗的衣物，就把成親時穿的粗棉紅衣拿出來，準備一會兒暫代換洗的裡衣穿。

提著熱水去到倉房，來來回回跑了三、四趟，李空竹才將熱水兌好。因聽趙君逸那意思也是要洗，所以她在把水舀完時，又重注滿了一鍋水，添了柴溫著，心情極好的向著倉房走去，突又想到什麼的衝屋裡道了聲。「當家的，你可不許隨意出了屋啊。」

倉房門無法從裡面上閂，他雖對自己沒興趣，可要是隨意出來走動，那牆縫又那麼大，保不齊就得讓他看光了身子去。

屋裡的人沒有動靜，李空竹只當話傳到就行。她快步去到倉房，把門用根棍子抵住後，就快速脫了衣，跳進那大大的浴盆裡。當熱熱的水從身體四肢百骸傳進每個毛孔時，李空竹忍不住閉上眼睛，舒服的哼了幾哼。

小屋裡聽力極佳的某人，淡定的品著消食茶，一口一口，似在等著什麼。

忽然，院中圍牆的某一處，窸窸窣窣似有聲響傳來。趙君逸將碗中水一飲而盡，就手變出個紅紅的果子在手，不斷摩挲著。待聽著聲響漸大，就將兩指夾著的果子輕輕一彈。

「唔！」黑暗中似有痛哼傳來。男人挑眉，又將一枚果子急速射出。

砰！「啊——」重物落地，伴隨而來的是一聲慘叫驚起。

男人伸手彈了彈身上略微起縐的粗布灰衫，不動聲色的繼續倒茶飲著，而倉房裡正在戲水的李空竹卻變了臉色。

她抬著胳膊搓得正起勁呢，聽見外面傳來一聲驚天慘叫，就嚇得趕緊將身子往盆裡一縮，大著嗓子喝了聲。「誰？」

半晌，見再無聲響傳來，院中也安靜異常，要不是剛剛那聲慘叫太過刺耳，她都要認為自己是不是出現幻聽了。趕緊起身，將那紅棉衣裙套在身上，快步跑出倉房，喚著趙君逸道：「當家的，你可聽到有人叫喚？」

「嗯。」屋裡某人的聲音淡然傳來。

正打著腰間衣帶的李空竹聽罷，氣得險些噴出火來。「你聽到了？」

「嗯。」

李空竹氣急的跑向小屋。「你既聽到了，為何不出來看看！」

「不過一隻老鼠罷了。」男人見她進屋，抬眼看她，卻意外的見她一身單薄紅衣緊貼於身，襯著姣好的身姿，顯得越發豐腴纖長起來。

兩縷濕髮緊貼水氣蒸紅的小臉，那紅撲撲豔麗的臉上嵌著一雙水汪汪清澈的大眼。帶水的眼中此時正噴著怒氣，與之相襯的是那緊抿著的嫣紅小嘴。

男人眼中似有光亮閃過，只一瞬又垂了眸。抿茶，淡啞了嗓子道：「妳一聲驚呼，已經將之嚇跑，無須擔心。」

李空竹本來聽他說有老鼠時，還火大的以為他在胡扯，可在聽到後一句後，就有些恍然明白過來，挑眉相問。「越牆？」

「嗯。」男人勾唇看她，用鼻音輕嗯回答。

李空竹冷笑了聲。難怪，白日裡三房人在同一桌吃飯，竟是不聞不問，不承想，在這兒打著主意呢，敢情沒把她白日說的話放在心上，想來偷藝！

「倒是精明！」李空竹冷哼著轉身又出了屋，出去時還不忘叫上男人一起。「當家的幫把子手吧。」

男人聽罷，未有任何多餘的表情，淡定的起身跟在她的身後，幫著將洗澡水倒掉後，再換了新的洗澡水去洗浴。

李空竹則是趁空，拿著換下的衣服洗起來。待將衣服洗好，掛到屋簷下的通風口時，李空竹聽見隔壁有人大著嗓子在喊。

「當家的，你出來一下，老二摔著了呢！」

她忍不住揶揄的勾了勾唇。「當家的，你不是說剛剛是老鼠嗎？我咋聽著好像二哥出了啥事，聽著大嫂叫大哥幫忙哩。你好了沒啊？好了的話，要不過去看看，看有沒有幫把子手的地方？」

牆另一頭的幾人聽了她這話，臉色皆變得有些難看起來。

李空竹將剩下的山裡紅一早裹好插在靶子上，吃過早飯，就問趙君逸可還要同路？

趙君逸竟是想也未想就點頭同意了。二話不說，扛著棒靶子就跟她出了院。

李空竹一出來，就碰到不少早間開院門打水的村民。大家見她又扛著那個糖葫蘆的東西，就忍不住相問可是又要去賣？

李空竹笑著說是，就見許多人或多或少的走近搭話，眼珠一直盯著那紅紅的果子細看半天。李空竹任他們看著，見天色大亮，就笑著招呼一聲，跟趙君逸出了村。

兩人直接去往鎮上。有了頭天兒歌的影響，李空竹跟趙君逸將將到鎮上住戶處一叫賣，就引來不少正在玩耍的孩童，纏著讓父母買糖葫蘆的。買糖葫蘆的父母中，有昨兒個買過山楂糕的，就問她什麼時候還做來賣？

李空竹將糖葫蘆遞給他們，想了下，笑道：「山楂糕有點費事，我打算當集再賣哩。不過味增坊倒是有做，大哥大姊若等不及的話，不妨去那兒問問看吧。」

「味增坊啊？那什麼時候出的新品啊，我咋不知道哩，昨兒還逛了來著。」

「昨兒買糖時，聽那掌櫃說了句。」

「這樣啊，那一會兒我問問去。」

李空竹笑著說好，將錢放進荷苞，叫著趙君逸出了巷子，又向另一條巷子吆喝走去。

「妳倒是熱心，就不怕以後自己的賣不出去？」後面跟著的男人，見她一臉輕鬆愜意，就忍不住想要打擊打擊。

「不怕！」她依然滿不在乎，吆喝著糖葫蘆、糖葫蘆的。

趙君逸覺著這女人越來越神秘了，對於她的奇特，他不過是因小時曾讀過一本奇聞異志而有所猜測，並未將她放在眼中。可這段時日，他越發看不懂她，卻也愈加好奇起來。

李空竹將整個環城鎮走了一遍後，糖葫蘆就已經所剩無幾。看著剩下的那幾串，她也不打算再賣，招呼跟著的男人一聲，兩人出了城門，就向著家的方向去了。

回到村中，村口玩耍的小兒們看到他們，皆齊齊圍攏過來，看著那剩下的糖葫蘆，都舔著手指巴巴的望著。

李空竹見里長家的吉娃也在其中，就招呼他近前，將那葫蘆串摘下來給他。「你來分，可要分均了！」

吉娃吸著口水伸手接過，點著小腦袋一個勁兒道：「謝謝三嬸子。三嬸子放心，我保證分得妥妥的！」

他人小手小，抱著糖葫蘆的衣襟上，很快就黏上了糖。圍著的幾個小兒見狀，趕緊討好的上前幫著相拿。吉娃吩咐拿著糖葫蘆的娃子們，將人招集在一起，開始數著人頭和串上的果兒，準備按顆來分。

趙君逸掃了眼四周閒嘮嗑的村婦，見那些人這會兒停了嘮叨的嘴，正一瞬不瞬的張大眼看著這邊，就哼了聲。「妳倒是會賣好。」

「別這麼說嘛！」李空竹對吉娃揮揮手，又跟那邊看著他們的村中婦人招呼了聲，轉身，跟著繼續走。「這也算是立信的一種吧！」

讓村中孩子記了她的好，也讓村民記著她點滴的好，再來給里長又賣了個好，讓他孫子無形之中成了村中孩子的小領頭。一舉數得的事情，何樂而不為呢？

男人視線隨著她的移動良久，終是不認同的哼道：「不過是白費功夫罷了。」這些人，當時可能會記著點滴的好，可一旦觸及自身利益時，別說點滴好，就算十倍的好，也抵不過那顆貪婪的狼心。

李空竹不在意的聳聳肩。「就算是白費我也要做啊，哪怕只有一人記得我的好，那我也算成功了不是？」麥芽兒就是個很好的例子。

趙君逸聽得頓步，轉眸認真的看了她許久。

李空竹見他那樣，突然狡黠地衝他拋了個媚眼。「怎麼？是不是覺著我很特別，開始喜歡上我了？」

「呵！」男人垂眸冷笑，扛著棒靶子，大步從她身側而過。眨眼之間，就見他已離她有近一丈之遠了。

李空竹見狀，亦是跟著「呵」了一聲後，抬步快跑的追趕過去。

一時間，兩人在村裡農舍道間，開始了你追我趕的賽跑起來。過往的村人看著跛腿走得飛快的趙君逸，又看了看後面追得死緊的李空竹，皆有些丈二金剛，摸不著頭腦。

連著賣了兩天的糖葫蘆，在第三天早間再去時，李空竹路過村口，突然發現前面有個跟他們一樣扛著棒靶子的人。

看那上面紅紅的果兒，很顯然，這糖葫蘆已經有人在模仿了。

到了環城鎮，走賣了兩條街道，意外的，又看到幾個扛棒靶子賣糖葫蘆的人。幾人扛著那葫蘆靶子，扯著嗓子不停的賣力吆喝，看到她來，也不避諱，大搖大擺的在那兒閒晃著。

李空竹想走近看看仿得咋樣，奈何人家一看她近前，就當賊人防似的快步閃開，弄得她試了幾次無功而返後，只得無奈的放棄。

從買她糖葫蘆的熟客嘴裡，李空竹知道了那仿品的品質。說是糖不夠脆、不夠甜，嚐那味兒像是水糖味；不但如此，果子有時還酸得很，一口咬下去，有的還硬邦邦渣不拉嘰的，不如她做的乾淨甜爽。

李空竹一聽，就知這些人是捨不得費勁跟下成本。不過看那些扛靶子的人滿臉高興，想來也是有賺頭的。她問著熟客那糖葫蘆多少錢一串，大多數都不大願意說，支支吾吾的從她手中拿了糖葫蘆，就快步離開了。

一旁的趙君逸卻冷哼了聲。「想貪了便宜，卻沒買著好貨。」

「也不能這麼說。」李空竹笑著，自己也拿了一串在手中吃著。「畢竟不是人人都富裕，可大多做父母的，哪忍心讓孩子吃苦？沒吃的，看別人饞的滋味也不好受。有這廉價的葫蘆，到時鄉下的孩子也能偶爾吃一串甜甜嘴了，豈不是好事？」

趙君逸眼中閃過惱怒。這女人自前兩天跟他頂著幹後，就一直想方設法的否定他的論調。看著她笑得和煦的豔麗小臉，他有些厭煩於這種處處尋著另類方向的開脫思想。

抿著嘴，也不知怎的，沈寂多年的心田，竟在這一刻突然生起一絲彆扭的勁頭來。

李空竹不知他所想，招呼著他去買了些必需品後，兩人再次相攜出城回家去。

隔天，李空竹便沒有早起做糖葫蘆了。正好麥芽兒的娘家哥找來了打炕的匠人，李空竹便決定先將糖葫蘆的事放一放，待下個集再說。

按照她的設想，將倉房的東西騰出來，全都搬去了打掃乾淨的雞舍裡面。如今住的小房當廚房，將兩間屋的下牆小心的打通，留了炕眼。

砌炕本一天時間就能做好，奈何他們沒有泥坯，還得做泥坯，所以得用好幾天才能完成。聽到要做泥坯的時候，另兩房的人都過來這邊，說是要幫把子手。

張氏見著李空竹，直問著怎麼有活也不招呼一聲？李空竹只別有深意的看了眼臉色還有些蒼白的趙銀生，直說不想添了麻煩，免得累著他們壞了身子。

鄭氏一如既往的大嘴巴咧咧著，被趙金生訓著、盯著的，也不敢多做啥過分的事。

到正式幹活的時候，只有趙金生一直幫著到炕做好；趙銀生說是幫忙，不如說是過來轉悠閒晃的。其間，他一直圍著李空竹的小爐、小鍋看個不停，說前兩天去鎮上糕點店買了新出爐的山楂糕，問是不是她賣的那個糕點方子？

李空竹說是。

趙銀生又說會不會賣虧了？畢竟他嚐著那糕點，味兒很是不錯；還說在糕點鋪裡看著，就數那山楂糕賣得最好。

話裡話外的說了一大堆，最後總結為：「那掌櫃的也忒心黑了點，給那點錢只夠買幾個盆的。如今你們還缺不少實用的東西，不若妳多做點那山楂糕，到時拿到縣城和別的鎮去賣，也好多換些錢。要真忙不過來，我們都是一家人，都能幫妳賣點，介時給點抽成就成。」

李空竹頓時好笑不已，敢情偷看不成，又想搞批發了？「如今有不少人做那糖葫蘆來賣，兩房哥哥嫂子若不嫌掙得少，就做做那個看看吧。不用太好的糖，到時價錢低一點，去往各個村鄰相賣，也能得不少錢哩。」

「那玩意兒能出幾個錢？再說那糕點……」

「糕點有契約，不能外洩。」李空竹淡淡的打斷他，眼中一絲不耐閃過。

「也沒人讓妳外洩，是讓妳做，我們不過代跑個腿的，掙個抽成錢罷了。」說完，見她擺出一副不耐煩的神色，趙銀生就有些臉色難看的來了氣。「有道是滴水之恩，當湧泉相報，有些人可別忘了恩，成了那狼心狗肺的玩意兒，當心遭了雷劈。」

李空竹心想遭雷劈又不是劈她。心下卻明白，她既嫁了趙君逸，那就是跟趙君逸一體的，隨後也懶得多說的道了句。「山楂糕太費事了，我也沒那麼多精力做太多，二哥還是考慮做糖葫蘆自賣吧！」

「費事？不有我們幫忙嗎？」

又來了，李空竹暗自翻著白眼。正不想相理，卻聽見某人的聲音自門外響起。

「前些天有老鼠鬧過我們這房，正想著用啥方法給杜絕了。」趙君逸提水回來，正好聽到兩人的對話，不鹹不淡的看著趙銀生問：「二哥有啥好法子沒有？」

趙銀生臉色頓時難看不已，梗著脖子，看著趙君逸的眼神開始變了味兒。不想，對方並未將他放進眼裡，鳳眼依舊不鹹不淡，毫無波瀾的與他對視著。

趙銀生被看得生了幾分怯意，面上卻不肯示弱的道：「腰疼病犯了，我先回去炕上直直腰去。活兒，你們自己幹吧。」

「不勞二哥了，人手本就是夠的。」

「呵！」趙銀生冷哼。「這麼說來，我是多管閒事嘍！」

見他抿嘴不語，分明就是承認的樣子。趙銀生氣得牙根發癢，磨著牙的哼笑道：「好好好，且看你今後有沒有用得著人的時候。」說罷，當即大跨了步子，出了院。

「真是討厭！」李空竹看著那消失在門洞的身影，不爽的嘀咕了句。

男人在一邊似笑非笑的盯著她看了會兒，眼中有絲揶揄閃過。還以為她事事都能以另類的想法開脫呢，看來還是有戳中她底線不能忍的事。

待新炕砌好時，又是快逢集的時候了。

這些天，李空竹一直沒做糖葫蘆賣，就是想趁著上集賣山楂糕時，糖葫蘆用來免費搭送，這樣一來，想吃糖葫蘆和山楂糕的人，就不會分成兩份單獨來買。為著白得，也一定會多買塊山楂糕的。

李空竹這天去麥芽兒家借背簍時，路上碰到不少從山上摘山裡紅回來的村人，這其中還包括張氏跟趙銀生。只不過兩人再看到她時，皆將臉轉向一邊，當她是隱形人的從她身邊走過。

李空竹本是想喚人的，不過在見此情景後，也懶得去熱臉貼冷屁股。

到了麥芽兒家，將背簍遞給她時，麥芽兒悄聲的在她耳邊嘀咕道：「這些天都瘋了似的上山摘那玩意兒，聽說鎮上的味增坊要大量收；不但如此，我前兒個和昨兒個還看到那兩房的人扛著靶子出村賣糖葫蘆了哩！」

她一邊說著，一邊朝李空竹家的方向努努嘴。

李空竹點頭表示知道了，心下卻忍不住犯起了愁。這般多人採摘，怕是好摘的地方都快沒了吧。

麥芽兒見她皺眉，心下有些不忍。這兩天連自家婆婆都一副躍躍一試的表情，若不是當家的說山上猛獸有些不大太平，怕是她也加入進去了。「三嫂子，妳別愁，我瞅著那些賣糖葫蘆的還不如妳做的好哩；再說，還有那啥山楂糕的，她們也不會哩。」

「這倒是。」李空竹見她眼中滿是安慰，不由笑道：「我就是煩找果子。怕我摘的那處被人摘了，還得重找，畢竟爬山怪累得慌。」

「這樣啊。」她想了一下，又道：「俺當家的倒是經常上山跑著，想來哪些地方有個啥，他都知道哩，等今兒他回來，我就問問他。若有，到時讓他帶你們去，保證能得不少好果子！」

「妳咋不去摘哩？正好趁著這個勢頭賺點油鹽錢啥的。」

麥芽兒搖搖頭。「俺當初答應過的，不做就是不做。」再說她男人會狩獵，她也不缺那幾個銅板花。

李空竹聽了，心頭莫名的暖了一下，隨即笑得愈加溫和的道：「摘吧！不摘白不摘。與其讓不認識的人摘了個乾淨，我還寧願妳摘哩！」

「不不！」麥芽兒搖頭。「待我問了當家的，到時就算是摘，俺也是幫妳摘。」

李空竹心口熱騰，伸手就將她的手拉過來，拍了拍。「芽兒弟妹，謝謝妳！」改日若有出頭掙大的機會，定會攜了她一起，報她今日之恩。

「嫂子！妳這是咋了……」對她突然的轉變，麥芽兒被弄得有些不大好意思。無緣無故的，咋搞得這般嚴肅呢？

李空竹只抿嘴笑而不語，再次拍了她的手後，就辭別回去了。

第十一章

當李空竹跟趙君逸上得山來，找到以前採摘的地方時，只見當初那幾株掛滿紅果的大樹，此刻早已光禿。枝條好些被折斷的吊在半空，映在寒冷的陰天裡，顯得格外蕭條。

「可還要採？」趙君逸轉眸看她。

李空竹點點頭。明兒當集，總得再找找看，如今她能掙一點是一點，可不想等著冬天過一半時，又沒了錢填肚。

趙君逸將放在她背簍的砍柴刀拿在手上，手拄著棍子向前行去。「走吧！」

李空竹應聲，跟著他的步伐向更深一處山谷走去。接連翻找了好幾座山，連上次遇狼的地兒也找了。李空竹想不到，才短短幾天的時間，這山裡的山裡紅，幾乎給摘了個遍。

走走停停的尋了一圈，背簍裡只摘到少量被遺漏或是品相不好的果子。

「再往裡就是深山了。」在一處小山頭，趙君逸止了步。「可還要前去？」

李空竹站在那裡，沈思的看著遠處，半晌，搖搖頭。深山叢林多猛獸，即便趙君逸有功夫在身，若遇到大型或成群野獸的話，也難保全身而退。

「回家去吧，糖葫蘆這集暫時先不做。」無奈的嘆了口氣。好在背簍裡的這點果子，倒是能做小半盆的山楂糕，現下，能頂一集是一集。

兩人返回的路上，趙君逸又挑了些小灌木當柴砍下。綁好後，單肩扛著，這才拄著棍子向山下行去。

麥芽兒在天晚時前來登門，彼時的李空竹正在熬製山裡紅。迎了她進來，也不避諱的當著她的面，將那糕點和糖給攪拌均勻。做好後，照舊摔了幾下盆底，讓趙君逸端出小屋，這才相問著麥芽兒可是因為山裡紅的事來的？

「當家的說他記得深山有幾處地方，有好些山裡紅，要是嫂子要的話，到時他給帶路，幫著摘些回來就是。」

「好咧，下集再尋了猛子兄弟幫忙帶路採摘吧。」李空竹謝過她，拉過她的手輕拍了拍，道：「妳且放心，自下集起賣得的銀錢，我除卻本錢，與你們五五分帳可行？」

「嫂子妳這話見外了。」麥芽兒不悅的將手抽出來，凝著小臉道：「不過就帶把子路，哪至於這樣談錢的，傷情分哩！」

「不傷不傷！」李空竹笑著又將她的手拉回來。「一冬天哩，一次、兩次倒也罷了，要次次這樣，別說猛子兄弟不嫌煩，就是我自己心裡也過意不去。他是打獵的，耽誤一天不能咋樣，可要是次次都耽誤，不但沒有獵物可分，這損失也是不少，妳總不能為著幫我，讓妳家男人沒錢賺，到時看我拿著銀錢樂呵，妳不覺得難受啊？」

麥芽兒凝臉沈思了下，也覺她說的在理，可讓她拿錢，又覺有些過意不去。眼珠將小屋掃了一圈，看到那小臂粗的裂縫後，心下愈加不忍起來。

李空竹見她那樣，心下就明白幾分，拍著她的手笑道：「妳要真覺過意不去，要不，入冬後幫我多做兩身衣裳？」

麥芽兒認真的將她打量半晌，並未從她臉上和眼裡看出半分勉強，想了想，終是躊躇的點頭。「成吧！」

李空竹心下好笑。「有人送銀子美都美不來，妳倒好，苦大仇深的，不知道的，還以為妳是送銀子的哩！」

「又不是自己掙的，有啥可美的。」顯然，她雖然接受了，心裡還是不舒服得很。

李空竹驀地嚴肅了臉。「這就是妳掙的，從下集起，咱們就是合夥做的！」

麥芽兒看著她，輕嘆一聲。「妳不怕我洩密啊？」

「不怕，我信妳哩！」幾次她都有機會搶一步先機，可她都沒那麼做，還死守著對自己的承諾，這種人，最是值得一交的。

送走了麥芽兒，李空竹回屋，向新打的灶裡挾了幾根木棒，烘著濕氣。趙君逸從鍋中舀水出來，放在小黑桌上，挽著袖子看向她問：「可要洗漱？」

李空竹莫名了一把，見他問得認真，心頭不知怎的，就熱了一下，顫著音的點頭道：「要哩。」

「嗯，知道了。」男人頷首，挽高衣袖，又端盆走了出去。

李空竹看著錯身而過的男人，不由得疑惑。「當家的端水去哪兒？」不是為她打的嗎？

「自然是洗漱。」他答。

「可是……」

「鍋中水被耗去多半，剩餘不多。問妳洗漱與否，不過是酌情考量給妳留多少罷了。」

意思是，她想多了？李空竹愣怔，不知怎的，先前還熱呼的心頭，這時只覺燒得慌，牙也癢得慌……

翌日，李空竹換了身麥芽兒幫著做的淺色粗棉新夾襖，挎著籃子，見男人似要跟著一起，就忍不住嫌棄的瞥了眼他身上單薄的灰布補丁夾層。

「哼，出去別說認識我。」話畢，就傲嬌的一個抬頭，快步跨了出去，卻未看見後面某人因她這話，而有些變了的臉色。

李空竹的悶氣，在出了院門時，就立刻換成了淺笑。

一出來，不期然的正好碰到趙金生、趙銀生兩兄弟從隔壁出來。兩人都扛了個棒靶子，上面那紅紅的山楂果，亮亮的，讓人有些垂涎欲滴。

兩人同時也看到了她，只趙金生有些不好意思的埋了頭，而趙銀生則是一副鼻孔朝天的哼了一聲，喚著趙金生快點。趙金生聽到喚，衝她點了個頭後，就大步跟了上去。

看著兩人遠去的背影，李空竹未有什麼不滿，而是低眸整了整衣服，眼角掃到跟上的某人道：「當家的，看來俺要失業了哩。」這隔壁也下成本的賣起了高端貨，看來下集得重整個啥新鮮的才好。

男人雖不甚明白失業二字，可聽她後半句，大意還是理解了幾分。「不過早晚的事罷了。」

依然冷淡，卻還是那麼讓人牙癢！李空竹不在意的與他並肩而行。「待來日我金山銀山滿庫，定要休了你這狂徒！」

「呵！」某人冷哼，根本不願多瞥她一眼。加快了步子，頓時將她甩於身後三步之遠。

李空竹見狀，趕緊跑向前的將他超過。於是，大早上的，兩人又再一次的上演起了你追我趕之勢。

待到了鎮上，李空竹並未再選了上集的店鋪落腳，而是提著籃子去往東集買賣之處。

一到那裡，就見不少人已經占著有利攤位。這個時候，沒啥鮮菜，大多賣的是些花生、馬鈴薯、白菜跟家禽一類。

李空竹找了處不咋好的位置站著，看著過往慢步的買菜之人，扯著嗓子的高喊。「山楂糕哩，又酸又甜又生津耶，小娃吃了多吃飯，老人吃了助消化，身子輕哩！買三塊，添一文再白得一塊哩！貨不多，先到先得哩！」

後面靜站的趙君逸嘴角抽動，只覺這女人真是到何時都能這般扯得下臉皮。還有那唱詞，真真是回回重換，都不見重樣，當真讓他好生無語。

她這一喊，就引來不少鎮上買菜的住戶，紛紛圍攏過來，問她怎到這兒來賣了？李空竹只說不想去味增坊搶生意，在這兒賣也一樣。

有那熟客忍不住抱怨。說最近鎮上出現不少賣糖葫蘆的，吃著難吃不說，還有那冒充山楂糕的，那就更不是味兒了。

「買兩回，上了兩回當，實在是饞得緊了，才聽人說味增坊出了山楂糕，去買了點回來嚐。雖說味兒是正了，可錢卻高了不少。不像妳這兒，三文一塊，比那店裡的又大又厚哩！」那顧客拿了包好的三塊糕點，又接過搭送的一塊道：「咋沒看見糖葫蘆呢？還想著搭個糖葫蘆哩！」

「這幾天忙著，忘了清理果子，待下集就有了。這搭一文送山楂糕也不錯哩，這一塊，可比得上好多串糖葫蘆了！」

「這樣啊！」那人笑開了顏。「那我讓家裡人吃慢點。下回，還上妳這兒來買啊！」

「欸，好哩！謝謝啊大哥！」

被叫大哥的漢子心滿意足的走後，又有人叫著包山楂糕。李空竹一一笑著應了，將手中籃子叫趙君逸提著，手法也更加快速的包起來。

待最後一塊賣完，李空竹掂著手中沈沈的荷苞，道了聲。「今兒吃肉，我請客！」說罷，豪氣的將籃子遞給男人挎著，她則大搖大擺的向賣肉攤行去。挑了三根大骨頭棒，又買了一副豬下水，再買了幾斤板油裝上。付了錢，李空竹又回轉去集上買了些雞蛋跟白菜。

完事後，兩人便回家去。從鎮上到家時，離正午還有一會兒，李空竹想著將板油熬製出來，用油渣和白菜包頓包子吃。

把豬下水用醋泡著去味，拿著老麵和了麵團，點了火，又拿了砧板放在外面灶臺，將板油扔在上面。

切著板油，正打算讓趙君逸將骨頭棒子敲斷熬湯時，不想外面一聲大喚傳來。「大丫！」

李空竹覺著這聲音有幾分耳熟，一時之間又想不起在哪兒聽過？抬頭向大門處看時，不由得愣了一下。

「咋地，嫁過來幾天，連自家親娘都不認識了！」

外面不滿的控訴之人，不是別人，正是原身的親生母親郝氏。只見她著一深色粗棉夾襖，灰布包頭，手中挎著個籃子，一雙帶褶的大眼，很不滿的盯著她喚。「還愣著做甚？開門啊！」

屋裡的趙君逸走出來，見到來人，眉峰不自覺的皺了下。

李空竹趕緊將手中的菜刀放下，在水盆裡洗了手，擦淨後，解了圍裙就忙跑過去。

「娘，妳咋來了？」

「怎麼，難不成，妳還想著一輩子不認娘家不成？」一道尖酸的聲音自郝氏身旁響起。

李空竹走近才看到，李梅蘭跟原身弟弟李驚蟄也跟來了。由於門洞較小，兩人站在郝氏旁邊，被牆給擋了。

七歲的李驚蟄見到自家大姊，小臉大眼裡滿是笑意的喊了聲。「大姊！」

李空竹笑著點頭，將柵欄拉開，讓他們進來。

郝氏一進院，眼睛四下打量一下，就忍不住嘀咕抱怨。「咋給欺負成這樣了？這像個啥樣啊！」

「岳母。」趙君逸冷淡的過來拱手一禮。

郝氏見他一張冷臉破面的，就有些個不喜。本想發難幾句，再一看他冷眉冷目的沒半點溫度，就有些個怯場，哼了幾哼，叫著李空竹領路向小屋行去。

「大中午頭的，在切啥？」行到屋簷下，看到了灶臺菜板上白花花的板油，郝氏就忍不住停步，直勾勾的盯著那油看著。

「買了點板油回來熬油，想著離晌午還有一會兒，就發了麵，等熬完油後包個油渣包子。」

「包包子啊！」後面的李驚蟄忍不住吸了吸流出來的口水，伸長脖子也跟著向那灶臺看去。「俺都好久沒吃過包子了。」

李空竹將圍裙重繫回腰間，笑道：「正好，今兒我多包點，等等你們回去時，多拿幾個吧！」

「呿！瞧瞧，還真是發財了哩！連肉包子都隨了娘家拿。」李梅蘭在一邊不陰不陽的哼道。

卻被郝氏皺眉喝了聲。「妳這娃子，咋回事哩，說的啥話！」

李梅蘭被說得沈了臉，哼唧著，轉眼就不看這邊了。

趙君逸正好端了凳子出來，放在屋簷下。「屋裡打了灶，有點擠，岳母跟弟、妹暫時坐在簷下吧。」說罷，又進屋將桌子搬出來，上了碗，又倒了水。

郝氏見他一溜動作麻利，雖說跛腳，卻不像是個沒力氣的，便消了幾分不喜。她將手中籃子放在桌上，看李空竹切著板油，就忍不住推了自家二閨女一把。「去搭把手。」

李梅蘭有些不願。她身上可是穿著細棉襦裙，要是被刮壞了咋辦？

郝氏一看她嘟嘴的樣兒就知她在想什麼，轉了眼，又跟兒子道了句。「去幫你大姊添把子柴去。」

「欸！」李驚蟄倒是痛快的從凳子上跳下來，喚著李空竹道：「大姊，俺幫妳燒火！」

「不用了，你坐那兒歇著就成。這點活，我忙得過來。」李空竹笑著伸手止了他，讓他在旁邊坐著。

郝氏有些驚疑的將她上上下下打量良久。剛沒注意，這麼會兒細看，好似這丫頭從進門開始，臉帶笑不說，還變得勤快不少。要知道那會兒剛從大戶人家遣回時，這死丫頭，不是鬧就是吵，成日作妖的，哪想過還有這賢慧的一面呢。

郝氏自凳上起身，看著她手法嫻熟的將油快速的切下了鍋，蹲身挾著木柴的同時，又衝屋裡喊了聲。「當家的，把今兒買的白菜拿顆出來，我剁餡。」

男人自屋裡將一顆蔫白菜拿出，遞給了她。只見她快速的將外面包著的蔫葉扒掉，露出裡面白嫩嫩的幫子出來。

洗了砧板，將白菜先切絲，再切粒，然後剁碎。整個過程麻利一氣呵成，連絲多餘的喘息都沒有。將剁好的菜放進木盆裡，撒上點鹽，等著將水醃出，然後再進屋將發麵的盆子端出來，放在擦淨的小桌上，開始揉起麵來。

待油渣熬出，和了餡，包了包子上了蒸籠後，李空竹空下來擦手轉身之際，才發現郝氏正一瞬不瞬的盯著她看。

心裡咯噔了下，也不知她看了多久，趕緊不動聲色的笑道：「娘，妳看啥呢？」

郝氏搖頭，看著她面色有些古怪。「妳這丫頭，以前在家又是鬧又是瘋的，還以為妳啥也不會哩。」

「我做下人的，哪有不會東西的，要是不會，主家當年還不得將我給打發了？」

「這倒是。」郝氏聽她這般說，倒是贊同的點點頭，跟著又嘆了聲。「就是可惜了那麼好的月錢了。」

李空竹聽她這般說話，就笑了聲。「都是命來的。」

郝氏見她得空了，就拉著她去到桌邊坐下，眼神向小屋瞟了一眼，努嘴問道：「咋樣，可是有受著屈？」

這話說的，李空竹心裡好笑。當初這門親本就是委屈，可她還是為著另兩兒女的名聲，將原身給訂了親，這會兒不覺有些自相矛盾嗎？

李空竹笑著從壺裡給自己倒了杯山楂水喝。「啥屈不屈的，日子都是人過出來的。如今日子也還過得去，倒是比在府中自由不少。」

郝氏聽她說出這話，很是驚了一番，隨後又想著嫁雞隨雞，就嘆口氣的道：「妳覺著好就成，好在如今日子過出來了，想來以後也會越來越好。」

李空竹嗯了一聲，繼續喝著杯中的水。

李梅蘭見來了這麼久，除了水，連點兒像樣的零嘴都沒有，就不由得癟嘴道：「該不會還怨著娘家吧，這三朝回門都沒回，如今更是連點像樣的招待都沒有。」

李空竹眼角掃了她一眼。自她進門，就一副很不情願的樣子，說話尖酸刻薄不說，出嫁時，還諷過她。本以為是因為原身敗壞了名聲，連累了她引起的，如今看來，她是純粹就不喜原身這麼個姊姊。再看看她著的那身淺草色的細棉襦裙，還有什麼不明白的？

「二妹這話說的。三朝之所以沒回門，是因為我當天嫁來就被分了家，實在手頭緊，沒啥能拿得出手的，覺著丟臉，便想著過段日子再回去賠禮罷了。」說著又轉眼看向門洞的方向道：「當時困難得連給院牆開門的錢都沒有，還是自己給錘出了一條路，就連那木柵欄門，都是妳姊夫跛著腿，天天上山，一根木頭、一根木頭積累而來的哩。」

李梅蘭被她說得惱怒，哼唧道：「誰管妳那事。如今不是發達了嗎？還整這小氣勁來，來半天了，妳就沒問問咱娘餓不餓啥的？」

「娘若是餓了的話，就再等會兒吧。包子也快，就一刻來鐘的時間。」李空竹轉眸笑瞇眼的看著郝氏道。

郝氏嗯嗯的點著頭，見二閨女瞪著眼睛，一個勁兒的使著眼色，就支吾著問道：「那啥，聽人講，妳做了啥糕點賣，最近肚裡老脹著氣，妳拿塊出來給娘嚐嚐行不？」

李空竹心下暗哼的抿了嘴。敢情這是聽著風聲，想來分羹占便宜？

垂眸，不動聲色的喝了口水，再挑眉放碗的淡笑道：「這些天上山摘果去賣的人越來越多，昨兒上山時，只採了點不好的回來，做出來的也不多，今兒上集全給賣了哩。倒是不巧了。」

「開口問妳要了就沒有，沒問，妳咋不說哩？」

「沒問，我又咋知哩？」李空竹反駁的看向李梅蘭，笑得別有深意。

李梅蘭不知怎的，心頭緊了一下。見她一雙眼雖笑著，可那眼底卻沒有任何笑意。剛想張口反駁，卻又見她起身道：「瞅著時辰差不多了，該是快好了吧。」

「當家的，你來幫著把蓋子揭了吧，這籠子氣大，我怕燻著手呢！」

一直在裡面坐著的男人，聽著她喚，便快步出來。眼睛看向她時，見她眼中有那麼絲討好露出，就知她是故意在親人面前，想上演情深被疼。

懶得戳破她，趙君逸直接將蒸籠蓋揭下來，道：「擺飯吧。」

第十二章

李空竹回屋，找出新買的小碗洗淨，拍了蒜醬，就用木盆裝了包子。端上桌時，笑道：「娘餓了就快吃吧，我也不熬湯了；有山楂茶喝，吃撐時就喝一碗，跟吃那山楂糕一樣有效哩。」

李驚蟄在一旁看著那又白又大的白麵包子，早就有些忍不住。這會兒聽大姊說不熬湯了，就趕緊接話道：「大姊，快開飯吧，俺早就餓了哩！」

李空竹淨了手，讓郝氏坐了上座，趙君逸坐了左上首。她挨著趙君逸坐下時，摸了摸李驚蟄的小腦袋，笑道：「餓了就快吃，別拘著了。」

「嗯！」李驚蟄嚥了口唾液，拿著筷子卻是等著郝氏跟趙君逸都下筷後，才動手拿了一個。

他這一小動作，被李空竹看在眼裡。滿意的揚了笑，給他又拿了一個包子進碗，道：「多吃點，瞅著你咋瘦了哩？」

李驚蟄大咬了口包子，燙得直吸氣的道：「二姊快說親了，娘說得給二姊備嫁妝哩，家裡成天都是饃饃鹹菜的，好久都沒嚐著油星味了。」能不瘦嘛。

「你個死小子，我還短了你吃不成？」郝氏臉皮發緊，不悅的瞪了眼自家大吃特吃的小兒子。

「備嫁妝啊？」李空竹笑得拖長了尾音，就見郝氏手抖了那麼一下。「說的是啥樣人家？二妹這模樣，想來男方家定是不錯吧！」

「前些天村裡的雲二嫂子來了俺們家，說任家村有個秀才老爺家要說兒媳婦，那兒子去年還中了童生哩！」李驚蟄再次大嘴巴的接話，說完，又狠咬了口白麵包子。

李梅蘭臉色很不好，埋著頭，眼角不停的掃向那傻乎乎的自家小弟。見他吃得滿嘴流油，就忍不住的一陣嫌惡。

「秀才老爺家啊？」李空竹尋眼看著郝氏求證。

郝氏也在心裡怪小兒子多嘴，可到底捨不得狠心喝罵。聽大閨女問了，就清了下嗓子，吧唧著嘴道：「就那麼順嘴一說，能不能成，還不一定呢。」

「不吃了！」李梅蘭突然惱火的將筷子一拍，下了桌，拿著碗水就向小屋行去。

李空竹看著她離去的背影，深了下眼，又轉眸嘆道：「要是我沒壞了名聲的話……唉！」

郝氏見小女兒下桌進了小屋，就閃了下神的笑道：「也沒啥。如今都知妳嫁過來挺安分的，想來再過不久，就沒人提起了。」

「娘想攀這門親？」李空竹換了話題問她。

郝氏則有些不大好回答，只說了句。「人家是秀才老爺哩。」

李空竹點頭，大概明白了什麼，隨即再不相問的吃起飯來。

飯後，李空竹將碗收拾洗了，又將剩下的包子，用油紙包了，給他們放籃子裡。陪著說了會兒話，見郝快未時末了，這幾人還未有走的打算，就笑道：「娘還有啥要交代的不成？」

郝氏支吾著，見二女兒搖頭打著眼色，終是鼓起勇氣的問了嘴。「那啥，妳做那糕好做不？」

「算是比較費事。不過我也只能做滿這個冬天，方子是賣了的。」李空竹眼神幽幽的看了李梅蘭一眼。

「大丫，我們是一家人，那個啥……也應該能賣吧？」

「娘想說什麼呢？」李空竹笑看著她發問。

郝氏被看得面皮發緊，心下比劃了幾個來回，終究還是覺著二閨女的親事重要。「那啥，妳二妹如今年歲也不小，年底就十三了，翻年還得加一歲十四的，再不定下，到時大了再挑就晚了。那任秀才家家境瞅著也不錯，不說那四間瓦房和三十畝田地，單就說那中了童生的任元生，要再讀個幾年中了秀才、舉人啥的，那都是光耀門楣祖上冒青煙的好事哩。」

「所以？」李空竹挑眉。

「我尋思著，咱都是一家子，妳那做糕點的方子，給了我們也是在一家，應該不算那啥才是。家裡家境不好，若是要說成這門親事的話，少不得給妳二妹備些對等的嫁妝哩。」

呵，八字都沒一撇，就開始打起嫁妝的主意來了？還想用方子當籌碼？「娘是準備用方子給二妹充嫁妝？」

被說中心事的郝氏吭哧著紅了臉。「都是一家子，計較那麼多做啥！」

「娘可能忘了，我如今是出嫁的婦人，應是從夫，隨了夫家姓。娘若拿了我的方子，就算是兩家人了。」更何況，是要拿那方子去討好說親的那家人，就更是外人了。

「大姊是見不得人好不成？」李梅蘭臉色有些難看，扭著手中的細棉帕子，眼神有些惱怒的盯著她看。

李空竹只平靜的對上她的眼，笑了。「如今到處都是上山摘果去賣的人，二妹若真想存嫁妝，不若去山上摘些去賣，雖說不多，可存到出嫁那天，想來也會是筆不小的錢財。」

「李空竹！」李梅蘭來了氣，扯著絹帕一甩的起身道：「妳算個什麼東西，要不是妳臭了名聲，我用得著這麼掏心掏肺的去想盡辦法嗎？」

要不是她的話，憑著她的姿色，想說門什麼樣的親事沒有？一切還不是因為她，都是因為她臭了名聲，連累她的婚事都被人瞧不起的耽擱下來。一切都是因為她，全都是因為她！

「一個良家女子，這般不知羞的說出這話，讓旁人聽了，還以為妳是有多恨不得嫁？」

李空竹瞟了一眼她因憤怒而脹紅的臉蛋，漠視著她眼中的層層惱怒，不鹹不淡的道。

「妳！」李梅蘭咬牙指她，臉色開始變得難看扭曲起來。看著她的眼神，也開始由憤怒變為狠戾，那凶狠的樣子，直恨不得將之扒皮吃掉才好。

李空竹懶得理會她，只淡然的對郝氏道：「方子的事我不能說。還是那句話，若真想存嫁妝，如今人人都上山採著山裡紅賣，這玩意兒不要本錢，不過是抬抬手罷了。娘若執意要方子傷了妳我的情分，只能說，以後有啥不到位的，也別怪了女兒才是。」

「妳這話是什麼意思！」李梅蘭尖喝。

「這是妳一個未出閣的女兒家該管的事嗎？」李空竹皺眉，不悅的看了她一眼。

李梅蘭氣急，一旁的李驚蟄卻是看出了點什麼來，抓著郝氏的手急道：「娘，咱快回家吧，都快申時，一會兒天都要黑了，再不回去，就要摸瞎了。」

「李驚蟄，你個吃裡扒外的玩意兒，人家給你一頓包子吃，你就變了風向的往那邊倒，你是屬狗的不成，見著誰有吃的，就衝誰搖尾巴了？」

李空竹沈了臉，見她惱怒的跟半個瘋子差不多，就忍不住皺眉喝道：「要真不想在這兒待了，就趕緊走！」

「妳敢不孝！」李梅蘭尖喝。

「我孝是對親娘孝，妳個未出閣的閨女算哪根蔥？長兄如父，長姊如母，妳這樣子，還想嫁秀才家？怕是連一般的農家門都進不去吧！」

李空竹也來了氣。她不是原身，也沒有必要這般事事忍讓著，就是原身，也不是她們能占著便宜的，她就更沒義務在這兒聽一個小毛孩子發瘋了。

郝氏見兩女兒吵起來，趕緊起身拉了李梅蘭，勸著李空竹道：「這是幹啥，一家子血親的人，有啥話不能好好說了。」

「娘啊，咱們回家吧，我要回家！」李驚蟄見大姊臉色變了，就有些害怕起來。看自家二姊那樣，分明還要吵鬧，就不由咧了嘴的大哭起來。「娘，我要回家，快回家，快回家吧！」

郝氏一見兒子咧嘴大哭的樣兒，就有些慌了神的喊道：「你哭個啥啊？要回家回就是的。

了。行了行了，別哭了，這就回去。」

「娘啊！」李梅蘭不甘心，可郝氏這會兒一心撲在兒子身上，哪管得了她是跺腳還是啥

李空竹見李驚蟄哭得挺慘，心裡有些不得勁，覺著這是大人間的吵鬧，不該讓孩子來頂。想著，就抿嘴躊躇的道：「如今市面上有仿糖葫蘆出來的，你們要捨得下本錢，就買些冰糖或白糖回來做吧。做法簡單，糖水燒成絲狀包裹就成了。」

李梅蘭回頭瞪她，諷刺不已的道：「人人都會的玩意兒值什麼錢！」

「話我是說到了，愛聽不聽！」李空竹懶得相理的哼了聲。

那邊的李驚蟄哭得更大聲了，郝氏哄不住，聽著這邊還在吵，就忍不住大喝道：「還吵個啥！還不趕緊提著籃子回去，這天都黑了，再不走，難不成到時摸瞎啊！」

李梅蘭被喝得很不甘心，看著李驚蟄，恨不得上前去甩個兩巴掌為好。李驚蟄被她眼神嚇到，拉著郝氏直接奔門口，哭叫著一定要走。

郝氏見狀，只得隨了他走。「好好好，走、走，咱能不哭了不？兒子！」

李空竹見他那樣，恍然明白點味兒來。趕緊轉身進屋找出放白糖的罐子，挖了半斤左右，用油紙包好，又快步出了屋。見他們已經走到院門口了，就喚道：「等等！」

郝氏跟李驚蟄回頭看她，卻見她將油紙包交給李驚蟄，摸著他的頭道：「裡面是差不多半斤白糖，好不容易來趟大姊家，沒甜著嘴兒不說，還哭著回去，倒是我這做大姊的不是了。」

「大姊——」李驚蟄吸著鼻子，紅著眼哽著嗓子的喚了她一聲。

李空竹拍了拍他的小腦袋。「下次不許這樣了，男孩子哭多了不好。」

「嗯。」李驚蟄不好意思的埋頭，覺著正常了的大姊，突然變得好溫柔。

郝氏也有些面皮發紅，張嘴想說什麼，卻見大女兒衝她搖搖頭，囑咐他們幾句後，將他們送到了村口。

送人回來，李空竹長長的吐了口濁氣出來。這一天天過得，雖不是水深火熱，可一件件雞毛蒜皮的事，也真真是讓人火大不已。

趙君逸從倉房出來，見她倚著木柵欄一動不動，就沈眼的跛步過去，淡聲相問。「怎麼了？」

李空竹搖頭。「無事，只是排濁罷了。」

「排濁？」

「呼！」她努力的吸了口氣，又將那氣大大的吐出來。挑眉，以眼神示意他，這就叫排濁。

男人點頭，轉身不再相理的道：「炕差不多透了，可要搬？」

「搬！」小屋床實在不保暖，加上這兩天氣溫明顯下降不少，深夜她有好幾次都被凍醒過來，怎能不搬呢？

這天傍晚，李空竹找來麥芽兒的丈夫趙猛子過來幫著搬衣櫃；架子床跟浴盆等一些大件留在小屋，只把被褥和小桌、立櫃搬到倉房。

待一切搞定，她又將下晌郝氏他們走後熬的骨頭湯盛了一大碗給麥芽兒，以此作為謝意讓她端回去。

晚上，當洗漱完畢的李空竹舒服的滾在那寬寬的大炕上時，滿意的看了眼那離她很遠的趙君逸，又再次滿意的點點頭，小聲道：「這回終於可以放心睡個好覺了！」

趙君逸耳朵動了下，聽見了她的嘟囔，不住冷笑。說得就像以前一直沒睡好似的，也不知誰一直睡得像頭豬！

日子平淡的過著，眼瞅著又快到集了。

李空竹想著找麥芽兒商量下，讓趙猛子哪天耽擱一天，好帶著她去山裡摘山裡紅。才正想著，院門就被叫響了。

出屋看院門，見麥芽兒揹著個背簍，很沈重的樣子，彎著腰。在看到她時，臉上頓時漾開笑的叫道：「嫂子，快開門，妳看我送啥來了。」

李空竹心頭跳了兩下，趕緊前去將大門用力拉開。

待麥芽兒進了院，李空竹一眼就掃到了她揹著的滿背簍的果子，不由得驚道：「妳啥時去摘的果兒？咋不叫我一起哩！」說著，就趕緊搭手，幫她將背簍卸下來。

麥芽兒笑著喘氣，拉著她的手道：「不請我進屋喝杯水啊？」

李空竹聽罷，連忙領她去到以前的倉房，現今的主屋，讓她脫鞋上炕，又兌了碗白糖水給她。

麥芽兒一口氣將那糖水喝完，打了個嗝，笑道：「還是嫂子大方，糖水都甜得巴嘴兒了。要不我婆婆總說我愛來妳這兒，我就盼著貪妳點糖吃哩。」

「少跟我打馬虎眼。妳給我說清楚了，妳啥時去摘果子的，不是說好讓猛子老弟帶我去的嗎？」

見她一臉嚴肅，麥芽兒嘿嘿一笑，拉著她的手道：「嫂子莫急，妳聽俺慢慢跟妳說哈。」

「俺跟當家的都商量好了，既然嫂子誠心要拉了俺兩口子一起，那俺們也不能白得了這個好，插不上別的事，出把子力摘點果子還是成的。以後，妳只管負責做糕點就好，這果子就由俺們來摘。」

「會不會虧了猛子老弟？」李空竹聽她這般說，有些猶豫的問道。

要知道，趙猛子只要給她帶路就可以了，其間依然可以自行去打點小型獵物。若讓趙猛子負責採摘的話，看那背簍的量，怕得誤個一天、半天呢。

「虧個啥？」麥芽兒滿不在乎的擺擺手。「如今他上山就跟閒逛似的，都說一個地兒去久了，那畜牲都學精了。這半月來，連兔子毛都沒拿回來，反而摘點果子就能掙錢，上哪兒找這麼好的事？」

李空竹看她說得逗趣，就好笑的搖搖頭，下炕去把那背簍的果子給騰出來，晾在一邊的爛草簾上，道：「你們要覺著這樣好，就這樣定吧。眼瞅著又到集了，今兒我就開做，到上集時，妳也與我一起去吧，到時兩人分頭賣，也賣得快點、多點。」

「那成！這事俺愛幹。到時俺就跟著嫂子妳發財了！」

李空竹嗔怪的看她一眼。「妳嫂子我如今還住著透風草房掙肚子呢，妳跟我發財，不怕跟著住這樣的房啊？」

「不怕哩！」麥芽兒也跟著下炕，將背簍揹在背上，笑眯眼的看著她道：「嫂子，說句話妳可能不信，打俺見著妳第一眼起，俺就覺著妳跟別人不一樣，看著就是個有福氣的，俺心裡一直覺著妳以後得成貴人哩！」

「貧得妳吧！」李空竹作勢拿了山裡紅打她，倒是把麥芽兒逗得哈哈大笑的連連往門外退去，一邊退，還一邊哎喲哎喲的刮臉皮羞羞著她。

李空竹見狀，就嬉笑的追她到了院外。

嬉鬧清脆的笑音，映著少女獨有的豔麗青春臉龐，迴蕩在這深秋的空中，令扛著柴禾回來的男人看到，深邃的鳳眼中，如墨般光亮得嚇人。

李空竹笑看著跑沒影兒的麥芽兒，掛著一臉燦笑的回頭。準備進院之際，卻不想，正好看到立在不遠處的趙君逸。

收了臉上的燦笑，她重整了淡笑，喚道：「當家的，回來了。」說著，就瞥到他扛了不少柴禾，趕緊走過去，伸手幫著搭扶了一把。

趙君逸淡淡的回神，幽深的鳳眼自她臉上掃過。

淡淡的輕嗯一聲後，任她幫扶著，跟著她亦步亦驅的向著院裡行去。

待到又是一集到來，一早麥芽兒就拉著自家男人來了李空竹這兒。

見李空竹只裹了一靶子量的糖葫蘆，就趕緊讓她再裹一棒子。

「俺當家的今兒也要上集，多裹一棒子出來，讓他扛著，到時我們走南面，嫂子妳就在東面集市上賣就成了。」

「會不會太多了？」

「不多不多，實在賣不完，俺們再走趟鄰鎮，反正一天的時間呢！」

李空竹見她一臉鬥志，就不由好笑道：「妳倒是比我會掙錢。」

「唉呀，有嫂子這話兒，我就知足了。」麥芽兒說笑的嗔了自家男人一眼。「回頭俺說給俺婆婆聽聽去，讓她成天眼熱的在我耳邊盡念叨妳能幹。」

趙猛子樂呵呵的也不惱，幫著揀糕點分著塊，笑道：「俺娘就是精了點、嘴碎了點，心眼倒是不壞。」

這倒是，李空竹贊成的點頭。快速的又裹了一靶子的糖葫蘆後，四人兩對兩口子，便相攜著出了門。

路上，趁集去賣糖葫蘆的人不少。有人見麥芽兒兩口子扛著那紅紅亮亮的糖葫蘆，跟著李空竹兩口子同路時，就不由紛紛好奇的近前來打探。

麥芽兒聽得哼哼的潑辣扠腰道：「咋地，我三嫂子雇俺跑個腿還不行啊？有啥好看的，你們得了人好，也沒見跟人打聲招呼。」

眾人被她說得訕訕，隨後再也不好意思的近前套問了。

李空竹倒是有些佩服麥芽兒。她這一小潑辣勁，立刻就讓一眾人不好意思，若換了自己也這麼潑辣的話，怕是會惹來不少非議，畢竟她的名聲不好，再潑辣的話，少不得更惹人嫌。

經過這一小風波後，幾人快速的出了村口，商量著走路向鎮上行去。

誰也未注意到，後面跟上的趙銀生兩口子，扛著那糖葫蘆靶子，眼神犀利幽深的看著前面遠去的四人。

難得的這一集又是個好集，李空竹才一到東集，一些老主顧就早早的圍攏過來等著相買。好生意持續到辰時末，差不多下集的時候，糕點是一塊未剩，只靶子上還剩下些未賣完的糖葫蘆。

李空竹讓趙君逸扛著靶子，準備去南街跟麥芽兒碰頭，看看賣得怎麼樣。誰料得才將到南街，就聽到前方圍攏的一眾人群中，傳來聲聲高亢的叫罵之音。不時，又一聲尖銳之音破空而出。「啊——殺人了！殺人了！」

李空竹心裡咯噔一跳。這聲音……是麥芽兒?!

尖銳破空的聲音，引得道上一些未看熱鬧的行人，也跟著向那邊擠去。

李空竹心中焦急，再顧不得與趙君逸同行，大步的快跑起來。待到了人群那裡，她大力扒著圍得裡三層外三層的眾人，焦急的叫喊著。「讓讓，麻煩讓讓！」

奈何普通百姓向來是哪兒有熱鬧往哪兒擠，此時都向前面擠著，根本沒人將她的話聽進耳裡。很快的李空竹就被人群給夾擊得寸步難行，腳也被混亂的人群來來回回的輾踩了數下。

第十三章

李空竹疼得不由皺緊眉頭，卻還是奮力的仰著腦袋朝前擠著。

耳邊除了哄鬧的人群，再有就是麥芽兒發了瘋似的叫喊。「趙銀生！你個王八羔子，俺跟你拚了！」

聲響過後，便是愈加尖銳的哭喊。

李空竹心情已經焦急到了極點，可良好的教育，又讓她吐不出口來罵這些擠著湊熱鬧的百姓。正當她憋紅了臉，急紅了眼時，胳膊卻驀地一緊。

尋眼看去，就見不知何時擠過來的趙君逸，正一手推著擠在她身前的人群，一手提著她的胳膊，垂眸相問。「可有事？」

李空竹趕緊搖頭，紅眼急道：「我要進去！」

「知道了。」男人淡然的應了一聲。一個悄然揮掌，就聽見一聲急急的慘叫，伴隨而來的是連續的咒罵，再繼而又是連連的慘叫此起彼伏著。

李空竹有些呆愣的看著那一個個向地面倒去的眾人，聽著那聲聲「哎喲哎喲」不斷的慘叫，心頭莫名的顫了一下。

驚恐的回眸看向身側的男人，卻見他很淡漠的道：「不是要進去？」

經他一提醒，李空竹才記起了要事，快速回頭，再向前面看去時，雙眼卻忍不住噙淚。

只見麥芽兒披頭散髮的舉著棒靶子，瘋了似的朝那已經被人壓倒在地的趙銀生，不停拍打著，嘴裡更是瘋魔似的叫著。「王八羔子，打死你，俺要打死你！」

而她身側腳下的地方，則是一臉血的趙猛子，正一動不動的安靜躺著，全然沒了早上還憨實的靈活勁。

李空竹仰了仰頭，再顧不得倒地的眾人，直接踩著他們的身體，飛奔著向裡面衝去，任那倒地的人群再次嗷嗷慘叫，也充耳不聞。

「麥芽兒！」

一聲驚呼，讓打得瘋魔的麥芽兒驀地停了手。抬眼，目眥盡裂的看到她時，手下一鬆，那手腕粗的棒子就那樣直直的向地上落去。

「啪！」

「嗷——」悶棍聲伴隨著一聲慘痛悶哼，讓被人群壓倒在地的趙銀生，因聽到李空竹的到來，鬆了抱頭的手的同時，棍子也正好直直砸在他的頭頂，令他痛得當即就暈了過去，再沒了聲響。

「當家的！」另一端被人群壓著的張氏，好不容易掙脫人群，見自家男人被敲得人事不醒，就尖叫著跑過去。「當家的，當家的！」

這邊的李空竹再跑到麥芽兒身邊時，只見她一雙大大的眼中蓄滿晶瑩的淚珠。看到李空竹後，再也顧不得壓抑的情緒，抱著她，頭埋於她的肩窩處就開始痛哭起來。

「嫂子！嗚哇哇——王八羔子欺人太甚，欺人太甚，嗚嗚……」

李空竹拍著她的後背，仰頭狠心的將眼淚逼回去。「沒事了，沒事了！嫂子在這兒。」

麥芽兒一邊點頭，一邊哭得跟個孩子似的。

趙君逸看了看兩人，走向那邊躺著的趙猛子。蹲下身，伸手在他鼻間探了一下，又翻動一下他的眼皮後，淡道：「皮肉傷，暈過去罷了。」

哭得正傷心的麥芽兒一聽，趕緊抬起頭來，離了李空竹的懷抱，抽噎著跑過去。「真的？」

「嗯。」趙君逸點頭，看了眼跟來的李空竹。「可要送醫館？」

李空竹肅臉輕嗯，轉頭看向那邊已經爬起的大半人群，喊道：「有哪位好心的大哥能幫個忙，幫著將人揹去醫館，完事後，我出一百文作為謝儀。」

爬起來的人群，有眼饞那一百文謝儀的，在她喊話將停，就有好些個喊著要幫忙。

李空竹從叫喊的人裡挑了個較為壯實，衣著樸素的漢子。待他近前，跟趙君逸兩人將暈倒的趙猛子小心的搭在他的背上後，便領著那人向人群外面走去。

不料，他們才將走兩步，後面的張氏就歇斯底里的叫了起來。「老三家的！」

李空竹停步轉身看她，就見張氏赤紅了眼的怒瞪著她，聲音是前所未有的尖利刺耳。

「怎麼，這是要棄自家兄嫂，護別人？」

李空竹不動聲色的衝她頷了半首，冷冷的勾著嘴角，轉身，對身旁的男人冷臉哼道：「你二哥、二嫂也需人救呢，當家的就留在這兒幫著處理吧！」說罷，就拉著麥芽兒的手，快步穿過喧鬧的人群，追著前頭揹人的漢子去了。

見兩人頭也不回的消失在南大街，後面的趙君逸看得輕輕的蹙眉了一下。轉過身，看了眼還在瞪著眼的張氏道：「二嫂，要怎麼幫？若是送醫館的話，出力，我無法相揹；出錢，我身無分文。」

意思是就這麼白白讓他們受著嘍？張氏眯眼，眼中狠戾漸露。「寧願與他人共賣，也要將我們隔開。老三，雖說你不是趙家所生，可平心而論，趙家對你怎麼樣，你不會不知吧？還是說，分了家，連心也分沒了！」

對於她突來的指控，趙君逸始終秉持著淡淡的態度低眸看她。「著人揹一把吧！」說罷，便轉身跛腳離去。

「趙君逸！你個狼心狗肺的玩意兒，你不得好死！」身後的張氏，氣急得尖利狠喝，那嗜血的模樣，令一眾圍觀之人，皆嚇得寒顫不已。

這邊的李空竹她們，則將趙猛子送進一家專門給小戶平民看病的醫館。老大夫在看到迎進的病人一臉血時，就趕緊著人將人給揹到後院，專門給病人歇躺的小間裡。

揹人的漢子將人放在小床上後，拿了李空竹給的謝儀便告辭走了。

麥芽兒小臉蒼白，緊抓住她的手，看著那小床上靜躺著的自家男人，就忍不住哆嗦。

李空竹心頭泛堵，面上卻平靜的拍著她道：「別急，看看大夫怎麼說。」

「嗯。」她哽咽的點頭。雖這樣答著，可那泛紅的雙眼，跟那要滴不滴的眼淚，卻在此刻彰顯出她的無助。

李空竹很想問她事情的經過，可見她這樣，終是不忍心，只小心的安撫著她激動的情緒。

老大夫著藥童端了烈酒進來，給趙猛子先擦淨臉上的血漬，再找到口子，給他用酒消毒。當沾著酒的白色棉布碰觸到他額角的傷口時，趙猛子身子本能的抖動了一下。

一旁的麥芽兒嚇得趕緊上前叫了聲。「當家的！」

「別擋著！」老大夫推了她一下，將她推了個趔趄。

後面的李空竹趕緊眼疾手快的將她扶穩。「別太著急，酒沾傷口疼著哩，能動彈，說明還活著。」

「嗯。」麥芽兒抹著眼淚哽道：「俺聽嫂子的。」

一句聽嫂子的，讓李空竹忍不住心生愧疚。她怎麼也沒想到，只是單純想給麥芽兒一點回報，卻不想竟惹來某些人的嫉妒。

當初趙銀生就提過讓她做糕點，他們搞批發，自己因心中不喜他們的算計，才不願他們參與進來，哪承想……

李空竹垂眸。「對不起！」說到底，趙猛子這樣，都是她害的。

她突來的道歉，嚇了麥芽兒一跳。「嫂子，妳說啥哩？」

「這事在我。對不起，芽兒！」李空竹認真的與她對視，再次真誠的說了句對不起。

麥芽兒搖搖頭，眼淚在眼中打轉的哼道：「這事與妳有啥關係？莫說沒有血親關係，就是有，那也是分了家的兩家人，願意跟誰合夥做買賣，那是人的自由，難不成，還要硬綁著強買強賣不成？」

想起在南大街故意找碴的趙銀生，麥芽兒眼中怒火高漲。當家的沒事也就罷了，要真出了事，看她回去不與他們拚了命。

「嗚，嗯……」

突來的悶哼，驚得麥芽兒快速衝過去，急急喚道：「當家的，當家的！你咋樣了！」

「人沒事了，只額頭有道口，好在傷口不大，吃服藥，搽幾天藥就好了。」

「謝謝大夫！」李空竹看了眼那邊抱著趙猛子哭的麥芽兒，對那老大夫比了個出門的手勢。

老大夫領會，對她點點頭後，便抬腳與她齊齊出了小間。

李空竹將空間留給小倆口，跟著老大夫向前面大堂行去時，見男人正站在藥鋪的櫃檯處。

趙君逸轉頭向她看來，踱步過去，卻聽她不鹹不淡的冷哼了聲。「死了沒？」

「不知，不過想來問題不大。」他淡漠的回道。

李空竹則冷冷的勾了下嘴角。「當家的怎麼來了，還是說將你那二哥也送來這家藥鋪？」

「本不是血親，又身無分文，倒是無從幫起；只問候了幾句，便作罷回轉了。」男人斜眼覷她，說得冷情無比。

李空竹聽得心頭舒坦，哼了聲後，就轉身去問老大夫要開好的藥方。待抓了藥，付了錢後，她又行去後院。自始至終，趙君逸都淡漠的跟在她身後，不近，亦不遠。

將藥拿去後院，李空竹給了小費，著藥童幫著先煎碗藥出來。待趙猛子喝完藥，她又著趙君逸去城門租了輛驢車。

待車駛來，她便請藥童幫著把趙猛子給揹到車上。出錢買下了小間裡一床鬆軟的小被褥，鋪成頭窩形狀後，讓趙猛子的頭枕在上面。叮囑著車夫平穩慢點的行車，一行人才向著城外行去。

大半個時辰後，車行慢慢的進了趙家村，直接停在趙猛子的家門口。李空竹求著車夫幫著將人揹上，麥芽兒則跑去叫門。

開門的林氏一見他們回來，揚了笑的還未開口問生意咋樣呢，眼角就瞟到被車夫揹著的自家兒子。見他頭纏繃布一臉的蒼白樣兒，就嚇得尖叫一聲，趕緊跑過去。「天哩，猛子，你這是咋了啊？咋還包著繃布回來啊？」

「娘，我沒事。」見自家娘一臉擔心，用手不停碰他的腦袋，本就讓人揹著尷尬不已的趙猛子，顯得更加尷尬了。見他娘還要來摸他的身，就趕緊開口勸道：「娘，妳先別急，進屋再說。」

林氏將他上上下下的看了個遍，見除了頭上包著的繃布和臉色蒼白點，其他地兒都還好，就不由得鬆了半口氣，讓了道，衝著院裡高聲叫著。「當家的，出來幫把手，兒子傷著了哩！」

正在後院起雞糞的趙憨實，聽了連忙把手中的木鏟子扔掉，快步從後院出來，見著兒子的樣兒，也跟著嚇得不輕，連連跑過來問著是咋回事？

麥芽兒讓先把人搬進去再說。

李空竹隨他們一家進了院。見一家人都忙忙亂亂的，就知這個時候不好過去打擾。跟趙君逸兩人站在院中，等著那車夫將人揹去西屋出來後，便付錢令他走。

西屋裡的林氏聽了麥芽兒的解釋，已經恨恨的高聲咒罵趙銀生一家了。李空竹兩人靜靜的聽她罵得差不多後，才上了屋階，去到西屋衝著裡頭喚了聲。

進去後，首先跟林氏和趙憨實兩口子賠了個禮。

林氏雖說臉色不好，可也知道這事不能怪她；再說，她也聽麥芽兒說了，這一路折騰下來，又是上醫館又是雇車請人的，花了好幾百文的銀子，全是她出的。於情於理，自己都沒有再怪她的理由，也就僵著臉跟她推了幾句。

李空竹見再待下去也是擾人，就跟著賠禮的告辭了。

兩人自趙猛子家出來，默默向著家走時，在一分岔路口，後面的趙君逸卻突然眼眸半眯了下。見李空竹抬腳就要走到那開岔路口的轉彎院牆了，就趕緊一個快手，將她向後拉了一步。

李空竹被拉了個趔趄，轉眸還不待怒氣相問男人在發什麼瘋時，就感覺肩膀一沈，繼而伴隨而來的是一陣鑽心的麻痛。

趙君逸扯她，本是打算讓她免於被打，不想還是晚了一步。看著那落在她肩膀上的木棍，男人眼睛極銳利的閃過一道狠光。

李空竹只覺得整個膀子都快不是自己的了，被扯得趔趄還沒往後倒，就被這一棒打得轉了方向，向著一旁栽去。眼看就快栽倒在地時，肩膀卻驀地一緊，一隻強有力的大掌就那樣緊握在她的肩側，扶著她，讓她重直了身。

抬眼順著被扶的手臂上移，只見自己呈半抱的方式被他半摟於身側，還不待她彆扭矯情，一聲暴喝似炸彈般在她耳邊炸裂開來。

「賤蹄子的玩意兒，老娘活這麼久，還沒見過似妳這般不要臉。自家人就是臭的，偏別人家是香的。以前給人當下人是這樣，如今嫁了人還是這樣！遭了天譴的玩意兒，就妳這下爛貨色，也配做我老趙家的人？

「我呸！今兒我就替老趙家收拾了妳個賤貨，看妳以後還敢不敢親疏不分！」一臉憤慨的鄭氏罵完，又將手中揮落的大棒子舉起來，衝著李空竹就是一陣劈頭蓋臉而來。

李空竹見她瘋了的樣兒，皺眉就想向後退著要走，不想肩膀上的大手卻拉著她一個轉動，那落下的棒子，就那樣擦著她的臉邊，堪堪的揮舞過去。

鄭氏被她這一躲，躲得猝不及防，一棒子揮下，沒打到人，她倒是跟著棍棒向前，顛顛的趔趄了好幾步。沒打到人，還差點摔跤，惱怒的鄭氏簡直氣得肺都快炸了。「妳個賤騷還敢躲！怎麼，和著外人打了老二兩口子，還想著將我也打死不成？天打雷劈遭天譴的玩意兒，老娘跟妳拚了！」

眼看著又一輪攻勢近前，李空竹心頭煩躁的同時，又忍不住朝天翻了個大白眼。這個鄭氏，如何這般沒有腦子？受人一點挑撥，就要一副幹架拚命的樣子。

莫說趙君逸沒有血緣，就是有，也輪不到她來替趙銀生兩口子出氣吧！她到底在不平衡什麼？還是說她將自己的所有當成了她趙家資產，見不得她拿了她「老趙家」的東西去與別人分享？

李空竹被自己奇葩的分析，氣得笑出了聲，見鄭氏幾次揮打都是擦著她的身體而過，就不由冷冷的開口道：「大嫂若覺著不平，大可去報了官，犯不著在這兒又打又罵。不明就裡的，還以為我這做弟媳的給了妳多大的委屈受似的。」

鄭氏已經打紅了眼，見又罵又打，好幾次明明都要挨著了，偏偏一棍棒下去又錯開了身，這時再一聽她報官的話，不由得赤紅了眼，將棍棒一扔。

大屁股一坐，雙手一邊拍著肥大的大腿，一邊仰天大嚎起來。「天啊！沒天理呢，瞅瞅、瞅瞅，這還是弟媳說的話哩，什麼叫沒給我委屈受？和著跟外人合夥做，也不願分給家裡一個指頭縫喲！就沒見過這麼沒良心的賤玩意兒！當初是個啥身分，如今嫁來，不說嫁雞隨雞，還拐著男人跟外人勾搭！老天爺，我老趙家是造的啥孽，娶了這麼個四六不分，不懂親疏的賤玩意兒！」

此時正逢下集的時辰，村中有不少村人走動回家。本來她拿著大棒子打人就夠招人眼了，加上她這一哭一吼一嚎的，不到盞茶工夫，就圍來了不少村人。

李空竹冷眼任她號哭，眼睛掃向身旁一臉冷漠的某人，見他垂眸看她，就扯了個似笑非笑。她還從未有像現在這一刻這麼後悔當初沒逃跑過。早知道有這麼一家極品，她當初就該逃跑自願賣身去，反正名聲已經不好了，又不是沒賣過身。

「這是咋了？」

「誰知道？都不明白哩。剛還看著拿大棒子攆人，這會兒咋又坐地上嚎上了？」

「不知道呢，怕是跟今兒早上麥芽兒兩口子拿糖葫蘆有關哩！」

「是哩，我當家的也在賣那玩意兒。聽說串街走巷的時候，好像起衝突了。聽說趙老二把趙猛子打得頭都冒血了，不過趙老二又被麥芽兒給磕得不輕就是了。」

「還有這事？」

人群中有人道出真相實情，不知情的眾人跟著吸了口氣，紛紛詢問著是怎麼一回事？待那知情的將知道的渲染一番後，眾人再看地上坐著的鄭氏時，又不覺怪異得慌。這是來尋不平出氣來了？

鄭氏見自己號哭成功引來了眾人，聽著人群的議論，就哭得愈加「撕心裂肺」起來。

「天打雷劈的玩意兒，當初我們兩房人那麼和她商量，讓她多做點我們批著賣，都沒商量成。結果倒好，這賤玩意兒，轉眼就跟趙猛子兩口子勾搭上了，不但讓人拿著去賣，還耀武揚威的，可顯擺著欺負人喔！

「雖說都是沒有血親的人，可你吃著誰家的飯，喝著誰家的水啊？當初我就說要不得這樣的人，爬過主子床的，哪那麼容易被滿足？怕是早暗中勾搭上別的男人了，這是把另兩人當傻子在耍哩！」她越罵越起勁，拍著大腿的手還有節奏的打起了拍子。

李空竹氣得小臉脹紅，雙手緊握成拳，雙眼冒火，真恨不得衝上去跟她撕打一頓才好。

趙君逸亦是半瞇了眼，身上的寒氣不經意的冒出來。

那邊猶不自知的某人，還在大嚎大罵的數著李空竹的「罪狀」，一邊數，一邊還朝圍關的眾人問。「你說是不是這麼個理兒？哪有這麼不分親疏，分明就是賤病犯了……啊——」

「鄭氏妳個死婆娘，妳敢誣衊俺兒子，妳個不要臉的玩意兒，看老娘不撕爛妳的嘴！」

不知何時衝進來的林氏，聽她罵李空竹，連帶著把自家兒子也罵進去，當場臉色就有些不好的捋了袖子衝進來。趁她罵得起勁沒注意的時候，直接一把抓住她包著的頭髮，狠狠的向後一拉，緊接著就是一連好幾個嘴巴子搧下去。

「我讓妳不留德，我讓妳不留德！賤玩意兒的雜碎，欺負了人，還可勁的叫屈！看老娘不打死妳，讓妳看看啥才叫欺負人！」

第十四章

鄭氏被打得猝不及防，本來正罵得起勁呢，卻不想頭髮被人從後面猛的拉扯住，還不待她發愣，對方又連帶好幾個嘴巴子搧下來。

劇烈的疼痛讓她頓時回過了神。見對方打完，不但沒有停手的意思，還雙手由抓改成死按她的頭，向著地上磕去。鄭氏意識到不好，立刻就「嗷」的一聲，開始大力翻動起來，想將自己被抓著的頭髮從她手中掙脫開來。

林氏正狠勁的按著她的頭向地上磕呢，沒料到她會開始劇烈掙扎起來，就乾脆棄了磕頭的想法，兩手並用的死死抓著她的頭髮。

腳下也開始不停踢打著那想要躺著打滾的某人。「賤人，我讓妳嘴賤，啥叫欺負人？啊！妳告訴我，啥叫欺負人？啊！這才叫欺負人呢，我讓妳亂說，我讓妳亂說！」

林氏打得氣喘吁吁，鄭氏也不甘示弱的伸手開始反摳著她抓頭的手臂。即刻，幾條血淋淋的爪子印，就那樣出現在林氏乾瘦的褐色手背上。

「啊！妳敢還手，妳個賤人，妳還敢還手了，看我今兒不打死妳！」林氏吃痛，氣怒的吼叫著，一邊加大力氣猛拍她的頭，一邊腳下踢打的速度也愈加快了起來。

鄭氏被踢得嗷嗷直叫，想要躺著就地打滾的踹她，奈何頭髮被她提得高高的，沒有半分還手的餘地。想著再次伸手去摳抓頭的手時，不想手才剛抬起，幾根手指的關節卻忽地脆響了一下。

「啊——」驚天的慘叫混著痛入心脾的痛感，讓坐在地上的鄭氏不停吹著發痛的地方。頭被帶得東倒西歪，眼淚是唰唰的糊了一胖臉，那狼狽的模樣，讓圍觀的眾人看得很是觸目驚心。

眾人見事態越鬧越大，而林氏在聽到鄭氏慘叫也沒有鬆手的打算，那一巴掌一巴掌狠勁的甩下，看了都覺著疼。

有人轉眼看向邊上圍觀的李空竹，僵笑的道了句。「趙三郎家的，妳看妳要不要去找找長輩啥的來勸勸架？」這事好歹也是由她引起的，在這兒冷眼旁觀的看戲，多少有點說不過去。

李空竹肅臉點頭。「是哩，是該找，我好好的走路，若不是當家的拉了一把，這回怕是命都沒有了。」

「呵呵，這不是沒打著嘛。」婦人聽她這樣說，就有些尷尬。

「我這膀子都抬不起來哩，要不嫂子妳幫我走一趟里長家？」李空竹別有深意的從身上荷苞裡拿出幾個銅板。

那人一看，就哎喲一聲，隨即變了臉色的關心相問。「妳膀子咋了？」

「被大嫂打著了。」李空竹故作不在意的笑了笑。「麻煩嫂子了。」

「沒啥，那我就幫著跑一趟吧！」婦人得了錢，又不好接她的話說是非，於是趕緊轉身竄出人群，快速的向里長家的方向走去。

眾人也聽到了她倆的對話。見那婦人拿了錢去賣好，皆不由得癟了嘴，看著李空竹的目光有些說不清道不明來。

李空竹任他們看著，雙眼靜靜的注視著鄭氏搗著的兩手。雖只有一瞬間，但她還是看到了趙君逸揮手，那一下，該是造成了怎樣的傷害，竟是讓凶蠻撒潑不已的鄭氏不管不顧的任人打著，也要搗手痛哭。

還有更奇怪的一點是，那聲慘叫過後，鄭氏好像就再沒發出聲過……

很快，里長被人請來。

那邊的林氏也打得累了，單手扠腰的立在那裡，不停的撥著亂掉的頭髮，一邊撥，還一邊不解恨的朝著地上的鄭氏呸著口水。

趴在地上的鄭氏，雙手交叉抱著，不停流著眼淚。那雙耷拉眼皮下的眼睛，滿是怒火跟恨意的盯著李空竹他們這邊。

陳百生一來就看見這幅景象，忍不住犯愁的皺起了眉，看著林氏嘆了一聲。「弟媳婦兒，過了啊！」

林氏呸了一口。「啥過了，她在這兒張口閉口罵我兒子，老娘還能忍了不成？再說了，百生老哥你是沒看到我那兒子被打成了啥樣，要是看到了，你也不能忍。這幫子畜生玩意兒，欺負了人不說，還反咬著誣衊人。你來得正好，跟我去老趙家說說理去，我倒要問問看，張氏那小賤人是怎麼攛掇人的，讓這麼個混不吝的混帳來攪了渾水。」

陳百生有些頭疼得慌，本不想來管了這事，奈何自家孫子吃的糖葫蘆、山楂糕啥的，從沒有出過一個銅板，領了這麼大個人情，若自己再不出來幫著說兩句公道話……

轉眸看向一旁靜立的兩口子，只聽李空竹開口道：「叔，去趙家吧，我正好也想問個清楚，我是如何吃裡扒外的？我自己的生意，何時輪到別人來指手畫腳叫不平了！」說完，就淡漠的看了眼那邊明顯激動起來的鄭氏。

鄭氏從地上起身，臉色脹紅的瞪紅了雙眼，張著嘴，一吸一吸的，就跟快要斷氣似的。

陳百生瞇眼，看著圍觀的眾人沈喝：「派個人去老趙家報個信兒，讓趙金生領了自家婆娘回去！」

人群中有漢子應聲而去，李空竹卻是嘲諷的勾了唇。鬧得這般大，趙金生會不知道？怕這裡面也有他應允的一部分吧！

「走吧！」一直攬著她肩頭的主人，突然開了口。

李空竹抬眸與他對視，見他鳳眼深深，黑色似幽潭的眼眸裡，閃爍著令人難以瞭解的光芒。張了張口，想問什麼，終是閉了嘴，點著頭，隨了他的步子向外行去。

趙君逸半摟著她，跟陳百生道了幾句李空竹的膀子被打得脫臼了，得先找個大夫幫忙接上才行。

至於要去老趙家說清楚的事，他只淡漠道：「之所以讓猛子兄弟幫忙賣貨，那是因為所用的果子，都是猛子兄弟冒險去深山幫忙摘的，有什麼不滿的，我今兒也將話撂這兒了，要實在眼紅了，也可以學人進深山去摘幾背簍山裡紅回來，到時就算我媳婦累死，我也會讓她將那些摘的果兒，全做出來給你們，任你們賣著。」

眾人聽了這話，皆沈默不語。這些天山上的果子差不多摘光了，怕是再過個集，大多數人都要因為沒有果子，而做不成那糖葫蘆了。至於那深山叢林有的，趙猛子之所以敢去，那是人家打了好些年的獵，摸索出來的路子，哪是普通人能隨隨便便亂闖的？

林氏聽了他這話，哼哼著。「還是老三你講理，有些人不知道內情，還好意思敗壞人名聲，就這德行，我都替那死去的大哥、大嫂臊得慌！」

趙君逸衝她點點頭。「二嬸說得是，那一會兒去趙家，就煩請二嬸幫著好好解說一番，咱們不論親疏，只要他們能進山摘回來，我一樣讓他們賣。妳是長輩，又有里長作主，想來該是能好好說通才是。我媳婦膀子從剛剛一直吊著，我得先讓她去鎮上正了骨才行。」

「沒事，這事交給我就成了。你放心，儘管去，莫給耽擱了，到時要落下了病根啥的，遭罪的還是自己。」林氏大方的應著，揮手打包票讓他快走。她還要去趙家鬧上一鬧哩，趙銀生兩口子別想就這麼躲過去。

趙君逸頷首，又對陳百生說了幾句麻煩了，便帶著李空竹轉身，準備走出人群。

李空竹聽他這意思是不去趙家，就有些不情願，卻聽他挑眉輕道：「還想留著不成？膀子脫臼了難道不自知？」

李空竹搖頭。傷在自己身上怎會不知？只是，她還是想去趙家，想要去吵鬧、羞辱張氏和趙銀生兩口子一番，這口氣，她實在如鯁在喉的嚥不下去。

「無須擔心，有人會做得比妳更好。」似看出她所想，他淡淡的解釋一句，眼角瞟向那邊摩拳擦掌的林氏，道：「市井之人，自是有市井之法。」她不見得能罵過鄉野婦人，論說理，自然也敵不過撒潑打滾之人。

李空竹被他摟著強移了腳步，才將走出人群，就見到那邊匆匆趕來的趙金生，和後面不遠處隱著的張氏。

李空竹半眯了雙眼。「的確！」對於這種披著虛假皮相之人，她還真想看看林氏要如何撒潑找了他們麻煩？

「先去村中趕車的趙大爺家。」

「好。」

那邊得信兒的趙金生急急趕來時，被自家婆娘趴在地上一動不動的狼狽樣嚇了一跳，連忙近前，嘴裡急道：「這、這是咋回事啊？」

「咋回事？」林氏呸了一口。「趙家老大，想知道咋回事，咱們先去了你家大院再說，咱就好好說一說你婆娘是如何不要臉、混不吝的。正好，老二那兩口子不是也受傷了嗎？我倒要看看，他趙銀生的腦袋上打出了多大的窟窿？要是比老娘家的兒子小了，老娘就給他補勻了去！」

趙金生聽得眼皮一跳，趕忙抬頭向人群四下尋看。見人群讓開的口子處，老三兩口子已經走了出去，急忙喚道：「老三，你這是要上哪兒？」

聽了這話，兩人頭也不回地仍慢慢走著。

趙君逸只聲音極淡的回道：「該說的我已與里長和村人說過了，大哥、二哥若想跟著一起買賣，就照著去做吧！至於其他的，就不該是我們管的了。」

其他的？李空竹側眸看向他淡漠的側顏。他倒是會踢皮球，三言兩語，就將這事的由頭給解決了，接下來就看林氏如何去鬧騰。

那邊趙金生聽他說到一起買賣的話，心頭止不住的跳動了幾下。「既然這樣，你們總得在場吧，這是要去哪兒？」

「大嫂將我媳婦的膀子打脫臼了，我們自是去看大夫。這事就煩請里長作主吧，若要合作之人，到時只需立個契約便是，該是如何就是如何，如先頭所說，不分親疏遠近。」

陳百生在後面肅臉點頭道：「這個自然，你們先去看大夫，早點回來處理後續。」見趙君逸應聲，摟著人走遠，陳百生凝眉喚著趙金生道：「把你婆娘揹回去，到底是咋回事，一會兒我跟你們說明。」

趙金生點頭，蹲下身子就去拉鄭氏。

這邊租借到牛車的李空竹兩人，正坐著牛車準備向鎮上去。如今十一月中旬的天氣，都晌午頭了，也不見一絲暖和勁。

趕車的趙大爺，一邊甩著牛鞭，一邊抬頭看著灰濛濛的天空道：「今兒怕是要下雪哩！這立冬快一月的天了，終於要開下了啊！」

趙君逸淡漠的沒有吭聲，李空竹心情沈得很，淡淡的應和幾句後，也不再開口。趙大爺也不覺得兩人沒禮，說完這句後，就自顧自的唱起了小調，混著牛車的嘎吱聲，慢慢的行出了村口。

這天下晌，李空竹他們回程之際，天空竟真如趙大爺所說的那般，開始飄起了鵝毛般的大雪來。

冬雪自來的這天下晌開始，就淅淅瀝瀝的下了整整五天，才將將放晴。五天的時間裡，使得原本灰濛濛的趙家村，已被白雪裹成一個銀裝的世界。

李空竹他們的房子是茅草頂的，是以雪雖下得不是太大，還是讓一些年久腐陳的地方被壓塌了不少。

出錢從里長家拉回兩百捆的稻草，又求了已經沒大礙的趙猛子跟趙憨實兩爺子前來幫工。這會兒，趙憨實跟趙君逸兩人在下方遞著草向上扔著，趙猛子則身手矯捷的在上面又是掃雪，又是找漏處的堆積稻草。

李空竹跟麥芽兒兩人一人剁著餡兒，一人洗著豬下水，而小屋廚房裡的鍋裡，正燉著新買回的大骨棒。

麥芽兒將剁好的餡兒用個大粗瓷碗裝了，又拿出泡好的乾菜開始剁起來，一邊剁著一邊說起那天的情況。「這幫子人，要不給點厲害，還當人是軟柿子捏哩。俺婆婆那天過去，先二話不說就揪著張氏那賤蹄子打了頓；再衝西屋要去揍趙銀生時，那傢伙還想裝病訛人。也不想想俺婆婆是啥樣的人，就那點唬人勁頭，還敢在俺婆婆面前耍大刀？就俺婆婆那彪悍的，唬人勁兒一上來，當即就要給他腦袋上開個洞。結果妳猜怎麼著？」

她頓了下又道：「那王八羔子頓時就慫了，大喊著做錯了，再不敢造次了。」

李空竹盯著她在那兒興奮的舞刀勁兒，就忍不住好笑道：「也就妳敢說了妳婆婆彪悍。」

「這不是只有咱倆嘛！」麥芽兒嘿嘿一笑。見菜剁得差不多了，趕緊將外面的大鍋添上水，開始燒了起來。和了餡，又將醒好的麵拿出來，邊揉邊道：「俺婆婆可好使哩！鄭氏那麼彪悍，都被我婆婆治得不敢再吭聲；何況那張氏就一張能挑撥事兒的嘴，能做個啥？」

說著，她又壓低聲音朝那院努嘴。「沒瞧著這些天都不敢出來見人嗎？聽俺婆婆說，她把那賤人的臉都給抓花了，俺心裡別提多解氣了。妳不知道，那天在集上時，俺當家的被揍暈，俺當時急得要跟趙銀生拚命，就是她讓趙銀生那混帳抓著我的頭髮哩，暗地裡對俺又掐又戳的，就是個陰損人兒。」

她手法快速的將麵揪成團子，擀成皮，放了餡進去，一個打轉，轉眼一個包子就包出了褶子花，放一邊的蓋簾上，又快速的來了第二個。

李空竹聽她說著，心頭也是驚了一下。想著那天回來時，趙君逸被里長叫過去，究竟鬧成了啥樣，她當時因膀子高腫，實在太疼，就不想分精力去理。

趙君逸只在回來時，淡道了句。「張氏、趙銀生被打了，深山他們不敢去，契約沒簽，以後只管各行其事，互不相干就好。」

卻沒想到，這裡頭還有這麼一齣大戲。

想到那個張氏，李空竹半眯了下眼。能三言兩語將鄭氏給攛掇過來打仗，想來心機深得不是一點半點。受了這麼大一口氣，她到現在心頭都有些不得勁。

不過好在鬧了這麼一場，幾房人也算是徹底僵了，只要他們還要點臉面，短時間內應該不會再來找麻煩才是。

想著，李空竹便將洗好的豬下水用刀切了。豬大腸扔進骨頭湯裡燉著，待湯開了，又加了白蘿蔔進去；豬肝切成小長條，用少量白麵和著蒜薑末加醬油醃著，沒有青椒蒜苗，就用乾椒跟圓蔥代替。

見外面麥芽兒已將包子上了屜籠，她也開始點火，準備將豬肝爆炒出來。

爆炒豬肝的做法，在這兒很新穎，麥芽兒聞著香味尋進來時，還很好奇的問了嘴。「嫂子，這菜是妳在那府裡學的不成？好香呢，比溜肝尖聞著都帶勁！」

李空竹不語，抿著笑，拿了雙筷子讓她挾了一筷進嘴。

豬肝很嫩，小長條一咬就斷，圓蔥和辣椒的味道中和了豬肝那股腥味，不似溜肝尖那種有點帶硬的嚼頭，是那種說綿不綿，軟中帶一點硬的感覺。「嗯，味兒不錯呢，一咬就斷，還真是好吃！」

李空竹笑著道了句。「好吃就好。」

正說著，外面收活回來的趙猛子就大笑的喊道：「媳婦兒，妳跟俺嫂子做啥好吃的了？俺在房頂就聞著味兒了，肚子裡的饞蟲都給勾出來了哩！」

「你一張嘴除了吃還能幹點啥？」麥芽兒笑著嗔了他一嘴，將爐上溫著的水倒盆裡給端出去。

李空竹見狀，拿出在村裡雜貨鋪買的玉米酒和乾果走出去。一出去，就見三位爺們正在洗手，李空竹笑著招呼了聲。「二叔、猛子兄弟，這飯菜還得等會兒，你們先喝點酒，一會兒就上菜。」

說完，又對趙君逸道：「當家的，你陪著喝兩盅吧，只喝一點，別喝多啊！」

「哈哈！嫂子，妳還怕俺把趙三哥給灌醉不成？妳放心，下晌還有點活哩，喝醉了，可上不去高處了。」趙猛子將濕手甩了甩，聽了她的話，就笑著打趣。

李空竹也不惱他的打趣，笑著囑咐幾句後，就向主屋行去了。進屋將桌子擺好，就見他們跟著走進來，李空竹笑著讓他們就座，跟一臉淡然的趙君逸打了個眼色。

本想讓他識趣點，別總冷著個臉對人，卻不想男人對她的警告視若無睹，只淡挑了一下荊棘密布的左面上的眉峰，就不再相理的拾起酒杯，與趙家兩爺子碰起杯來。

李空竹嘴角抽了下，也懶得相理的走出去。

待包子蒸好，上了菜，李空竹跟麥芽兒兩婦女便站在小屋廚房的灶臺前，一人端碗骨頭湯，手拿著包子，看著屋外的雪景，吃著中飯。

麥芽兒將包子吃完，吮了下手指，說起了趙猛子上山之事。「昨兒組隊的來找，說是前些日冬雪，野獸覓食困難，這回趁著初雪放晴，要先上山一段時間哩。」

「好事啊。」李空竹喝著暖熱的湯頭，點頭道：「正好這幾天我捉摸著想換個做法。下個集就歇一個集吧！」

「換啥做法？」

「還不知道能不能做出來哩？」李空竹笑道：「待做出來後再跟妳說。」

這段時日糖葫蘆、山楂糕都氾濫了，再過不到兩個集，怕是都會賤得沒賺頭了。

味增坊雖收走大量的山裡紅，可北山山脈大到望不到頭，總還有村落沒聞著風的，一旦聞著，又會大肆的跟起風來。太容易做的東西，也只能是賣一時的先頭之快而已。

「沒事，肯定能做出來，俺信著嫂子妳哩。」

她一副妳很厲害的樣子，逗得李空竹忍不住發笑，拿了個包子塞她嘴裡，嗔道：「我又不是神仙，妳還能事事都信我？」

麥芽兒也不惱，眯著笑眼，就著堵嘴的包子咬了一口，嘻笑道：「反正就是信唄！」

李空竹好笑的搖搖頭，也不與她分辯，將碗中湯喝下去。

第十五章

晌飯過後，男人們歇了兩刻鐘，又開始幹起了活。麥芽兒幫著把碗洗完，就端著留給她婆婆的腸子湯跟包子回家去了。

李空竹收拾完出來，撿了幾個包子裝上，又提了兩根特意留出來的肉骨頭，向著里長家去了。

她之所以去送禮，除了一如既往的攀交情外，就是答謝那天陳百生故意放縱林氏去打趙銀生兩口子。畢竟他一個里長在那兒，林氏還能肆無忌憚去將兩口子打了，並且還沒被傷著，可見，當時他也是默許的。

這也間接說明了，自己往日裡送的那些東西沒有白送，既然這樣，那以後她還得打好關係才是。

從里長家回來，正逢趙猛子兩爺子幫著把房頂翻完。

跟趙君逸將兩人送走後，她便將小爐子搬到主屋燒著，拿出布疋，開始學著鑲夾襖。她如今的針線雖依然爛著，可好在這些時日私下常練，線已經不打結，能順利的走針了。

這幾天麥芽兒幫著架好了幾件夾襖層，如今她只要將夾襖鑲縫在厚實的外衣裡即可。

看她笨拙的拿著他的衣服當練手，男人很無語的看了幾眼，見她不為所動，也再懶得相理，閉眼開始打坐。

待到當天晚上，鑲了一下晌的某人，拿著針腳縫得歪七扭八的衣服，抖了抖，問著同樣打了一下午坐的男人道：「當家的，你看這衣服成嗎？要不你試試看，看看合不合身？」

男人睜眼，看了眼那醜得「可以」的衣服，淡道：「不用。」

李空竹聳肩，將衣服小心的疊平整。「既然現在不想試，那留著換衣時穿吧，反正你也就兩身衣裳。」

男人冷眼掃她，卻見她抬眸衝他嘻嘻一笑。「我是不是很賢慧？」

下雪的冬天很是乾冷，北風呼呼的吹進手臂粗的裂縫，讓將炕燒得無比暖和的李空竹很無奈。身下熱呼呼的，面上卻冷冰冰的。她不習慣蒙頭睡，可若不蒙頭的話，半夜耳朵就會被凍得冷醒過來。

一大早將放在鍋裡的冰塊燒成開水，做了飯。吃過飯後，她便決定利用剩下未用完的幾捆稻草來編簾子。

去到麥芽兒家，找她過來幫忙。兩女人嘰嘰喳喳話嘮一樣的說個沒完，給吵得沒法在屋裡待的趙君逸，只得冷然的走出去。實際去了哪兒，李空竹向來是不聞不問。

下晌時，將編好的草簾，與麥芽兒一起圍掛在內室的牆上。

這活兒差不多費了一個時辰。待滿屋都掛上那厚實的草簾後，屋子瞬間就暖和不少。看看陰暗的天色，麥芽兒沒再多待的回家去了。

晚飯時李空竹只烙了餅，又燒了個蛋花湯了事。

接下來的兩天，李空竹跟著麥芽兒學做針線，做了件棉褲出來。只是在相約的第三天時，李空竹明顯感覺到麥芽兒不在狀態，走針出神不說，連說話也有些顛三倒四。吃過中飯，她就不願再多待的急急回家去了。

李空竹見她那樣，在送走她後，心裡也有些莫名的慌。

下晌時，天突然陰了下來，兩刻不到，就開始飄起了鵝毛大雪。想著麥芽兒今兒的走神狀態，李空竹才有些恍然的回神。趙猛子好像跟著鄰村的獵戶組隊進山狩獵了，難不成還沒回來？

她心裡驚跳了一下，轉眸看向那邊打坐的男人，問道：「當家的，這狩獵一般幾天能歸？」

男人睜眼看她。「得看走多遠。有經驗者，山中常有避難的小屋跟山洞，倒是無須擔心。」

屁！李空竹暗哼。看麥芽兒那狀態，很明顯趙猛子已經超出歸期了。實在有些放心不下，她下炕開了屋門，道：「我去問問看。」

男人沒有吭聲，而是看著她離去的身影沈思。

李空竹敲響了麥芽兒的家門，開門的林氏趕緊讓她進屋。

去到西屋麥芽兒兩口子的住處。問了才得知，往日裡趙猛子外出狩獵不會超過三天，昨天本該是歸期，愣是拖到今兒也未歸。

林氏端著熱糖水讓李空竹喝。

天陰得厲害，屋子裡也黑漆漆的，她拿了盞桐油燈出來，邊撥燈芯邊嘆道：「妳二叔去鄰村陳獵戶那兒了。看他們有沒有回來？若是都沒回，就再等等看。」

下面的話她沒接著說。拍掉身上剛燒火落下的灰，坐著陪兩人閒聊著。

外面的天，已經徹底黑下來，天上的雪還在不停下著，林氏起身看著窗外飄著的雪，嘀咕了聲。「再怎麼著，看著下雪也該回來啊！」不然下得過大，山上往日住的樹棚壓塌的話，怕是得受凍了。

麥芽兒臉色霎時白了，抿著嘴，全然沒了往日裡那股鮮亮活潑勁。李空竹看著，悄無聲息地輕握著她的手，給予她無聲的安撫。

「老婆子開門！」外面的趙憨實敲了門，麥芽兒和林氏趕緊自炕上起身。

李空竹跟著到了院裡。只見麥芽兒快速打開院門後，迫不及待的衝著趙憨實問道：「爹，咋樣？」

趙憨實雙手互相插在袖筒裡，身上早已白白一片，積了不少厚實的白雪。

聽到麥芽兒問，也顧不得拍雪，抖著嘴皮子，哆嗦個不停，道：「陳戶頭兒他們今兒晌午就回來了。」

「回來了？」麥芽兒急呼。「那當家的呢？」

趙憨實哆嗦著半天無語。林氏見他那樣，急紅了眼，直拍他道：「你個老不死的，倒是快說啊！」

「說是分了獵物，一同下的山，至於咱兒子……」他抖著顫音，吸了吸鼻子，繼續道：

「說是在臨近村子的那山疙瘩分的路。」

這麼說來，趙猛子應是從村中的北山回村才是，那麼怎會還沒回來？

李空竹心涼了一下，尋眼去看麥芽兒，只見她早已眼淚汪汪的哽咽起來。「他是咋走的啊，咋都現在還沒到哩？難不成還能被這麼點子路給繞暈了不成？」

「我的老天爺！」林氏見她哭了，也跟著一拍手的仰天大哭起來。

「唉！」趙憨實見兩人這樣，也忍不住老淚縱橫的嘆了口氣。「這大雪天的，又是大晚上，找誰幫忙去？」又有誰願意幫？那麼大的雪，天黑著，要是不小心碰到夜路野獸喪了命，他們家就算是傾家蕩產也賠不起啊。

一時之間，這一家三口就那麼站在院門口，抱頭痛哭起來。

李空竹也跟著心裡發堵，快步過去，拉著麥芽兒，拍著她問：「平日裡他跟人分道的山頭離深山遠不遠？」

「嫂子！」麥芽兒轉眸看著她，從跟婆婆抱頭痛哭，變成倒在她懷裡哭起來。

李空竹任她哭著，拍著她的後背安撫她。「咱先別光顧著哭，好好想想，總有啥原因。往日裡走習慣的路，不可能說沒啥徵兆的。」

若是遠離深山的話，這村中這麼多人家上山拾柴，總有那麼一、兩個碰到的。若是離深山近的話……

「離著那裡有段距離。往日裡也有好幾次從那兒走過，不組隊打獵時，他自己也會跑那兒去打點小物件的皮毛……」說著，她忽然頓了下。

李空竹趕緊問她。「是不是想起什麼來了？」

麥芽兒有些複雜的看了她一眼，隨即哽咽搖頭。「不知道……」

從麥芽兒家回來的李空竹，內心深處一陣翻江倒海，臉色蒼白的推開主屋門扉，看著裡面打坐冥想的男人。張著嘴半晌，她都無法說出口，只得嘆息著將門關上。

緩慢的「嘎吱」一聲，也再不似先頭出門時的那般爽快俐落。就著關門的動作，她頭抵在門閂處，心口泛堵得有些難以啟齒。

想著麥芽兒在她一再追問下，才答道：「那天妳說這集先不去了，說要試著做其他樣式，我回家跟他說了這事。當家的說，既然這樣，到時看看回來得早不早，要是早的話，就幫著摘點回來，如今看來，他怕真去摘那果子了，嗚嗚嗚……」不待說完，就泣不成聲的在她懷裡痛哭。

李空竹現在想來，都覺心頭難受，越發愧疚不已。若趙猛子真是為著摘果這事遇了險，那她就是死千次，也不足以還了這份情。

她不知該如何安慰麥芽兒一家，只像瘋了一樣的向家中跑來。當時的她，腦中只有一個想法，那便是找趙君逸。雖不知道他有多大的能力，但她心裡就是願意相信他一定有能力辦到。只是……

不管不顧的跑回來，在這一刻冷靜下來時，卻又不知該如何啟齒了。他是有武功，可他同時也是個跛子，平日裡上山都是拄棍而行，這雪正大，積雪過膝的，他又要如何幫忙尋呢？

炕上的男人，自她進院時便已知道她回來了，這會兒見她關個門，半天沒有響動，就睜眼尋著暗夜，看向那抹嬌俏的暗影，頓了下，問道：「未歸？」

突來的淡音，讓靠在門閂上的人兒輕抖了一下。片刻，只聽她輕輕的嗯了一聲。

「所以？」這是什麼意思？未歸之人竟令她如此頹喪？

李空竹吸了吸鼻子，回眸衝著那炕上的暗影喚道：「趙君逸！」

黑暗中男人眼神緊了下，隨即又垂眸輕嗯了聲。

「能不能求你一件事？」

「求？」

「對，求！」她李空竹很少求人，上輩子是，這輩子……亦是！

「所求什麼？」男人已然明白了點什麼，黑暗中幽深的眸子生著光亮，一瞬不瞬的盯著她嬌俏的身影。

李空竹雖看不到他的眼神，可身上那股子不舒服感，還是令她有些不自覺的輕蹙眉頭，可聽他問話，又不得不答道：「趙猛子到現在都未回，很可能是進山摘果去了。」

說著，她又輕咬了下嘴唇。「這事，於情於理，我都有責任，所以……我想請當家的能幫忙一下。」後面的聲音漸小，她垂眸在那兒，終是覺著有些愧對於他。

「妳所求之事，可有想過我能否辦到？」男人淡漠的聲音，不知怎的讓她心提了一下。

「你不是……會武嗎？」

她小小的音量，讓炕上之人眼神冷了一瞬。

「大雪紛飛，積雪過膝，妳讓個跛子前去深山尋人、救人？」男人嘲諷的一勾嘴角。心頭不知名的被刺了一下，隨即又冷笑一聲，道：「還是說，改不了的本性，讓妳起了那不該有的心思？」

李空竹怔住，瞪大雙眼，不可置信的看著炕上之人，瞬間，又危險的瞇起雙眼。「當家的這話是何意？什麼叫改不了的本性和不該有的心思？我什麼本性，又有何種心思？你這般說話又是出於何種卑鄙狹隘的心理？」

「卑鄙？狹隘？」男人又冷笑了聲，隨即再不願開口。

「你冷笑什麼？」被惹炸了毛的李空竹，不悅的冷聲質問於他。

炕上之人卻依然沈默，不予相理。

李空竹在暗夜裡盯他半晌，忽而又冷笑出聲。「你我什麼底細，你我自是清楚。今夜只當我求錯於人，瞎了眼吧！」

說罷，就將門猛的一把打開來。「砰」一聲，門扇被狠狠的砸在泥牆上面，那牆登時被砸下幾塊泥來。

看著自門裡快速消失的身影，炕上之人睜眼盯著某處，難得的發起了愣……

自家中跑出的李空竹，怔怔地望著黑夜裡飄下的大片雪花出神。她轉眸看向北山，內心掙扎得不知該如何自處。

「嫂子……」麥芽兒哽咽的聲音自身後悄聲傳來。

李空竹回眸看去，只見她手中拿著件厚實的破襖，看著她的眼神在黑夜裡閃著淚光，道：「嫂子，俺、俺想去尋了當家的！」

就在她回家的這會兒，她跟公爹、婆婆幾人去找了里長，又跟了相熟的人家求情。只是這大晚上的，又是厚雪，誰也不願去動這個身。

她跟當家的從來都是實心眼、熱心腸的人，從未想過平日裡好相處好說話的鄉親，也有這般冷情的時候。

有些無助的看著前面的李空竹。她是趁家裡求人的工夫偷溜過來的，本已經心灰，卻在看到她時，不知怎的，竟升起一股期盼來。麥芽兒囁嚅著唇瓣，想說什麼，卻又無從說起。

「妳等我一會兒！」李空竹見她那樣，心頭觸動。

轉身跑到主屋，「砰」的一聲大開屋門後，便藉著黑夜裡白雪映照的淺淡光線，輕車熟路的找到角落衣櫃，從裡找出那件剛換下季的中厚夾襖。

二話不說的拿在手，又快速的跑出屋。整個過程，自始至終都未再看那炕上坐著的人一眼。望著她奪門而出的身影，黑夜裡，男人肅沈了眼神。

看著李空竹手中拿著的襖子和懷中抱著的罐子，麥芽兒眼淚是止也止不住的狂流下來，抬眼與她對視的叫了聲。「嫂子……我……」那般多人無情的拒絕，偏只有一個被人看不起的嫂子與她真情相待。

這種時候，最能看出一個人的真心。這讓她心頭因當家的出事，開始起的那點兒小怨恨、小心思，給徹底的滅了下來。

「好了，別哭了，再哭臉該皺了，回頭讓猛子老弟看著，指不定就得棄了妳，去找了小姑娘。」

「嫂子……」麥芽兒有些哭笑不得，不依的喚了她一聲。

李空竹則揮揮手中抱著的罐子，道：「從破襖上撕幾條布下來，纏在木棍上，一會兒上山當火把用。」

「嗯！」麥芽兒聽話的從自己的破襖上，快速的撕下幾條長布來。隨著她向北山行去時，途中找著棍子，沾著罐中油，就點亮了火把。

兩人踩著差不多過膝的深雪，每走一步都很費力的大喘著氣。加上黑天北風風颳樹林的聲音，每一聲，都讓人覺得膽顫心驚。

按照麥芽兒所說，趙猛子上回進山摘的果，是在挨著深山北方一處高峽谷的地方。兩人在山下就確認了一下大致方位，只要照著那處高山嶺的方向前進，就不會走錯方向。

一路踏著積雪喘息的走著，也不知是不是她們運氣極好，這一路走來，除了偶爾碰到幾隻被驚飛起的野雞外，再就是離著很遠的狼嗥。剛開始兩人還被這狼嗥嚇得不行，可待路走得遠了、久了，還能聽到那幾聲狼嗥後，也就漸漸放下了心。

翻越過一個不大的深溝後，兩人藉著有坡度的地方，踮著腳尋著密林空出的天空，向外面看了一眼。

「快到了！」

「嗯。」麥芽兒走出了一身的汗，這會兒渴得厲害，在回答她話的同時，從一邊矮小灌木上掏了把雪扔進嘴裡。冰冰涼涼的雪渣就著咀嚼的速度化開，凍著嘴裡的肉，讓人忍不住張嘴呵著口冷氣。

「歇會兒？」

這一路的陷雪行路，李空竹早已有些累得提不起勁了。麥芽兒也知急不來，點頭輕嗯的同意。

將已經點燃的第三根火把插到雪堆裡，李空竹再也受不了的倒下去。不顧地上積雪的清涼，她舒服的伸了個懶腰，將手腳伸直，躺在那兒大吐了口冒煙的濁氣。

麥芽兒挨著她坐下，有些歉疚的看向她，道：「嫂子，對不住了。」

「該是我對不住才是。」李空竹自嘲的一笑，見她又欲說什麼，就趕緊伸手止了她欲出口的話語。「妳有沒有聽到啥聲音？」

「聲音？」

「嗯。」雖然很小，可實實在在有從風裡傳來的聲音。

麥芽兒的心提了起來，有些激動的看著她，想問又不敢問的樣子，急得她緊緊的揪著胸前衣襟，不敢大喘氣出來。

「有——沒有——人啊——」呼嘯的北風夾雜著密林樹枝的搖曳聲，有那麼絲微弱的嚎叫斷斷續續傳來。

李空竹跟麥芽兒趕緊起身，將火把拿在手中，雙雙對視一眼，快速的踏著積雪，「呼哧呼哧」向著那發聲處跑去。

「有沒──有──人啊？」

粗粗的喘氣，混著那越來越近的求救聲，讓踏著深雪的兩人也不覺累的快速邁動著步子。

「嗷嗚──」就在兩人快要接近那處山嶺的呼喚聲的同時，一聲高揚的狼嗥突然響起，緊接而來的，是此起彼伏的狼群共鳴嗥叫！

接近目的地的兩人，聽到這陣陣嗥叫之聲，皆嚇得停下腳步，臉色發白的對視了眼。

「嫂子……」麥芽兒抖著音的喚了她一聲。

「嗯。」李空竹也好不到哪兒去的回了聲。

「有狼哩。」

「嗯。」

「救命啊──有沒有人啊？」近在咫尺的聲音透過呼嘯而來的北風傳來。

因離得近了，也聽清聲音的主人是誰了。李空竹舉著火把的手有些抖。麥芽兒在確認了趙猛子的聲音後，一時竟忘了狼群的威脅，衝著那發聲處大聲的喚：「當家的──」

「嗷嗚──」狼群登時發現了新目標，領頭的一聲呼喚，立即相互呼叫的轉了方向，向著她們這邊奔來。

「媳婦兒小心啊！」

「小心！」被突然竄過來的狼群嚇了一大跳的李空竹，趕緊將邁步跑出去的麥芽兒給拉回來。

兩人背靠著背站在那裡，瞪大著雙眼。看著不過轉瞬就圍攻而來的狼群，一個個嗷嗚低鳴的叫著，一雙雙綠得發亮的眼睛在黑夜裡看著尤其磣人。

李空竹嚇得整個心臟驟停，嗓子眼發緊的看著圍成一圈的狼群。這跟當初她才來，遇到狼的情況有很大不同。當時只一隻就嚇得她雙腿發軟，邁不動腳了，如今這增了好幾倍的數量，更使她整個人都如那篩糠的米篩一般，哆嗦的抖個不停。

麥芽兒甚至被嚇得哽咽起來。「嫂子……咋、咋辦啊……嗚……」

李空竹聽了她的話，自驚恐中勉力的恢復一點神色，艱難的嚥了嚥口水，看著那越來越近的狼群，有些不知所措起來。

第十六章

頭狼是一匹銀灰色的高頭大狼，只聽牠嘴裡低沈的「嗚嗚」著，領著牠的隊伍慢慢朝兩人踱近。

步步緊逼中，群狼看向她們的眼神戒備中透著凶狠，發著光的眼珠一動不動的緊盯著她們。牠們口裡不耐煩的嗚叫著，似在催促首領趕緊下令，好讓牠們能飽餐一頓。

李空竹她們兩人緊緊相貼著，不斷在原地抖著身子，驚恐的看著越來越小的包圍圈。忽然一陣北風颳過，讓李空竹手中已經燃得差不多的火把，猛的一下熄滅。

「嗷嗚——」一聲長嘯，狼群開始躁動的飛撲過來。

李空竹心涼了半截，頓時醒神過來，將手中棍棒大力的擲出去，一把將麥芽兒抱在懷裡，與她開始互相尖叫起來。「啊——」

閉眼尖叫的李空竹感受的疼痛並未到來，耳邊相繼傳來呼聲跟嗚叫聲，似曾相識的在腦中閃現。正當她停止尖叫、想睜眼時，胳膊卻猛的一緊，緊接著就被一股大力拉著向上。

李空竹正待睜眼去看，不想，除了她被拉著的胳膊外，還有就是……就是她飛起來了！

不可置信的瞪大雙眼，若不是耳邊還傳來麥芽兒驚恐的尖叫，她都要以為出現幻覺了。

片刻之間，他們相繼落在一棵高大的樹枝之上。

巨大的拉力，讓李空竹將好的脫臼胳膊再次呈現出吊著的模樣。麥芽兒還在尖叫著，李空竹趕忙不停的拍著她的肩膀，想讓她安靜下來。

不想，麥芽兒在感覺到她的拍撫時，卻猛的一個轉身，向她身上撲來。「嫂子……」

「閉嘴！」黑暗中，一道極冷卻帶著粗喘的聲音傳過來。

李空竹說不清楚心裡是什麼滋味，有那麼一瞬間，她像是見著天神一般的仰望著他，嘴角掛著高高的弧度，張著嘴，很激動的叫了聲。「當家的！」

「閉嘴。」很不給情面的冷聲再次傳來，讓她激動的心情，跌落回現實。

麥芽兒自從被叫閉嘴後，就一直躲在她的懷裡，這會兒聽她叫著那帶她們飛的男人當家的，就不由得驚訝的抬起頭。

「嫂子，妳剛剛叫他什麼？」

「嗷嗷——」狼群很迅速的找過來，圍著樹下，不停向樹上幾人仰頭長叫著。

麥芽兒被嚇得頓時閉了嘴，睜眼向下看時，只見那群狼已經開始圍著樹，不停打起轉來，領頭的頭狼更是瞪著幽綠的眼睛，用爪子試著爬樹。

「嗞啦」一聲，只見那頭狼很矯捷的衝著樹上一躍而起，扒著樹幹往上了幾步，隨即又一個不穩滑落下去。

李空竹嚇得心臟都差點停止了，就差那麼一點兒，不足一米的距離就快搆著他們了。

有了頭狼的效仿，其餘狼群也開始相繼用跳躍的姿勢爬起樹來。看著接二連三的狼不停向樹幹跳著，有好幾次，李空竹他們都差點被搆到。

李空竹嚇得臉色蒼白，衝著那立在枝前一動不動的男人，顫聲喚道：「當家的？」

男人並不理會她，而是低眸看著那一匹匹不斷躍起的狼群，一個閃電揮手。黑暗中看不清他扔了什麼下去，但聽著狼群的慘叫低鳴之聲相繼傳來，李空竹知道他得手了。可緊接著倒下的同伴並未令群狼害怕退走，而是更凶猛的向樹上跳起來。

李空竹拉著麥芽兒，緊緊的貼著樹幹，兩人都害怕得不停抖著身子，雙眼直直的看著那立在枝頭，衣襬迎風飄動的頎長男人。

「嗷！嗚……」又有兩匹狼倒了下去。

李空竹跟著看去，倒在雪裡的狼體，似有一身毛髮是銀灰色亮光的屍體。太好了，頭狼死了。但還不待她高興出聲，緊接著又是一記高聲的長嘯。

「嗷嗷——嗷嗚——」

「頭狼？」還有頭狼？

趙君逸回過頭來，看了她一眼。「起來！」

李空竹驚恐的點點頭，拉著麥芽兒自那不怎麼粗的枝頭，慢慢站起來。還不待問他要做啥，只見他一個快速閃來，一掌死箝住她的胳膊。

「啊……」脫臼的手讓李空竹輕呼出聲。

男人低眸看她，手中勁頭鬆了半分。

「提左手，提左手，右手不行！」知道此時不是耽擱的時候，她跳著腳，嘴裡不停叨叨著讓他換隻手提。

男人似也想起了她的舊疾，沒有吭聲的應了她所求，將她跟麥芽兒換了方向。兩手一邊一個，連招呼都沒打的就將她倆給提起來，飛向了另一棵更高的樹。
狼群見他們移了樹，也跟著快速圍攏過去。
趙君逸將兩人扔在枝幹上後，就淡道一聲：「坐穩了。」然後一個飛身向下，立在樹下的群狼之中，雙手快速疾飛，又一頭狼倒了下去。
狼群被徹底的激怒了，頭狼仰著頭，連續大聲的長嗅起來。
坐在李空竹身邊的麥芽兒卻猛的驚直了身子，拉著李空竹，抖著音的急道：「俺聽當家的說過，狼都是群居的，遇到危險會嗅同伴。這、這是不是在嗅著同伴啊？怎麼辦怎麼辦，聽說這聲音能傳到方圓好幾里的地兒哩。」
李空竹也被她說得緊張起來。向樹下看去時，只見男人不停跳躍揮舞著什麼，而狼群在吃過他幾次虧後，不知是學聰明了還是怎地，竟開始逐漸拉開與他的距離。
一雙雙眼睛幽幽的盯著他手中揮舞的東西，只要見他一出手，狼群就會很快的一個閃身躲開來，如此幾番下來，趙君逸只勉強射倒了兩頭在地。聽著他越來越粗重的喘息聲，李空竹知道他可能要撐到極限了。
回想起自下雪後，他偶爾又開始的打坐，怕是他所隱著的舊疾又犯了。如果剛剛那領頭狼真如麥芽兒所說在搬救兵的話，那麼他們若想活命，就必須速戰速決，將這剩下的幾頭狼給解決掉。
腦子裡想著解決之道，偏偏現實是她們得躲在樹上來保全性命。抓著腦袋，極為頹廢的向著一旁的樹幹撞去，這一舉動嚇得一旁的麥芽兒拉著她直問這是做甚？

李空竹搖頭喃喃道：「在想著要怎樣幫忙趕狼？」

麥芽兒也愁得慌。「聽當家的說，猛獸都怕火哩。」不過現在他們待在這上面，上哪兒找火去？

火？李空竹眼睛亮了一下。自樹幹上抬起腦袋，猛的一把緊抓她的手臂問道：「芽兒，妳抱的油罐呢？」

麥芽兒被她嚇了一跳，再一聽她問起油罐，也跟著明白過來的嘆氣垂眼道：「剛在狼群裡還抱著，被趙三哥這一提溜，給落在那雪堆裡了。」

李空竹聽得趕緊轉眸向著剛剛被困之地看去，見那空出來的一小塊凌亂之地裡，除了兩、三匹狼的屍首黑影躺在那兒外，依稀能從那閃著白光的雪堆裡找出油罐的影子。

麥芽兒也看到了，犯著愁的道了句。「這要如何去拿啊？」

是啊，要如何去拿？她又下不了樹。即使下去了，樹下就是狼群，要怎麼過去？

「媳婦兒！」一聲高叫傳來。

李空竹跟麥芽兒喜得頓時抬頭看去，只見一個挺拔黑影，這會兒正一瘸一拐的向這邊走來，一邊喊著，一邊手拿弓箭搭弦，幫著趙君逸射起狼群來。

「嗚嗚……」猝不及防的狼群又被射殺得少了一隻。

麥芽兒坐在樹上，高聲衝他喊著。「當家的，你那兒有個油罐子，快撿起來，撿起來燒死牠們！」

李空竹則喚著趙君逸，道：「當家的，給你火石！」

男人聽罷，喘息中抬頭的瞬間，精準的將火石接住。

狼群被兩邊攻擊了，開始有些慌亂得不知要如何進攻為好。就在牠們皆有些不知所措的望向頭狼時，抓著機會的李空竹正要開口，卻見趙君逸已快速的飛出狼群，對趙猛子喝了聲。「接住。」

只聽「咻咻」兩聲過後，正在撿油罐的趙猛子猛的一把摀著胸口，趙君逸攔著狼群不讓接近他，沈道：「快！」

趙猛子聽罷，撿起李空竹她們丟掉的火把子，將上面燃得所剩無幾的爛布頭纏在箭上面，浸了油，將火石快速打著，讓布條燃了起來。

搭箭拉弓，挺直了腰身，叫道：「趙三哥你注意了！」

「咻！」箭擦著趙君逸的身旁，直直飛進了狼群中。狼群見狀，快速的四散跳躍，躲開那射來的火箭，燃得正濃的火箭直直的插進雪堆裡，火苗立刻被埋得小了一大半。

「快潑油！」樹上的李空竹大叫著。

「扔來！」趙君逸領悟，衝身後高聲傳喝。

「喔！」心頭有些可惜沒射著狼的趙猛子，也迅速的反應過來，將腳下的油罐快速的抱在懷裡，大力扔過去。「接著！」

趙君逸一個飛身起跳，將油罐抱在懷裡，見狼群向這邊撲來，就趕緊又是一根樹杈扔過去，登時又是一頭狼倒地，讓狼群再次止步的齜牙狠瞪著他。

「離遠點！」趙君逸對身後的趙猛子吩咐一聲後，便朝狼群近身飛去。

樹上一直觀戰的李空竹霎時明白過來，心驚的衝著那飛近引著狼群的男人大喊。「當家的小心啊！」

趙君逸將狼群徹底惹毛了，看著他還敢飛身近前，紛紛棄了趙猛子，追他而來。趙君逸先是落腳在那快要熄滅的火把處，將火把一把給提上來。

得了空氣的火把，重又竄高了火苗。狼群看他舉著火把，圍成一圈不敢走近，低嗚著刨著爪子，等待著時機伺機而動。

趙君逸單手托著罐子，突然快速的旋轉跳躍，飛身而起，飛起的瞬間，那罐中的油四處噴濺，朝狼群的身上、周圍散落開來。狼群被不知名的東西攻擊得有些不知所措，後又感覺到似沒有痛感，就不由得紛紛嗷叫，等著首領下令攻擊。

「嗷——」終於頭狼下令，剩下的幾匹狼紛紛響應，刨著爪子大力的衝過來。

趙君逸將揮完的油罐扔落在地，看著圍攏而來的狼群，只眼神輕瞇了一瞬，等著牠們近前時，就將手中火把，一個大力向狼群身後扔去。

被澆成一個圓形的油圈，火苗瞬間「轟」的高躥起來。

躍在後面的狼被竄起的火舌掃到尾巴上的油星，不過轉瞬，便燃燒到整個全身。「嗷！嗚嗚……」淒厲的狼嗥和突竄的火苗，惹得另幾匹狼開始變得不安紛亂起來。

趁著這空隙，趙君逸瞇眼傾全身之力，一個大力的躍升，飛出了火圈。

狼群見他這樣，也紛紛效仿，跟著跳躍而出。只是牠們怎麼也沒想到，這一躍，竟成了永生難以承受之痛。

看了眼在那兒不停打滾悲嚎的狼，趙君逸沈氣調息了幾個來回後，才淡然的向李空竹她們所在的樹下走去。

抬眸，見女人正一臉焦急的看著他問：「當家的，你沒事吧？」

心頭驀然起伏了下，隨即不動聲色的輕哼了聲，提氣躍上了樹。

李空竹見狀，乖覺的將左膀子遞過去。「快下去，快下去，我都嚇死了！」

男人挑眉，某女有些心虛的不敢抬眼看他，只哎呀一聲道：「快點吧，芽兒說剛才那頭狼在呼伴哩，再不快點，要一會兒再來個上百頭的，當家的你就是再厲害也抵不過！」

「既然如此，不如妳就待在樹上。」男人冷然的看她一眼，伸手就將麥芽兒給提過去。

麥芽兒一聽不帶三嫂子下去，就有些抖了音的道：「那個……趙三哥……」

「哎呀，樹上哪有待在當家的你身邊安全。」某女嘴角抽動的同時，快速變了風向的貼站過去。「當家的你不知道，剛你出現的那一眨眼工夫，我都以為是天神來了！」她巴著他的胳膊，說得一臉認真嚴肅。

比起一會兒被狼群嚇得沒了小命，這會兒拍點馬屁算什麼。

男人低眸看她，見她努力的瞪大雙眼，眼神發亮的不停閃啊閃，讓他不自覺的將薄唇緊抿起來。

李空竹見他沒有拒絕，趕緊討好的嬌俏一笑。「走吧！當家的！」

男人冷哼著並未吭聲，將兩人提於手上，快速的躍下去。

「啊——」一驚叫著落了地，那邊的趙猛子正好將到處亂竄的火狼給射殺完畢。

麥芽兒一落地，就眼淚汪汪的朝那邊撲喊過去。「當家的——嗚嗚嗚……」

「媳婦兒！」趙猛子將弓箭揹於身後，趕緊接住她撲過來的身子。

麥芽兒將手搭在他的胳膊上，邊哭邊不停拍打著。「你個遭天譴的，你知不知道，俺都快嚇死了！你這是幹啥，都下了那麼大的雪，你不回家，還衝到深山裡跑個啥勁啊！殺千刀的玩意兒，你要這麼不願意和俺在一起，想讓俺守寡，那明兒俺就回娘家重嫁去，讓你打一輩子光棍……嗚嗚……」

「媳婦兒，妳說的是啥話啊！」趙猛子聽得有些無奈，拍著她的後背，給她順著氣。

這邊立著的李空竹也是聽得嘴角抽抽。轉眼去看身邊的男人時，卻見他長身而立，冷然的看著那邊，那粗重紊亂的呼吸，無一不在顯示著他的極限。

李空竹心頭跳了一下，伸手就要去扶他。不想手剛碰到他，就被他快速的閃躲開去。

「那啥……我只是想好心扶你一把而……已。」見男人回眸緊盯著她，就有些膽顫的收了手，僵扯下嘴角道：「不願我扶便算了。不過，還是謝謝你能來！」

「呵。」男人冷呵，並不接話的繼續調整呼吸。

李空竹見狀，便不再打擾他。抬步向前面的兩人走去，對還在哭著數落的麥芽兒道：「有啥要哭的，等回去了再說，這會兒可不是哭的時候，可別忘了剛剛頭狼的呼聲。」

「對哩！」麥芽兒聽得趕緊自自家男人懷裡出來，擦著淚，道：「咱快走吧，俺這心到現在還怦怦怦跳個不停。」

趙猛子也連連點頭。

只是當眾人抬步回走時，他又驚呼了一聲。「差點忘了，那深溝裡還有個人哩！」
「啥人？」麥芽兒回頭，不明就裡的問著。
「就是和俺一起掉那深溝子的人。」說著，他便轉了身。
麥芽兒一把拉住他。
「還去做甚，你這瘸了腿，趙三哥也不便的，要咋去救？」
李空竹也確實有些猶豫。她能陪麥芽兒上山來找趙猛子，一是因為自己心中占了大半的愧疚，二便是跟麥芽兒有著深交的情誼，對於一個不熟知的人，她還沒有善良到因為同情，就捨棄危險去施以援手。
「那也得救啊！」趙猛子揮了她的手，道：「媳婦兒，方才那人還幫俺呢！咱們不能得了人好不還，欠人情哩！」要不是剛剛那人醒來後，拚著所有氣力，將他給托出山溝，怕是他也爬不上來給他們幫忙。
「噯！」眼看著他說完話，就向著剛跑來的地方跑去，麥芽兒驚得連連叫他。「當家的、當家的，你等等！」
看著追著而去的麥芽兒，李空竹有些擔心的回頭望向趙君逸，道：「當家的……」
男人聽著她叫喚，只平靜的注視著那跑遠的兩人。看著那消失的方向，瞇眼了一瞬，隨即抬腳，亦是跟著步了過去。
「噯！」李空竹見他抬步，也趕緊跟上去。

待一行人來到趙猛子所跌落的山溝邊沿時，皆有些忍不住的吸了口氣。

這個地方，依著對面的山峰，從暗夜裡映射的黑影能看出，比著深溝底起碼有百丈高。他們所站的深溝這一面也差不多與溝底離著三、四丈深。

「當家的，你是咋掉下去的？」麥芽兒瞪大眼，回頭看著自家男人。這麼深的溝子，掉下去，怕是不殘也得少半掉命。

「那深溝子下面有棵山裡紅，我就是爬那兒去採的。」

想著今兒白天他採完山裡紅，就尋著往日的路，向上面正爬著，不想，一個人影就從天而降的砸下來，正好擦著他後背，砸到他揹著的鼓囊囊的山裡紅上，連帶也把他給砸了個後仰朝天，直接壓在那個人影的身上。

看到把人壓暈了，他嚇得趕緊撐起身。哪知這一起身，腿就鑽了心的疼，後知後覺的他，才想起右腿在剛剛倒下時好像受了重力，給掰了一下，一摸，竟是給掰拐了。

「腿拐了，左手還因為側倒時摔了一下，吊著吃不了勁的上不來，所以我才一直停在谷底，想等看看隔天有沒有人來。哪知下晌就真下起了大雪，晚上又來了狼群。」

眾人聽他講，又看了看那深溝。

「那要咋下去啊，那麼深，你又爬不得，我跟嫂子兩個婦人能做甚？再說趙三哥剛剛那一摔……」

麥芽兒的話沒說完呢，就見趙君逸一個躍起，擦著李空竹的耳畔向下面飛衝而去。

「欸……」李空竹想喚他，可看他已經衝了一半的身影，又止了下來。

他從不是什麼好心熱情的人，能捨得費勁去救一個不認識的陌生人，想來應是有什麼值得相救的理由才是。只是，到底是怎樣的人，值得讓他費力相救的呢？李空竹眯了眼，看著那抹暗夜中的身影，陷入了沈思。

當趙君逸將溝底之人抱著飛升上來時，李空竹也來不及去研究這姿勢是好與不好，帥與不帥，只一個勁兒的催著。「快走吧！」她好像有些神經質的聽到風中有狼嗥的聲音傳來了。

麥芽兒直搓著冒雞皮的胳膊，抖著音的道：「走吧走吧，俺這心頭毛毛的哩。」

趙猛子看了眼抱人的男人，問道：「趙三哥，要不，俺來揹吧！」

「不用。」趙君逸淡漠的應聲，隨後將那人一個反轉，便改抱為揹的揹在背上。他踏步跛腳向前行去時，聲音淡然傳過來。「走吧！」

眾人回神，趕緊急步跟上去。

第十七章

一路上趙君逸在前似走得不緊不慢，他們在後面卻追得氣喘吁吁。

李空竹自離開那狼窩後，臉就一直皺得跟個包子似的。因為在她放鬆之際，特意趕上趙君逸，看了眼他揹著之人。

那傢伙，雖說暗夜看不清晰面容，可那稜角分明的俊臉還是能依稀辨別出來。頂著趙君逸遞來的眼神，她又伸手摸了一下那人的衣料，雖說算不上頂好，但對於普通農家人來說也是穿不起的。

關鍵是這些都不是重點。重點是，這人好似受了重傷，又來路不明的，也不知會不會給他們招來無妄之災？重點中的重點是，因為她心疼錢啊！要知道來到這個世界這麼久，她好不容易混了點油水、存了點錢。

前些日子因為打炕、買家用，再加上趙猛子上回之事已經所剩無多了；再看這人的傷，分明就是吊著半口氣的樣子，要是到時要用人參啥的……

嚥了嚥口水，李空竹轉眸看著那走得氣定神閒的某人道：「當家的，要不回去後，咱們將人送去鎮上醫館？」

最好是能扔醫館門口。不都說古時大夫都是樂善之人嗎？看這人衣著，說不得救活後，也是有能力報答還錢的。

「妳不是最願樂善好施？何時這般冷情了？」男人轉眸冷淡的與她對視。

李空竹心頭一跳，尷尬的轉眼道：「我哪有樂善好施？」沒有好處的事，她也不會這般良善，何況這個人，自剛剛開始就讓她隱約有些不舒服之感，至於為什麼，她也有些搞不清摸不著的。感受男人的目光還在她的臉上掃著，李空竹暗中吐了口濁氣後，便停了兩步落後於他，道：「隨你吧！」

「嗯。」不知為何，男人竟是回了她一聲。

李空竹看著走遠的男人，有些愣怔，還是後面跟著的麥芽兒拉了她，才讓她回神的繼續走著。

一行人，出得深山時，已是兩個時辰以後了。

再翻過一座小山嶺時，李空竹跟麥芽兒兩人終是脫力的坐躺了下去。這一夜過得太過驚心動魄，這會兒一鬆下勁來，渾身就跟那軟麵饅頭似的，提不起勁。

趙君逸將揹著的人不甚溫柔的放下來，對趙猛子道了聲：「你來揹。」

「啊？」不待趙猛子反應過來，山嶺那一頭隨著陣陣北風傳來了斷斷續續的呼聲。

「芽兒啊——猛子——」

「趙老三家的！」

李空竹趕緊撐起身，傾耳聽去。「好像是有人來找我們了！」

「嗯！我聽見俺婆婆的聲音了！」麥芽兒也撐起身，附和她。

李空竹見狀，趕緊蹲身下去，對著地上之人就是一通亂摸。

「妳這是做何！」男人一把將她給扯起來，聲音極度冷寒的傳過來。

李空竹癟了下嘴，又不是要把他怎麼樣，用得著這般謹慎嗎？「我不過借點東西罷了。」說完，就將手上沾著的血快速的抹在臉上，挑眉看他道：「怎麼樣？」

趙君逸抿嘴，沒有吭聲。

麥芽兒湊過來，看著她問：「嫂子，妳這是……」

「快抹點，等等讓他們看看，知道深山不是那麼好進的，不然的話，憑著妳我兩婦人都能闖，以後不是誰都能跟著進了？」

「這倒是！」麥芽兒也跟著蹲下去，對著那暈著的人一通亂摸，抹了臉，還尤其佩服的道：「嫂子，妳心真好，還好心的告誡不讓進，要我的話，巴不得讓他們進了全被咬死。」

她可沒忘先頭求人時的窘境。照她來說，待出了山最好再不與那幫子人交好，往後給點面子情就算不錯了。

李空竹嘴角抽了一下，呵呵乾笑一聲。其實她想的是，不能讓那幫子人認為好進，就隨意進去摘那山裡紅。

趙猛子試著拐著腿將那男人給揹起來，趙君逸順手就將自己剛剛掰下的棍子遞給他。

趙猛子道了謝，對麥芽兒道：「媳婦兒，妳嗓門大，衝那頭吆喝一聲，我也好少走點路。」

「欸！」麥芽兒聽了立即四下選了處高地站上去，手攏嘴邊，衝著那邊大喊。「爹、娘，俺們擱這兒！擱山這頭哩！」

如此連著喊了幾次，待確定那邊的人得到信兒，麥芽兒才從那站著的小高地跳下來。

一旁的趙君逸看了，冷冷道：「走吧。」

眾人點頭，跟著繼續前行起來。

李空竹扯著麥芽兒故意落後兩步，拉著她的手拍了拍，道：「芽兒，求妳件事唄！」

「啥事？」

「就是當家的……」

不待她難以啟齒的說完，麥芽兒就滿不在乎的一拍手道：「趙三哥能有啥事啊？你們兩口子陪著俺上山尋當家的，差點就遭狼吃了，要不是俺當家的正好從深溝子裡爬出來，助了俺們，俺們怕是跑都跑不掉哩！沒見那一罐子油都潑出去燒光了嘛！」

李空竹無聲的緊了緊她的手，笑道：「是哩！」

前面走著的兩個大男人，在聽了她們的對話後，一人側頭看著那淡漠之人，一人則眼角不經意的向後面瞟了一眼。

待又翻走過一座小山嶺後，算是正式跟來找的趙憨實他們碰了面。眾人在看到四人滿身滿臉的血時，都被嚇得不輕。

陳百生更是皺眉相問。「還真碰到了？」

趙猛子點頭。「俺救個人給耽擱了，沒承想他們能來找。趕緊回家唄，路上慢慢跟你們解釋。」

眾人聽他說救人，這才看到他還揹著個人。麥芽兒趕緊求了健壯的村人幫把子忙。「俺當家的剛剛趕狼時把腿給拐了，誰給幫把子手啊？」

陳百生趕緊令村中一漢子接手。待確定人都齊整後，就吩咐舉著火把向著家去了。回去的路上趙猛子說了上山遇狼群的事，眾人聽他講述狼如何如何凶猛的進攻，皆嚇得白了臉，不斷向身後看去，就怕他們會再次把狼給招惹了來。

到了山下，趙君逸提議將人留在他們家；林氏本還想客氣的說不用了，不想卻被麥芽兒給扯住。悄聲跟她嘀咕幾句醫藥錢，就嚇得趕緊作罷，讓人將人給揹去李空竹家。

眾人護送他們進了院，趙君逸讓人把揹著的人放在主屋炕上。李空竹由於胳膊又脫臼了，就求林氏跟麥芽兒幫著燒鍋薑水；趙猛子因為拐了腳，也暫時留下來。

拿出家中僅存的一兩半銀子，李空竹求趙憨實去鄰村幫著找個大夫來，而主屋這邊，因屋子小，坐不了太多人，也都被陳百生給打發了。

救回的人躺在暖暖的炕上，感受著沁涼的身體裡，似有一股暖流正在注入。他費力想睜眼來看，卻發現因傷勢過重，連抬動眼皮的力氣也無。努力的掙扎了半天，不但沒有感受到光明的到來，倒是惹來無盡的疲憊感。

「嗯……」呻吟之聲逸出，讓坐在炕邊把著他手腕輸真氣的趙君逸鬆了手。盯著看了半晌，也未見他有轉醒的跡象，只那眼皮下滾動的眼珠，證明他還殘留著意識。察覺這一點的趙君逸，眼神幽深，復又把手重新放在他的手腕上。

一旁的趙猛子一直安靜的盯著這邊，眼睛裡的神色，是從未有過的認真。

從前就覺得這個撿來的三堂哥跟他們不一樣，雖說跛了腳、毀了容，可那通身的氣度跟行事，就與他們這些土坑刨食的百姓有很大出入。

以前一直以為他或許是哪個落難大家族裡的富貴子弟，被人逼得無路可走，才不得已的選擇了跳崖求生，如今看來，怕是另有隱情吧！

感覺到他的視線，趙君逸回眸，淡然的與他對視。趙猛子驚覺到他的注視，嚇得趕緊埋頭。

「你無須懼怕，我若真是什麼十惡不赦之人，這些年來村子也不會這般太平了。」趙君逸不鹹不淡的將手自受傷之人的手腕上拿下來。「當然，你也可以懷疑我，將我的疑點告了衙門，這樣一來，說不得還能拿到筆不菲的賞金。」

畢竟他身分可疑，若拿不出身分證明，便是以敵國奸細處之也無可厚非，那些官僚貪功斂財的本事，向來是他們的強項。

「不不不！」趙猛子擺手搖頭的道：「沒有趙三哥今時之恩，就不會有俺往後的命。俺雖講不出啥大道理來，但只一點俺還是知道的，那就是做啥都不能昧了良心，不能做了那恩將仇報之人，不然，會遭天譴，死後也會下地獄哩！」

天譴？地獄？趙君逸聽得冷嗤了聲。正逢這時，送客的李空竹與端著薑湯的麥芽兒，相攜著走進來，屋裡的兩人也頓時收了嘴。

麥芽兒將一小盆薑湯放在小黑桌上，又放下三個小粗瓷碗，給三人每人舀了一碗。「趕緊喝點暖暖，吹了那麼久的涼氣，可別受了風才好。」

李空竹用左手接過道了聲謝，小心的吹著熱燙的薑湯，皺著眉頭，小口小口的抿起來。

麥芽兒將另兩碗端給兩位醒著的大男人，又看著那躺著之人，問道：「他要咋辦？要咋喝啊？」

那邊趙君逸不顧燙的仰脖一口飲掉碗中湯，末了將碗遞給麥芽兒道：「舀來。」

麥芽兒正不可思議的發著愣，看著他遞來的碗，轉瞬又被他的冷聲給驚回了神。伸手接過，連連「喔」了好幾聲，才慌著轉身，從小盆裡重又倒了一碗。

李空竹見狀，趕忙對麥芽兒使個眼色道：「先吹吹。」不是人人都隨了他一樣，跟個冰塊似的不怕燙。那躺著之人，雖於她有些不舒服，可畢竟救都救回來了，還是好生照顧為好。

麥芽兒也明白過來，連著吹了好些口，才將碗端給他。

趙君逸將碗接過，伸出修長的手指，一手端碗，一手輕慢的用兩指將那人鼻子一捏，一個向上提起，那人頓時呼吸不暢的就張了嘴，緊接著，他便將碗中湯，毫不客氣的灌下去。

「嗯唔……」閉眼中的男人，似被這般粗魯之法，弄得很不爽，皺著眉就想偏了頭去。奈何鼻子被人捏著，讓他無法通氣，只得不停的嗆咳著，嚥著那沖進喉嚨的難喝之物。

「咳咳咳……」過於嗆人的味道，加上急速進喉的水流，嗆咳得那躺著之人的臉色開始脹紅起來。

男人不為所動的將湯全部灌下之後，又一個使力，將他的嘴合上來，一抬下巴，那湯終於還是「咕嚕咕嚕」滑進了那人的胃裡。

被逼著嚥下所有薑湯的男人，脹紅著臉咳嗽著，開始試著睜了眼。模糊的焦距讓他有一瞬看不清人影，待完全清明過來後，他立即又半瞇了眼，看向那坐在炕沿邊的人。

「你……」話未說完，又不支的暈了過去。

麥芽兒瞪大眼，與李空竹對視一眼。心想，天啊，這趙三哥咋能這麼照顧人呢？「會不會給弄死了？」

李空竹搖頭。「不會。」他既然這麼折騰的將人弄回來，想來不會傻到白費氣力才是。

麥芽兒放了心。屋子一時間又再次沈寂下來。

找大夫的趙憨實回來時，已是快到子時了。大夫給幾人分別正骨的正骨，看傷的看傷，該上藥的又把藥上好。待一切弄完，開了藥後，已是到了丑時快天明的時候。

拿著還剩下的三百錢銀子，李空竹撐著最後一絲氣力，送走了麥芽兒他們後，再回來時已是連抬眼皮的勁兒也沒有了。

掃了眼那炕上躺著之人，見他還算安靜，就道了聲。「反正死不了，待明兒再給他熬藥吧！」

「嗯。」男人淡淡附和，將暈著之人，毫不客氣的扔去了最遠的炕邊，搭了條最初兩人蓋的鐵被。

而他則拿著褥子，直接躺在中間，將墊褥子當被蓋的搭在身上。李空竹看了一眼，也懶得相理的爬進了被窩。

翌日，李空竹直睡到下晌午時末才轉醒過來，若不是肚子餓得抗議，她怕是還不會醒。撐著起了身，發現全身上下無一處不在痠疼，就連扯被子的力氣也快沒了。

「嫂子，妳醒了啊。」麥芽兒從外面進來，見到她醒來，很是驚喜。「俺一大早就過來了，見妳睡著，晌午時又來了一回。這回以為妳還在睡呢，好在總算醒過來了。」

李空竹汗顏，努力的扯著被子磨著下了炕，後又似記起什麼似的，又向炕上覷了眼。昨兒那暈著的人呢？

麥芽兒見她下地穿鞋的腿都在打顫了，就忍不住笑出聲。「一看嫂子就是沒跑過遠路的。妳看俺，長年農活做著，昨兒晚上回來累著了，睡一覺，精神頭兒又回來了呢。」說著就過去扶了她，又幫她整理起被子來。

李空竹在一旁看得尷尬不已，趕緊搶了她拿著準備掃炕的炕帚，問她：「聽妳說來了幾趟，有啥事不成？對了，猛子老弟的腿怎麼樣了？」

麥芽兒見她搶，又一把重新搶過去。「客氣個啥！他好著哩，不過是拐了下腿，又沒斷，糾正位就好了。我就是想著俺們無緣無故塞了個人過來，怕妳忙不來，想過來幫個忙。對了，早時趙三哥還來求了俺哩！」

「他求妳？」

「嗯。」麥芽兒把鞋脫了上炕，邊掃炕邊道：「一大早就過來了，那人發著高熱急著用藥，讓俺幫著熬一下。」

「哦……那人現在咋樣了？」李空竹有些心虛的看著她問。

「好了吧？俺把藥熬好端給他時，看到趙三哥在給他把脈哩。」掃完炕的麥芽兒下了炕，問李空竹：「那啥，趙三哥難不成還會醫？」

李空竹梗住，聳了下肩。「誰知道。」

從主屋出來，正欲去小廚房洗漱的李空竹，見男人正立在廚房簷角下，眼睛平視的看著前方不知在想什麼。想了想，她輕腳走過去，喚了聲。「當家的！」

趙君逸轉身回頭看她，淡漠的臉上有一瞬閃過讓人不寒而慄的陰狠。

雖只有一瞬，李空竹還是結結實實的感受到來自他身上獨有的冷寒。看了眼他過於蒼白的臉色，暗中平復了下被他嚇著的心跳，關心的問著：「你，沒事吧？」

男人冷淡的掃她一眼，並未說話的向這邊走來。

李空竹以為他要站定在她面前，卻不想，他只是一個錯身，就向小屋行去了。對於他這番的冷淡，李空竹心頭很莫名的不舒服了下，又懶得相理的跟去了小屋。

本還想跟他就昨日之事道歉來的，如今看來也完全沒必要了。

進去廚房拿鹽漱口時，李空竹見到了昨日救回之人。

這會兒他正躺在昔日他們睡覺的架子床上，臉色蒼白，嘴唇緊閉的模樣，也說不上是好還是不好。不過看平靜給他搭腕的趙君逸，想來應該沒有大礙才是。

屋子裡因著日間燒了火，又搭了爐子在燃著，顯得不是太冷。李空竹只看了眼，便端著水碗走出去漱口淨面了。

待吃過麥芽兒留出的飯，身子氣力恢復不少的李空竹，跟麥芽兒兩人向村中走去。

與麥芽兒分了道，她又去找了里長陳百生，從家中僅剩的三百文裡拿出一百文，問王氏買了床被褥。

抱著舊被的李空竹在回來的路上，碰到偶爾出來串門子的村中婦人。她有禮的與她們打著招呼點著頭，而婦人們也都隨了她客氣了幾句。

只是待她走遠後，又相繼的低語起來。

這些，李空竹並不知道。回到家的她，將舊被和褥子拿去小屋，見趙君逸還在搭著那人的腕，就問了句。「傷得很重？」

男人抬眸看她，見到她所抱著的東西後，就不由得晃了下神。半晌，肅然點頭。「皮肉傷不過幾日工夫就能好，只內傷太過嚴重，怕是得費些時日。」加之昨晚受了凍，沒有及時熬藥祛寒，體內又有寒氣入體，這會兒能保住命已是不幸中的萬幸了。

李空竹將被子放在床尾。「要不抬他去主屋炕上躺著？躺這兒寒氣重，會不會加重了？」

男人沒有吭聲，只鬆了搭腕的手，起身，一個彎腰就將那人搬離架子床。就在李空竹以為他要抱人去主屋時，卻聽他道：「鋪上。」

呃……愣了一瞬的李空竹，趕緊手忙腳亂的將那厚褥子搭在那舊薄褥上。

待他將人放下後，又將買的厚舊被給其蓋上，那床以前的鐵疙瘩便拿回主屋，晚上仍給趙君逸用。

收拾妥當出來，李空竹又將下晌要喝的藥熬好溫在了爐子上。見趙君逸臉色實在太過蒼白，又拿了幾個雞蛋出來，放進正在燒炕的鍋子溫煮。醒了麵，晚上準備蒸饅頭吃。

接連又是下了兩天的雪，終是在第三天放晴。睡在小屋的男人，也在搬回的第二天晚上醒轉過來。

雖說醒了，一天卻還是有大半時間都在閉眼沈睡著。李空竹見他那虛弱樣兒，就忍不住肉疼的又拿出一百文，買了些大骨棒跟兩、三斤的精瘦肉，每天待他醒時，就給他煮碗肉蓉粥餵下。

大骨棒熬的湯則給趙君逸補著。這幾天裡，他每天除白日不定時的給那人搭脈外，晚上也是時常起來去那小屋。她不知道他對那人做了什麼，只知道每次過後，他都會蒼白著臉色坐在炕上，或是在小屋打坐調息。

就比如現在，他又一臉蒼白的從小屋回來了。李空竹終是有些不忍心，看著他問：「他那傷吃藥不行嗎？」

男人坐在炕上，慢慢的閉眼調息著體內亂衝的真氣。聽到她問，並未睜眼的淡道：「內傷造成虧損太多，若要吃藥，靈芝、人參這類大補之物自是免不了的。」

意思是，得用很多銀子？想著家中僅剩的那一百個銅子，李空竹心抽了，臉上更是肉疼的擠作一團。

男人睜眼看她，見她手捏繡花針舉在眼前，一臉跟割了肉似的痛苦狀，不知怎的，眼中竟有些愉悅滑過。

閉了眼，不經意的勾起一絲嘴角，某人繼續著體內的氣息調和。

第十八章

小屋中的男人，轉醒了過來。身體裡流動著的平和暖流，讓他愈加肯定有人在為他調息養傷。

轉動眼珠打量著身處的這間小小草屋，想著前天晚上醒來時，全身因為嚴重的內傷動彈不得，正當他忍著疼痛想挪下身時，小屋的門卻從外給推開來。立在門口的人，就算在黑夜裡，也能讓人感受到他眼中那抹令人膽顫的寒光。

「醒了？」淡漠的聲音傳來。隨著走動進屋，來人將門反手一甩，便關了個結結實實。

說實話，如果不是肯定他救了自己，僅憑著他那身通體的寒意，怕是很難讓人分辨他究竟是敵是友。粗嗄的嗓子沙啞的應了聲，隨即艱難的開口道謝。「多謝壯士出手相救。」

「我不過一介鄉野村夫，當不得壯士二字。」來人拿了個碗出來，將小爐上的藥罐取下來，倒了藥，走過來，坐於床頭看著他道：「是自己喝，還是我幫你？」

男人愣了一下，不知怎的竟記起了那難喝嗆人的熱湯來，當時那沖入喉的湯水，嗆得他差點窒息而亡。雖沒看到是誰灌的藥，可從睜眼看到這個男人時，他心裡就已然明白過來。

「我、我自己喝吧。」

來人在他話落之際，將藥端到他的嘴邊。「張嘴。」

待他真的聽話張嘴時，眼中驚愕的閃過了一絲羞惱。來人卻不給他任何開口斥責的機會，直接將藥碗對著他口灌了下去，其間，他因水流過急，又被嗆了好幾次。

待喝完藥，來人便將碗洗淨，放進一旁的木盆裡，抬腳欲出屋時，卻聽身後之人急忙喚道：「還未請教壯士……」

「趙姓，家中排行老三。」

「趙兄。」男人嘶啞的喚了聲。來人並未吭聲，算是默認了他的稱呼，見對方開門，他又道：「多謝趙兄出手相救。為保崔某性命，想必趙兄損耗不少內力真氣，待來日若我僕人尋來，必當厚禮相謝。」

來人眼神閃爍了下，只抬腳出屋道：「既然已告知我乃鄉野村夫，自是不懂你所說的內力真氣是什麼。告辭。」

愣了一陣才回神，男人看著小屋牆上大大的縫隙，禁不住冷笑的勾唇。說什麼不知內力真氣，卻又每每故意在他半昏半醒之際前來灌輸予他。這個趙姓男子究竟是什麼人？這樣做又意欲何為呢？

「嘎吱」一聲門又開了，男人轉動眼珠看去，見是個婦人走了進來。

這兩天裡，每每當他清醒之際，這女人就會端出一碗肉蓉粥餵他。聽她叫那趙姓男人當家的，才知兩人是成了婚的夫妻。

看她手腳麻利的自鍋中端出溫著的肉蓉粥，近前笑道：「醒了，你今兒倒是比昨兒沈睡的時間少了一個時辰哩。」

說著，便坐在床邊的長條凳上，手拿勺子舀起粥，送到他的嘴邊。「啊。」

男人眯了下眼，張著嘴，任她餵著那入口即化的濃粥。眼睛一瞬不瞬的盯著她看，似要從她身上看出點什麼不同來。

李空竹任他看著，淡笑的一勺一勺餵著也不說話。待碗底漸空之時，外面卻傳來了叫門聲。「嫂子！俺來了哩，給俺開下門啊！」

李空竹聽罷，衝著外面欸了一聲，又對著主屋方向喚了聲。「當家的，芽兒來了，你幫著開下門唄！」喊完，又轉頭繼續笑眯著眼，看著他道：「來，繼續。」

男人眼珠轉動了下，見她說話行事，儼然是一副農家婦人的形象，可論舉手投足間的姿態，卻又不似農家婦那般粗莽。皺眉沈思間，婦人已經餵完了粥，替他擦了嘴角後，便起身開始打水清洗碗。

「對了，還未請教你姓甚名誰哩。」李空竹將碗洗好放進一旁的木盆裡，轉身在掛牆壁上的巾子處擦了手。「我夫家姓趙，人稱趙三郎；我娘家是隔壁李家村人，你可稱呼我為李氏。若你想叫得親近點的話，就論著你的年齡來叫吧。

「你可有及冠？我當家的已及冠兩年有餘了，若你及冠不足兩年的話，倒是可尊稱我為一聲嫂子；若比我當家的大，就喚李氏亦可。」

男人愣住，沒想到她會把家中狀況全部告知。這就像是心事被人窺見般，讓他心中有些難看的同時，又升起了絲不悅。垂眸轉眼，他啞著嗓子道：「敝姓崔，家中排行第九，嫂夫人喚我崔九即可。」

崔九？李空竹眼神閃動，別有深意的勾了下嘴角。「那我就不客氣了，崔九老弟。」

見他頷首，她又促狹一笑。「對了，你這會兒可有三急？若是有的話，大可大聲喚出便是。都是農家樸素人，沒啥覺著丟不丟臉的。」

崔九被她說得俊顏暗紅，咳牙咳嗽一聲，良久終是難以啟齒的道了聲。「那煩請嫂夫人喚聲趙三哥吧。」

「欸，那行。」李空竹笑應著出了屋。

一出來，就見麥芽兒在那兒伸著個小腦袋朝屋裡望，笑著過去拍了她一下。「看啥？」

「嘿嘿！」麥芽兒捂著被拍的胳膊搓了搓，努著嘴小聲問著。「那人醒了啊？」

「嗯。」李空竹讓她隨著去往主屋，叫了趙君逸出來，對他努了下嘴道：「有急事找你哩，去幫把子吧。」

趙君逸淡然的點頭。李空竹看著他走遠的背影，想了下，又轉頭對麥芽兒道了句。「要不每天讓猛子兄弟過來兩趟吧！」

「叫他幹啥？」麥芽兒不解的看著她問，又有些猶豫道：「還是不要了吧。」

接著小聲與她嘀咕道：「這兩天，也不知哪個不長眼的死婆娘在亂傳，正到處說妳和俺當家的壞話呢。」說什麼沒搞一起的話，誰能那麼不要命的去幫忙？那深山野林，最容易遇險，去的那晚不就遇到了嗎？要換了一般人，就算關係再好，誰能這麼不要命的往裡鑽？

李空竹好笑的拍了下咬牙切齒的她。「我啥樣人，妳明白就成，管那群長舌婦做啥？咱不理她們，只管過自己的好日子，悶聲發財就好。」

麥芽兒見她還這般心大的安撫她，就不由臉色急急。「妳這是不知道，現在又傳妳家救回的那位了！」

用嘴朝小屋努了下，麥芽兒癟嘴道：「死婆娘一個個吃飽了撐著，成天盡想噁心人的事。啥事到了她們嘴裡就變了味兒，還連帶把趙三哥也罵了哩！」

至於罵什麼，當然是怎麼綠怎麼來了。趙君逸正好一臉黑沈的揹著某個男人出來，聽到她倆的對話，黑沈的臉越發沈得能擰出水了。

李空竹見狀，趕緊拉著麥芽兒進屋，跟她說了自己的打算。「我正尋思著讓妳三哥上山採果子哩。那崔九身子傷得厲害，問妳三哥，他說至少得靈芝、人參的常吃著才行。」

「人參？靈芝？天啊，那得要多少銀子才夠！」

李空竹並不惱她高聲打斷自己的話，只在她驚完後，伸手示意她聽自己講完。「我琢磨了兩個新的做法，不容易仿，到時拿著做好的新品，咱們上縣城去賣，雖說遠了點，不過應該比在鎮上要來錢得多。到時有了錢，我買幾根參鬚子回來給他吊著看看，妳三哥那氣色看著也要補哩！」

說完，就看向她有些愧疚的臉，認真的相問。「我只問妳，還願不願跟我合夥？若是願意，待會兒我就跟妳三哥商量下，若他答應了，明兒我就讓他上山去採，晚上妳過來幫把手，咱們好多做點。」

麥芽兒不等她話完全落下，就趕忙點頭。「我跟嫂子妳哩，就算妳不拉俺入夥，俺也會幫著做的。這是俺兩口子欠妳跟趙三哥的！」

「說的是啥話？不給錢白做活的事，我可幹不出來，妳可不能損了我的名聲。」她故意嗔怪的看她一眼。

倒是把一臉愧疚的麥芽兒逗得哈哈大笑起來。「不怪嫂子摳，是俺真不要哩！哈哈……」

下晌送走了麥芽兒，待崔九又昏睡後，李空竹跟趙君逸說了自己的想法。「當家的以為如何？」雖說果子在深山裡，可憑著他的功夫，一個人應該能輕鬆應對。

「妳還要做那果子？」

「嗯。」李空竹點頭。「家裡實在沒有別的出路了，我尋思著那人也不能老讓你這麼去治；既然要用到人參，到時若做出來賣得好，我一回給買個幾根參鬚先頂著，待存夠銀子，就多買幾片回來補上也是一樣。」說著，就看向並不言語的他，問道：「當家的，你覺得咋樣？」

男人轉眸看她良久，半晌，似再不願憋著般開了口。「是不想……」話出一半，又住了口。垂眸，手指不經意的磨擦了下衣袖。「隨妳。」

這是答應了？李空竹好奇的看著他，很想開口問他那半句未說完的話是啥，可見他又開始閉眼打坐，只好住了口。出屋後，準備去麥芽兒家告知一聲。

當麥芽兒帶著揹著背簍子的趙猛子上門時，見李空竹有些愣怔，讓麥芽兒忍不住噗哧一聲笑出來。「咋了嫂子？妳還真當俺們怕了哩。」

說著，就擠著她進了院，招呼自家男人也跟進，朝主屋喊道：「趙三哥，俺當家也來幫忙了！」

李空竹將她扯到一邊。「不是只讓妳來幫著做就成了嗎？」

麥芽兒一副不在意的擺擺手。「嫂子妳別擔心，俺跟當家的都商量好了，以後他跟著趙三哥就行，那獵隊也不去了，就專心做這玩意兒。」

見李空竹要開口的樣子，她又趕忙低聲道：「上回是個意外，誰也怨不得；再說，這回有趙三哥在，那就是板上釘釘的絕對安全，俺是一點都不怕哩！」

說罷，還一副胸有成竹的拍拍她的肩。「俺有預感，這回要跟著嫂子妳享大福了！」

李空竹聽得哭笑不得。想說世間哪有什麼絕對的安全，可看她並不理的向主屋大步走去，就只得搖頭的跟上去。

趙猛子跟趙君逸說了上山之事，趙君逸沒說同不同意，淡眼看他半晌，直把他看得不好意思的撓了頭，這才起身道：「走吧。」

他突來的話聲，驚得趙猛子愣了下後，就趕忙應了兩聲，揹著背簍跟了出去。

待到下晌申時天黑之際，兩人揹著一大背簍冒尖的山裡紅回來。李空竹跟麥芽兒正做著手擀麵，見著兩人，這才著手將麵下進骨頭湯裡開煮了起來。

待幾人吃過飯後，趙君逸便去到小屋將崔九揹到主屋暫歇，李空竹則叫著麥芽兒兩口子一起到小屋前幫忙。

山楂先是照舊去蒂去核，可這回是將果子放糖鍋裡蒸爛，再拿出來搗成醬泥。待弄成細泥的山楂醬再放入鍋中熬煮到水分乾了，李空竹拿出早先就買好的大鐵片，將油紙繃在上面拉直，再用小刀片將醬均勻的抹在油紙上。

沒有烤箱，只能靠天然晾乾。李空竹將幾塊鐵板做完後，便不再做了。交代麥芽兒和趙猛子將鐵板放在屋中的通風口，為防凍結成冰而失敗，又將屋裡的爐火燒到最大。

待一切做完，已是入夜酉時了，走之前趙猛子將崔九重揹回小屋。李空竹送走他們，就趕緊淨了面，歇起了覺。

半夜，趙君逸起身，忽聽見院牆另一邊有窸窸窣窣之聲傳來。

不動聲色的跨步出去，以散步之態慢慢向院牆踱去。一步、兩步……待到要邁完不足十步的距離時，他突然一個抬頭向上，黑暗中似有暗影快速沒過了院牆那邊，緊接著便是腳蹬牆壁的聲音。

趙君逸看著那雙扒著牆頭的大掌，淡漠的勾動了一下嘴角，繼續將未完的步子邁完。立在離牆不足三掌寬的地方，找到扒牆之人的位置，男人伸手開始敲起牆面來。

「咚、咚、咚！」看似沒有使力的手掌，卻令牆體發出極沈悶之聲。

扒著牆頭的人聽著那聲聲沈重的敲牆之音，還以為他這拿著啥東西，跟當初李空竹那樣，準備將牆敲爛呢。

「咚、咚、咚！」

隨著越來越響的敲聲響起，牆那頭的人嚇得心都顫了起來。想著李空竹那時拿著個大錘子敲牆的狠勁，很怕受傷的扒牆之人，沈著嗓子喝了一聲。「老三，你瘋了不成！這牆要敲爛了，你能出錢給修還是怎地？」

「王八羔子的下爛貨！養著別人白吃白喝的住著不說，又拉著外人開始偷著做東西了。怎麼，人家給你戴綠帽子，你還戴得更歡哩。別忘了老趙家養你的恩，頂著老趙家的名頭當窩囊廢，還想給俺們老趙家墳頭添綠光不成！」

那邊的鄭氏忍不住跳腳罵了起來。

扒著牆的趙銀生嚇得臉都白了，叫著趙金生道：「大哥，快過來借個肩膀給我墊下，我好下來。」

「砰砰」兩聲巨大響聲，嚇得趙銀生「啊！」的一聲就將手鬆開來，猛的一下就跌落在地。見人掉下牆，趙君逸便轉身不再相理，準備回屋。

李空竹在鄭氏罵時就驚醒過來，披衣出門來看時，見趙君逸正一掌一掌的敲著那院牆，還以為他會敲裂哩，哪承想不過是做做樣子罷了。

見他回轉，完全不理會那邊還扯著嗓子罵遭天譴，說要趕他們出去做沒身分之人的鄭氏，她挑眉迎上去，問：「不怕嗎？」

「怕什麼？」他垂眸看她，怕被趕出去沒戶籍？「他們還沒那個能力。」他已經在分家時落了單戶，他要怎麼做，還輪不到大房、二房插手。至於趙姓族裡的老傢伙們，更不可能來管了這事。

李空竹滿臉疑惑，可趙君逸讓她進屋，並不打算多解釋。見狀，也就歇了問他的心思。只要不被逐出村就行，其他的，她才懶得管太多呢。

關門上炕，她躺在被窩裡聽著外面還在罵的鄭氏，就忍不住的嘟囔。「還不如把院牆敲破砸殘他們。」

黑暗中男人淡漠的提醒了句。「若砸了，就真稱了他們的心。」往後就會毫無阻礙的來回穿梭了。

這倒是。李空竹拉著被子，不置可否的閉了眼，任外面還在跳腳的鄭氏繼續罵去。

第二天麥芽兒跟趙猛子兩口子早早的就來了。

李空竹領著兩人去小屋看晾著的山楂好了沒，揭了塊凝成片狀的山楂片下來，將之切成細細軟軟的山楂條，又著麥芽兒拿點白糖撒在上面。

那一條條細長的山楂條，沾滿糖霜，紅紅白白誘得麥芽兒當即拿了條進嘴抿著，隨即吧唧著嘴笑眯了眼，道：「真好吃！冰冰涼涼又酸又甜，白糖嚼著像嚼雪似的嘎蹦脆，吃著心情都能舒暢不少呢。」

李空竹笑著點頭。「愛吃糖的女子最溫柔，看來芽兒是個溫柔的女子哩。」

「妳盡打趣俺。」麥芽兒不依的拍了她一下。

一旁的趙猛子卻是嘿嘿笑著點頭道：「俺媳婦兒一直都溫柔呢。」

「呸！」

被啐了的趙猛子也不惱，撓頭問今兒是不是繼續做？

李空竹點頭道：「今兒試著做做果丹皮吧！我先試試在爐子上用鐵板烤烤看行不行。」

麥芽兒一如既往的信她道：「能行，肯定能行！」

李空竹笑著拍了她一下，吩咐她跟趙猛子先把果子整出來，她則端著山楂條去到主屋，準備拿給那屋中的兩位男人嚐嚐看。

如今的崔九白天雖還是會沈睡，不過卻能支撐住半上午了。看著端著紅條進來的李空竹，崔九眼神閃了一下。見她拿著紅條先遞給那邊的趙三郎，就好奇的問道：「這是昨兒晚上晾在我屋子的那個？」

李空竹見他穿著趙君逸的棉服，靠牆斜坐著，就遞了條子給他。「嚐嚐？」

「嗯。」氣喘著抬手接過一條，慢慢放入嘴裡後，味道倒是讓他驚豔了一把。「還不錯！挺有味的！」

李空竹扯著淡笑的挑眉，算是受了他的誇讚。

那邊趙君逸也拿了兩條進嘴，待吃完下肚，看著她問：「可要幫忙？」

難得他有主動的時候，李空竹卻是搖搖頭。「你如今也虛著，不用你搭手。」趙猛子雖不如他打得快，不過好在有把好力氣，打果泥這點上，她倒是不愁的。

趙君逸見她說得很理所當然，不由得扯了下嘴角。垂眸，掩去眼中那絲不經意流出的光亮。

這天，李空竹他們試著將果丹皮做成形。雖不如前世那玩意兒光亮好看，但至少是成功的。

將厚的裹成卷，切成短粗樣做山楂卷；薄的直接拉成長條形，裹成果丹皮。完事後，看著那放在油紙上的兩堆，李空竹心頭是說不出的自豪感。

麥芽兒也很高興的拿了塊扔嘴裡嚼著，嘆道：「嫂子，妳咋這麼厲害？俺都快佩服死了！」

「我有啥厲害的，還不是你們幫忙試著做來的。」她一邊說，一邊拿出兩張裁好的油紙，將山楂卷和果丹皮各抓了些，包了兩個紙包。

麥芽兒有些不認同的道：「雖說俺們出了把力，可要不是妳腦子想，俺們就是有力也沒處使啊，說到底，還是嫂子妳腦子長得跟俺們不一樣哩！」

李空竹好笑的把紙包塞她懷裡嗔道：「腦袋長不一樣？那我這是什麼腦袋？」

麥芽兒嘿嘿一笑。「就是聰明腦袋唄！」

「行了，別貧嘴了，這兩包，一包給我二叔、二嬸拿回去嚐嚐鮮；一包替我送去里長家。」李空竹輕拍了她一下，吩咐著讓她幫的忙。

麥芽兒也不矯情，點著頭把兩紙包抱穩，就催著自家男人快去幫著把人揹過來。待送走了麥芽兒兩口子，李空竹見晌午都快過半了，便趕緊舀麵，準備起午飯來。

下晌，李空竹將做好的山楂卷、果丹皮之類用油紙包好，分裝在兩個籃子裡後，又將從陳百生家借來秤重的小秤壓在籃底。待弄好後，李空竹與麥芽兒一人一個的挎著，在屋裡等著趙猛子去趙大爺家將牛車租借回來。

麥芽兒用從家裡拿來的厚皮毛幫李空竹圍裹著腦袋，待圍得只剩下兩眼時，這才叫好的放了手。

第十九章

李空竹扯了下有些勒的脖子，開門準備去小屋倒杯熱水喝時，不想，門一開，猛烈的北風就迎頭吹過來，凍得人立刻就忍不住打了個顫。

到了小屋，見趙君逸又在給崔九搭腕，就問他道：「當家的，只要人參就可以了嗎？還需不需要配點別的藥？」

趙君逸抬眼看她，見她扯著毛皮，露出嫣紅的小嘴，鼓著腮幫子的輕吹著碗中燙人的開水，就不自在的移了眼。「無須，上回大夫開的藥即可。」

「嗯。」李空竹小口抿著吹涼點的開水，點著頭。待喝得差不多了，這才放了碗。

外面的趙猛子將借來的牛車趕來，正叫著麥芽兒幫忙開門。

李空竹見狀，將圍著的皮子整嚴實後，就跟趙君逸交代道：「今兒若是好賣的話，晚上就能回來；若是不好賣的話，怕是要在縣城待一晚哩。早上蒸的饅頭和粥我都溫在鍋裡，若吃完了，我又未回，我都跟二嬸他們招呼好了，到時你只要舀夠米糧，端去跟他們一同吃就行了。」

趙君逸見她只露出翦水雙瞳，聽著她喋喋不休的囑咐話語，心頭不知怎的泛起了一絲暖意來，見她還打算說些什麼，就趕忙淡聲回道：「我知了，此去妳也當心點。」

李空竹本想問他可還有要買的，沒想到反被他截了話來囑咐自己。

「我知道哩，有芽兒兩口子在，應該沒大事。」李空竹順著回了他。想著他就是個冷情人兒，真想要啥也不會開口，還不若到時賣了錢，自己看著買點必需品回來。

李空竹自己不知，她如今與趙君逸這樣嘮嘮叨叨的，就跟那尋常夫妻差不多，全然沒了初嫁來時，那種合夥過日子的淡漠心態。

趙君逸見她出了屋，就鬆了搭在崔九手上的手，想了想，起身跟在她的身後，向著外面步去了。

李空竹出來時，正好碰到麥芽兒挎著籃子開院門，準備上車去。尋眼看了眼那木頭扒犁的牛車，想了想，又重回主屋，抱了條棉被出來。

上了車的麥芽兒見狀，趕緊伸手接過。等她也上了車，便把棉被打開，裹在兩人下半身。

待弄好後，李空竹又回頭對趙君逸揮了下手。「當家的，關門吧，俺們走了！」

男人靜默的看著，並未出聲。

趙猛子聽到後面說好後，便一揮牛鞭，牛拉起了扒犁，就開始滑行起來。

看著漸行漸遠的幾人，頭一回，男人沒有跟在她的身邊，心中說不出是什麼感覺，反倒是臉上越發冷沈得厲害。

李空竹他們頂著呼呼大吹的北風向著縣城行去。一路上，一馬平川的入眼全是白皚皚的積雪和掃人臉的北風。

幾人哆哆嗦嗦的凍得直發抖，終是在巳時一刻到了縣城城門。比之環城不同的是，縣城城門有守衛把守，外地人要想進城，每人必須交一文錢的進城費。

除此之外，李空竹他們還要寄存牛車，這樣一來，三人一牛的就花去了五個銅板。

李空竹交錢進了城，一旁的麥芽兒看得臉抽成了包子狀，心疼得直哼哼道：「這還沒見錢哩，就扔了五個出去。我的娘，下回咱還是走路吧，這畜牲瞅著比咱們還要費錢哩。」

李空竹好笑的瞋了她一眼，轉眼就打量起這叫餘州的縣城來。

城中道路比環城要來得寬上一米不止，兩邊的酒肆、茶樓很少見二層之樓，多數以三層為常。路上小攤小販也不在少數，行人比之鎮上的鄉紳百姓，衣著上要更精細一些，連那小小的繡花紋路，看著也比環城鎮要來得靈活不少。

麥芽兒兩口子跟著她走著，一路上人來人往，也不知該上哪兒去擺賣？半晌，麥芽兒終是有些忍不住的開口問道：「嫂子，咱們要上哪兒賣啊？」

李空竹看了一眼道路兩邊的攤販，見多數為賣脂粉、頭花之類的，就問趙猛子可有來過縣城？

趙猛子答著來過幾回，不過不咋熟。天熱淡季時，獵物在城鎮不好賣，縣裡大戶多，就會去往縣裡的集市擺賣。

「那咱們就去集市。」李空竹直接道。

麥芽兒有些擔心的問：「這麼會兒了，怕是都下集了。」

「沒事。」有集市的地兒，就有食肆攤位，這時離晌午頭兒不遠，一些中下層縣裡的住戶，有怕麻煩做飯的，便會去那攤位吃飯，不愁沒有人流。

說著，幾人便轉了道，向縣裡的集市行去。待到了地方，賣農作物的攤販差不多都下集了，幾個衙差巡視著一些還在擺攤的攤販，伸手要著攤位錢。

趙猛子悄聲跟她解釋道：「縣城規矩，巳時三刻後就要收攤費了。」所以一般的攤販都會在巳時一刻開始收攤不再擺賣。

李空竹點頭，尋了家賣麵疙瘩湯的攤子坐下來，招呼麥芽兒也跟著坐下，要了三碗疙瘩麵。

麥芽兒一聽又要花錢了，就對李空竹頻頻打眼色，卻聽李空竹笑道：「快午時了呢，該吃飯了。」寅時不到就起身，到這時她還真有點餓了。

見麥芽兒還要勸，就趕緊拉她坐好，又給一旁不好意思的趙猛子打了個眼神，讓他儘管坐下吃就是。

麥芽兒拗不過她，只得提著心，跟著安靜的坐下來。

待湯麵上來，李空竹慢條斯理的喝著湯，待了一會兒後，就見小攤裡果然來了不少百姓。他們大多衣著不錯，有些甚至是旁邊集市賣完東西，準備吃一碗熱呼呼疙瘩湯的攤販。

李空竹見麥芽兒跟趙猛子兩口子幾口就喝完了湯麵，就喚著攤販老闆娘道：「老闆娘，妳能借我一個小碟嗎？俺妹子吃得有點脹氣，我想給她裝消食的山楂條。」

「這樣啊，妳等會兒啊！」攤販老闆娘爽朗的笑過後，趕緊手腳麻利的洗好一個碟子遞來，順口一問：「啥叫山楂條啊？」

李空竹見她好奇，就笑著從籃子裡打開一個油紙包，道：「就是這個哩！」

麥芽兒也領悟過來，趕緊拿木板做的夾子，挾了一些放在小碟裡。

「這玩意兒好使著哩，平日裡沒事嘎巴嘴兒，又消食又甜爽。大姊妳看到這上面巴著跟那雪霜一樣的東西沒？是白糖哩，吃著可是味兒了。」

她這一挾出來，就引得旁邊一些吃飯的人看過來，有被爹娘帶出來吃飯的小娃也趕緊滑下凳子跑過來。

麥芽兒拿著一條吃進嘴裡，瞇著眼吧唧著嘴的看著李空竹道：「嫂子，俺咋就吃不夠呢，要是能頓頓吃這玩意兒，俺寧願回回吃脹氣哩！」

「少貧嘴了，病也是能亂說的？可不能吃多了，還得拿去賣，家中可還急等著用錢哩。」李空竹嗔怪的看她一眼，見她又拿了一條進嘴兒，就有些心疼的伸手拿了幾條進筐裡。

「嬸嬸，那糖甜不甜啊？」跑來的幾個小娃子，看著她沾在嘴上的白糖粒子，忍不住吸了吸口水，舔起手指來。

麥芽兒瞇眼點頭。「甜著哩，要不你們嚐嚐？」

小娃兒們忙點頭。一些看出門道的大人，忙喝止自家娃兒去拿的手。

麥芽兒眼珠一轉，端著碟子道：「我們一家住在環城鎮外，這位是我嫂子，她以前在大戶府中做過廚娘，會些糕點的手藝，這些糕點都是秘製的，若不是家中實在艱難，想著縣城能賣個好價，我們斷不會做，還摸黑的趕上好幾里地來這人生地不熟的縣城了。」說著，她便有些紅了眼。

一旁有幾個縣裡人，聽完，就忍不住唏噓了聲。

李空竹暗地裡朝她豎了個拇指，面上卻很肉痛的道：「行了，妳既知道，就快吃吧。眼瞅著天不早了，要是賣不了的話，晚上還得摸黑回家哩。」

麥芽兒噯噯兩聲的坐下來，那圍著的小娃兒還在眼巴巴的看著，那邊的大人見狀，也不喝了，任他們在那兒立著。

麥芽兒又吃了幾條，見小娃兒們還在看，就趕緊將碟子從桌上端下來，扯了個笑，道：「嚐嚐吧。」

幾個小娃兒看她笑得很是好看，再加上確實有些饞這紅紅白白的東西是個啥味兒，就伸手拿了一條進嘴裡。

一進嘴，幾個小娃就趕緊轉去自家父母身邊，撲進懷抱，開始磨著大人要了起來。那邊的幾個大人見狀，眼神閃了一下。

麥芽兒又將碟子端過去。「大哥、大嫂們嚐嚐吧，俺不瞎說，就俺嫂子的手藝，那是頂尖的好哩；若不是家中無錢，就這水準，開個大鋪都沒問題！」

那幾人聽罷，抬眼向李空竹看來。

李空竹忙作出一臉肉疼又快速恢復的淡笑，衝那幾人頷了頷首。幾人見她這樣，就信了幾分，拿著麥芽兒遞來的山楂條，送進嘴裡，邊吃邊互相對視的點點頭。

麥芽兒似乎來了興致，將碟子放在一客人的桌上，轉身又去開了籃子裡的另兩包來。

「這兒還有不同口味的，有山楂卷和果丹皮，都是俺嫂子拿手的，可是好哩。」

「就說這山楂卷吧，瞧瞧這肉多厚，一口咬下去，滿嘴的酸甜香氣，那是擋也擋不住的；還有這果丹皮，薄薄的用嘴慢慢抿著，那是越抿越帶勁頭哩。哎呀！不能說了，再說俺口水都快兜不住了！」說著，她手不自覺的就將一個厚厚的山楂卷，扔進了嘴裡。

李空竹故作驚愕的呼了聲。「芽兒！」

麥芽兒也意識到做錯了，轉回頭，有些不好意思的嘿嘿一笑。「那個嫂子，俺實在是饞得忍不住了，這腦子沒想，手就伸了出去。」

眾人聽了這話，又見她撓頭的憨樣，皆忍不住哈哈大笑起來。有那吃著是那麼幾分味兒的，就開始問起了價錢。

麥芽兒看著李空竹，李空竹點點頭，故作「羞澀」的道：「這玩意兒費時費力，連著山裡紅的果子都是冒險去北山深山裡採的，怕是比那山楂糕要貴個幾文哩。」

那邊麥芽兒趁她低頭的瞬間，又拿出幾個山楂卷和果丹皮給那邊桌子的大人、小孩，伸手比了個快嚐的動作。

幾人見她那樣，就忍不住發笑，不好全要了她遞來的山楂卷，就一樣拿了一個，幾個人準備分著吃。李空竹抬眼，見自家弟媳又往外「散財」了，就忍不住皺了眉。看著眾人不好說什麼，只「暗中」的瞪了麥芽兒一眼。

眾人見狀，將吃進嘴的山楂卷和果丹皮嚥下後，就擺手笑道：「行了，大妹子妳也別怪妳弟媳了，我瞅著這味兒挺好的，正準備買點哩。」

「這位嫂子，俺、俺不是那個意思！」李空竹有些難堪的埋了頭。

那開口說話的婦人朗笑道：「哎呀，都不容易，不過妳這妹子倒是比妳精明，知道讓外人嚐，不然就是再好的東西，也沒幾個人知道，不一樣埋著可惜了？妳說是不是這麼個理兒？」

「嗯。」李空竹被說得愈加「臉紅」的羞愧起來。

麥芽兒在一旁看見，連忙打了圓場。「我嫂子好著哩，各位大哥、大嫂們可別再逗她了，她臉皮薄著哩。」

隨即轉眸問著那婦人道：「嫂子，妳真打算買啊？要買哪樣？買多少？」

「妳這小娘子，嘴皮子倒是索利。」婦人笑著拍了下懷裡賴著的自家娃子，指著那山楂條問：「這玩意兒多少錢？這縣裡的山楂糕我家也買過，說白了，這味兒也差不多，妳要貴個幾文？怎麼個賣法？」

李空竹忙道：「這是論斤的。山楂條是三十五文一斤，山楂卷跟果丹皮是三十文一斤。」

那婦人一聽，就有些皺眉。雖說能在接受範圍，可那山楂條也未免太貴了一些，畢竟肉價才二十五文，這樣一比，竟是比吃肉都貴了。

「這條子咋比那肉多的卷兒還貴？妳們是不是在瞎要價呢？」

李空竹趕緊搖搖頭。她心裡早評估過，山楂糕在鎮上時，她是賣三文，而店裡就得五文、六文，拿到縣裡就更不用說，可能翻個倍都有。

再加上山楂糕是論塊賣，而這是論斤賣，這樣一來也算不得高，而之所以山楂條叫這麼高價……

李空竹在搖頭後，又笑著解釋道：「山楂條子不咋壓秤，一條上又沾那麼多的白糖；嫂子也知這白糖是精貴物，若我一斤給妳秤個一大包才幾文錢，不說本錢回不回得來，光論賠本，都得把我賠哭了去。我這都是按著撒糖量來評估的，壓根兒就沒敢要採果子的人工錢哩。」

那婦人聽她這樣一說，也覺有些理，抬眼看那紙包著的白白紅紅的山楂條，確實糖挺多的，就乾脆道：「我家這小子還挺願吃了這條子的，在這兒磨半天了，妳給秤個二十文錢的吧！」

李空竹脆應了聲，趕緊起身，手腳麻利的將秤翻出來，拿著油紙墊在圓盤上，用木夾試著挾了點上去稱著。

通過一番增增減減，最終，李空竹找準位置，將冒得高高的秤桿先給婦人看了。待婦人滿意的點了頭，再著趙猛子將紙包包好，收了錢後，就遞給她。

麥芽兒見出來了一單生意，緊著的心也徹底放開來，衝著還在觀望的幾人招呼著。「大哥、大嫂們還要買不?不買的話，我們得起位去了別處賣哩。」

幾人見李空竹用秤手法生疏，不似那做慣生意之人，這心裡最後的一點警惕也就放鬆下來。有不願捨了那大錢買山楂條的，就尋著便宜點的山楂卷和果丹皮買。

只是這樣一來，就感覺少了不少；尤其是那山楂卷，一斤就那麼幾個，要是人口多的人家，連舔嘴的都不夠。

這邊圍著的吆喝聲，又引來了新進吃飯的人，連隔壁賣包子、蔥麵的都被吸引不少過來，李空竹見狀，給麥芽兒打了個眼色。

麥芽兒領悟，高聲的喚道：「大哥、大嫂們，要買的先等一等啊！待俺們結了飯錢，就會去旁邊的集市賣，要買的大哥、大嫂們，先安心吃飯，待吃了飯再來俺們這兒來買，保證跑不了！」

眾人被她說得哈哈一笑，倒也知這是別人的地盤，就算再怎麼樣，也不能這般理所當然的霸占別人的場地才是。

李空竹拿出九個銅板來準備付錢，那開攤的老闆娘笑著推回那九個銅板，示意著也要買點山楂條。

李空竹見狀，趕緊笑著讓一旁的麥芽兒給秤了。麥芽兒收到她的眼神後，就秤了半斤出來。老闆娘一看，雖說驚了一下，可心底卻明白的沒有拒絕。

待李空竹他們出了小攤，去到一旁的集市尋了個攤位時，那邊巡視的衙差見到他們，就趕緊圍過來。

李空竹拿了一個銅板的攤費，又將籃子裡每樣的東西都揀了一點包好，遞過去笑道：「自家做的，差爺們嚐嚐，倒是有那麼幾分味兒哩！」

領頭的衙差見她識趣，接過紙包，掂了掂的笑道：「小娘子倒是會做生意。」說著，就招呼另幾個衙差向剛剛他們坐過的小攤走去。

這有了好的開頭，後面陸續就來了不少客人。

待午時過後，李空竹又拿著山楂條給一個攤主送了一點，讓他們在賣吃食時，順便幫著推銷一下她們賣的東西。攤主得了好，又是跟自家生意沒衝突的事，自是樂意做那麼個宣傳的人。

只是下晌午時一過，來吃飯的人就少了不少，一些擺攤賣物的待未時一到，就開始收攤。

李空竹他們因為送了衙差吃的東西，加上又是頭回來，就特許的放寬了他們，讓他們待到未時末。

冬天天黑得早，一般申時差不多天就會黑了。都這時了，他們也不可能再回村，便找著還未收攤的攤主，問了家平價的客棧，又著趙猛子將牛車去城門處牽過來。

一行人來到一間不大的小客店。出不起好的價，就二十五文，要了個下等房和一間柴房歇腳。

她跟麥芽兒住在下等房，趙猛子住在柴房；為著餵牛，又出了三文錢，買了些紮好的稻草。三人回來時，買了包子，這會兒就著熱開水，就當是三人的晚飯了。

簡單的洗漱過後，麥芽兒貼著李空竹躺在那硬得硌人的炕上小聲道：「俺還以為上縣裡就能掙大錢哩，哪承想還這麼艱難，真是想著都來氣。」

李空竹側了身，讓她跟自己背靠著背，這樣一來，瞬間省了不少空間，暖和不少。「到哪兒都不容易，不過好在後面開了張；雖說剩了不少，但也不是沒有賺頭。明兒一早，咱們早早就過去，到時說不定還能碰到哪個大戶人家的婆子出來買菜。只要銷進了那有錢的人家，往後再來，就不愁賣了。」

麥芽兒聽了輕應一聲。「是這個理兒，俺就是覺得心頭有些不得勁罷了。」

李空竹聽得好笑，說笑的安撫了幾嘴，見她沈沈的睡過去，就盯著黑暗中的某處，難得的有些失眠起來。

第二天，一早他們就起了身。

趙猛子又付了二文錢，讓牛車暫放在城門口。李空竹跟麥芽兒則早早來到昨兒的早集上。

尋著個空兒，擺起了攤，巡視的衙差過來跟她們嘮了兩句，見沒人敢前來吱聲排外，就招呼她們只管好生擺攤就行。要走時，李空竹又給他們包了一小包的山楂卷道謝。

這會兒，已有不少人開始前來逛街吃朝食了。有了昨兒的開賣，加上攤位老闆的推薦，李空竹她們的攤位，不一會兒就聚集不少人前來觀看。

麥芽兒照舊扯著嗓子吆喝，見人來就拿著根山楂條讓人嚐。一些嚐著好的，不缺那錢花的，就會買上一點。不過大半個時辰，一籃子半的量，就賣得只剩下半籃子了。

第二十章

「妳這玩意兒好吃嗎？」

正當李空竹見時辰不早，想著喚麥芽兒兩口子先去吃飯，輪流來看攤時，就見一挎著精緻小籃的中年婆子走過來。

李空竹不動聲色的將她打量了一眼。見她著深藍細棉對襟棉褂子，頭梳得平整，但提籃的手，卻不如閒適不幹活的人細膩。

於是就笑道：「要不妳先嚐嚐？這般多人買過，都說好吃哩。」

婆子癟了嘴。「他們能跟我比？吃的都不過是些普通之物罷了。」嘴上雖這般說著，眼睛卻直直盯著那白白紅紅的山楂條。

李空竹見狀，拿木板夾挾了一條遞予她。「普通之物也有不普通的做法，嬸子妳嚐嚐，要真不好吃，我們也不強求著買不是？」

婆子見她說得好聽，就故作給面的拿了一條放嘴裡嚐起來。半晌，哼了一聲。「也就能吧嗒下嘴罷了……算了，嚐都嚐了，不買也說不過去。每樣給我來半斤吧！」

「欸好！」李空竹爽快的答應了。秤完，還每樣都給她包得很別緻好看。婆子見狀，付了錢，就很不屑的離開了。

麥芽兒在一旁看得直憋氣，待人走遠，暗呸了一口。「什麼玩意兒！」

李空竹拍了拍她，看著走遠的婆子笑得別有深意。「咱以後說不得還得靠了她。」

待最後一點賣完，已是到了下集的時候了。

李空竹他們收拾好所有東西，跟那些攤位老闆打了聲招呼後，便向城門走去。

趙猛子把牛車牽來，待她們上車坐穩，就一甩鞭子慢慢的出了城。

出了城門不遠，後面便有一驢車趕超過來。見路的兩邊堆雪，道路不是很寬，趙猛子便停了車，等著那車先過。

驢車走得很慢，晃晃悠悠間有風吹動著那不厚的簾子。

麥芽兒好奇的伸頭想看看裡面坐著的人長啥樣，卻不想車裡的人，也正伸手撩了車簾在看著他們。

李空竹感覺到麥芽兒正拉著她的袖子，見她努著嘴，讓自己看那過來的車，便不經意的轉眸看去。這一看，李空竹的腦子跟著就抽疼了一下，緊接而來的是腦中映出的人臉，竟跟車上撩簾的女人一模一樣。

車上的女人也同樣驚訝的看著她，隨即趕緊對車夫招呼一聲。待車堪堪停在他們的車前，車裡之人看著她，略帶遲疑的問道：「妳是……空竹？」

溫暖如春的車裡，伴隨著車行晃晃悠悠的嘎吱聲傳來，若不是車廂裡的氣氛不合時宜，倒是挺適合困乏之人睡覺。

比如說李空竹，在車上那女子將她打量不下十遍後，她終是忍不住的打了個呵欠問道：

「惠娘姊要這般看我到何時？若是我有何不妥之處，還請見諒。畢竟我如今已嫁為人婦，又在鄉下待了那般久，少不了會有些不入流。」

惠娘搖搖頭，還是不確定的又將她打量一番。眉眼還是那個眉眼，可比起以往的犀利跟看人時的鄙夷，眼前之人卻呈現出一種柔和明媚之光，給人一種很舒服的感覺。

若非她確定對方就是李空竹，又認識自己的話，她都要以為兩人是不是雙生兒了？畢竟這前後落差太大，連舉手投足間都有著莫大的反差，怎能讓人不疑？

李空竹也不拒她的打量。在原身的記憶裡，眼前這人跟她是同鄉，比她先一年進府，比之原身來，要大了兩歲。

先頭兩人同為三等婢女時還很要好，可隨著原身慢慢走關係的升遷，兩人逐漸拉開了距離。

當時已經升為二等的原身，很看不起這個比她先一年進府的姊妹，只因她安於本分，不願做了那向上爬之人，就認為兩人不是同路人。是以，以至於後來，兩人再沒了來往。

看著她放在車上的大包小包，李空竹閃了下眼神，問：「惠娘姊如今是調休回家，還是……」

「我是身契已滿，被放出府的。」惠娘見她真不似了以前那樣，又聽她問，便如實相告。

「恭喜了！」李空竹笑得真誠。能不為富貴迷眼，也要守著約滿重回自由之身的人，理應是值得敬重的。

惠娘很驚疑的看著她。她居然會說恭喜？要知道，以前在府中時，她最看不慣的就是總等期滿的自己了。

不動聲色的給幾人倒著熱茶，惠娘自嘲的笑了聲。「倒是難得妳我還能有這般平靜對坐之時，也難為妳能說出恭喜之話。雖不知道有幾分真心，但我還是會把它當作真心相待。」

「自是十分真心。」李空竹伸手接過茶杯，輕吹一口，抿嘴輕飲。見她又露驚疑之色，就笑道：「前塵往事莫要再提，如今立於妳眼前之人，早已是涅槃重生。昔日那個不明是非、一心富貴的李空竹，早已不復存了。」

惠娘被她說得一愣。仔細辨著她的神色，想要看出她說的有幾分真假。見她始終平靜與自己對視，任她打量，就忍不住嘆了口氣。「我雖不知妳經歷何種痛苦磨難，可既是已經改了前非，那便好好持續下去吧。」

「嗯。」李空竹將茶盞放下，眯眼笑著應答了她。

惠娘看得亦是回笑著看她。「對了，不說這前塵往事了。聽妳之音，妳已嫁作人婦，是說給哪家的俊俏少年郎啊？」

「趙家村，趙君逸趙三郎。」她輕笑出聲。「有一點惠娘姊說錯了，我的夫君不是什麼俊俏少年郎，相反的，他已年過二十，又跛又醜哩。」

又跛又醜？惠娘愕然地抬眸看她。

卻見她笑得眉眼溫和，道：「都說相貌醜陋之人性格必然溫柔，可我的夫君，卻不溫柔，反而還有那麼點冷淡。」頓了一下，她又翹起嘴角道：「不過，雖說冷極，倒也有可愛之處。」說著，又忍不住摀嘴輕笑起來。

一旁一直默默看著兩人對話的麥芽兒，見憋了這麼久，終於有說話的地兒了，就對著那還在驚愕的惠娘道：「俺趙三哥雖說有點跛，又毀了點容，可實打實是個心疼媳婦的主兒。前些天俺當家的困深山出不來，俺跑去找俺嫂子幫忙，結果被狼給圍了，要不是趙三哥拚死護著，俺倆早就一堆白骨了哩。」

「天！」惠娘驚得摀嘴，完全驚詫到說不出話來。半晌，卻聽她道：「妳究竟過的是何種日子？」

李空竹拾盞重與她倒了茶。「自是舒心日子。」比不得富貴，卻是讓人舒服的日子。「有空，惠娘姊不若來我所在的趙家村看看吧。」

「……好。」

待驢車駛進環城鎮，惠娘便跟他們分了道。

李空竹讓後面趕車的趙猛子將車先停在城門口，趁著還有會兒工夫才天黑關城門，她拉著麥芽兒去買了該買的參鬚和白糖後，又買了些肉、骨頭跟雞蛋之類的。

待再回到城門口時，已經是未時末了。趙猛子看天已經開始陰黑，就趕忙駕車，奔出了城門。

回到村子時，天已經全黑了下來，這會兒的村子裡，除了雪光映出的亮光外，全是寂靜的黑暗之景。牛車駛進這寂靜的村莊，車轆之聲，顯得格外沈重響亮。

趙猛子趕著車，先將李空竹送到家門口。李空竹下車時，麥芽兒整著搭著的棉被，讓她趕緊叫門。

李空竹笑著點頭稱好。走到柵欄處正想開口喚人時，卻見門內離柵欄幾步遠處，正立著個頎長身影。

李空竹不經意的勾起嘴角，衝著他喚。「當家的，我回來了！」

男人聽著她喚，立著的身子開始緩步走過來。

待走近了，李空竹抬眸，不經意的對上他那雙很是漂亮的鳳目。不知是不是夜裡雪光的問題，她竟從未發現他的眼能這般亮，那閃爍在黑夜裡唯一的亮光，竟讓她有些亂了心跳。

清了清嗓子，她故作很冷的呵著手道：「當家的，快點，我都快凍僵了！」

已經靠前的男人聽了她這話，似乎頓了一下，隨即一個伸手，就將那厚沈的木柵欄拉開來。

麥芽兒在後面抱著被子，見他出來了，趕緊將棉被塞入男人懷裡。「趙三哥，快讓嫂子進去暖暖喝口熱水，這一路上，凍得俺們是上眼皮黏著下眼皮，差點被迷了眼的看不到道哩。」

男人沒有理會她，只靜默的注視著眼前女人，瞧見她露出的眼睛上被雪霜糊住的晶瑩。

李空竹被看得有些紅了臉，慶幸自己包得嚴實，不然頂著一張紅臉，得多沒面子。眨了眨有些沈重的睫毛，她仰頭看著他道：「當家的，你這是準備杵這兒當門神？」

有一瞬間，李空竹感覺到男人變了的眼神，下一秒，他便轉身，再不管她的抱著被子向主屋行去。

李空竹有些尷尬的扯了扯嘴角，回頭衝麥芽兒兩口子揮手，讓他倆趕緊走。

沒想到麥芽兒再上了牛車後，還很打趣的說：「也就嫂子妳這麼木頭，沒見著俺三哥看妳的眼神？都帶著心疼哩！」

「呸！」李空竹衝著她輕啐了口，不知怎的，臉又有些燒了起來。趕緊甩甩頭，衝著他們，喝著讓趕快走。她則進到院裡，關了門後，躊躇了一下，便向主屋行去。

一進屋，屋裡暖人的氣息就撲面而來，難得的，趙君逸不知從哪兒找出了盞油燈點著。

將手中挎著的籃子放在桌上，解了頭上包著的毛皮。李空竹用手撥著黏在睫毛上的冰渣子，故作不在意的問著正倒著熱水的男人。「當家的，崔九呢？又沈睡了？」

男人端碗的手頓了一下，隨即不經意的淡嗯了聲。看她一眼，坐於桌前，將那碗倒出的熱水仰頭喝下去。

正把睫毛冰渣化完的李空竹看得一愣。「不是給我的？」

男人淡眼看她，並不作聲，只是在起身後，不知怎的，又重倒了碗出來。

李空竹看得嘴角抽了下，見他掀簾準備出去，知道他又要去小屋給崔九把脈了，就趕緊道：「今兒別去了，我買了參鬚回來，一會兒我摻藥裡給他熬上，待他醒後，直接吃藥吧。」一說著的同時，便去翻桌上放著的挎籃。

趙君逸抿嘴看她一眼，又瞟了眼桌上放著的熱水碗，不為所動的冷了臉，再不管她的掀起草簾，開門走了出去。

待李空竹找到參鬚抬頭看他時，卻發現人早已不見，不滿的嘀咕了句。「又發什麼神經？」

待喝了熱水，又給自己下了碗麵吃的李空竹，在給崔九把藥熬好溫上後，就趕緊淨了面，早早的爬進被窩，舒服的嘆了口氣。

「還是家好啊，這下可以不用失眠的睡個好覺了。」

彼時的趙君逸已經從小屋回來，正坐在炕上閉眼調著氣息。黑暗中聽了她這話，眼睛緩緩睜開來看向她時，見她正嘴角上翹的閉眼嗟嘆。

他垂眸，手指不經意的摩挲了下衣袖，習慣……還真是個可怕的東西！

隔天一早，麥芽兒跟趙猛子就過來了。趙猛子揹著背簍，這是又要上山的節奏。

李空竹偏頭看了眼從昨兒晚上就有些失常的男人，也不知他今兒個心情是啥樣？要是不願去……

「走吧。」不待李空竹想完，趙君逸就已經起身，對著自進屋就沒放下過背簍的趙猛子說完，抬腳便走了出去。

自始至終都沒看李空竹一眼，或是交代一句。

李空竹跟麥芽兒要送他倆。結果才出門，那邊趙君逸就已到了門洞那邊立著了。

李空竹蹙眉。總覺得自今兒早間起，他似又變回了剛來時的冷淡；以前雖也是不愛搭理的，可好歹他還會給自己個眼神，偶爾心情好時，還會跟她逗個兩句嘴。

就連昨兒晚上回來時，他雖莫名的鬧著彆扭，可還是會給自己倒水。哪像現在，自早間就沒給過她一個眼神，連這會兒要走了，都還是背對著她。

看著趙猛子要開門出院，李空竹還是招呼了聲。「你們當心點。還有當家的，若是覺著撐不住了，就早些回來，中飯時，我熬肉湯、燉排骨。」

男人背影僵了一下，下一瞬，鳳眼中有絲複雜閃過，半晌，薄唇好似輕應了一聲。由於聲響太小，李空竹有些沒有聽見，待要細聽時，卻見他已跟趙猛子走遠了。

連一旁的麥芽兒看她蹙眉，也覺著有些不對勁。「嫂子……那個，你們……」

李空竹搖搖頭。「他那一臉冰塊樣，我就是想吵也吵不起來。」不過就是覺著心裡很不爽而已。

李空竹並未去深究這份不爽，而是招呼麥芽兒進屋，準備分錢。

兩籃子的山楂條、山楂卷跟果丹皮，一共是三十多斤，其中扣除掉外送的，山楂條是十斤共得三百五十文，另外兩樣是二十斤共六百文。

賣了近一兩銀子，還得除掉糖價七百五十文，只餘下二百文的利錢。

昨兒買參鬚跟肉類，李空竹這邊的銀子是全花完了，她將剩下的一百文遞給麥芽兒。「這是除掉本錢後，你們該得的。」

麥芽兒看著那錢，有些不願接手。她是跟著李空竹做的，白糖是最精貴的，放了多少，她心裡明鏡似的；加上昨兒買回的白糖又去了多半的銀子，這錢給了他們，她自己手頭怕是一分都不剩了吧。

將錢串拿起來，分了一半出來。麥芽兒一邊推過去，一邊道：「嫂子也別跟俺推了，這玩意兒不占利哩。以前糖葫蘆那是沾點就行，山楂糕怕也只是賣了個回本，賺得不多吧。」說著她笑了下。「俺和當家不過是跑個腿，就能掙這麼多錢，一月算下來，都有大半兩了。農家人，上哪兒去找月月能掙近一兩的活兒去？」

李空竹看著推回的半串錢，心頭有些不是滋味。

做這幾樣時，中途還因為缺糖，讓麥芽兒將私房拿出貼了她；如今，連著對半分的錢，她也只占三分之一，多少有些愧疚於她。

可不收，自己手中也確實沒錢了。昨兒買糖時就少買了一斤，就因為去縣城兩天的費用跟租借的牛車也花了不少錢，算下來，其實根本沒有多少利潤。

李空竹也不矯情的把錢收回來。「本是打算走高階層的，可惜咱們沒有路子，能靠的只有口耳相傳跟碰運氣。下回應該能好點了，待下回好了，這錢，我會如數還妳的！」

昨日那個婆子雖穿著像個城鎮人，可那手卻有慣常做粗活的人才會生的繭，且她在嚐過山楂後，竟是一點猶豫都沒有，就都各買了半斤。若不是想著去討好誰，又何必故作不在意的每樣秤一點？若她是個會巴結的，想來不久就能為她們招來點財運了。

麥芽兒擺擺手。「俺不著急，俺跟著嫂子妳慢慢幹，相信總有一天，俺能過上吃香喝辣的日子。」

李空竹好笑的覷她一眼，留她在這兒幫著砍肉骨頭燉排骨湯。麥芽兒也不覺惱，反倒笑嘻嘻的說又有肉吃了。

小屋裡沈睡的崔九醒來時，見兩人磨刀霍霍的剁著肉骨頭，就咳了一聲。發現他醒了的李空竹，趕緊讓他喝了帶參鬚的藥。

完事後，就任他自生自滅的躺床上看著兩人做飯。

在李空竹他們又開始連續做了幾天的山楂條時，喝了幾天帶著參鬚藥的崔九，配合著趙君逸給他搭脈，現下已經能挺個大半天了，吃飯也正常了不少，就是全身還沒有啥勁頭。

李空竹看了，就讓每天過來的趙猛子挽著他在屋子裡走個一、兩圈，兩天下來，氣色倒是好了不少。

待又一批東西做好後，李空竹他們便準備再次前往縣城。

趙君逸照常留在家裡。

這天早早的天未亮，他們又再次坐上了牛車。

上車後，李空竹看了眼空蕩蕩的院子，男人並未出來相送。想著這都幾天了，他還是一如既往的對她冷淡，就不由得有些喪氣的垂了眸。

待趙猛子揮鞭趕著牛車將要走時，她還是忍不住將雙手圈在嘴邊衝裡面喊道：「當家的，俺走了，快出來關門，小心讓壞人進了屋，把你給叼跑了去！」

旁邊車上的麥芽兒聽得嘴角抽抽，揮鞭的趙猛子也斜了手，本不該抽到牛身上的鞭子，不想因為這一偏手給打到了。

牛吃了痛，竟一改慢行的姿態，開始放蹄跑了起來。李空竹嚇得「啊」了一聲，衝著裡面就是一陣尖叫。「當家的快救俺，牛驚了，啊——」

她「驚恐」的聲音傳得左右鄰舍，幾個院子都能聽得清清楚楚，更遑論自她出屋後，就有些心神恍惚的趙君逸。本在聽著她調笑讓自己關門時，心頭就有些不自然的起了絲情緒。

這時再聽到她的驚叫，沒來由的心頭又泛起了絲慌意。還不待細想，身已隨腳動的起了身，快步出去。出來時，聽著她更為慌亂的「驚叫」，更是讓他動起了輕功，向著院門躍去。

一出得院門，就見駛出近十米遠的牛車已經停了下來。

車上坐著之人，兩手還作攏嘴狀的不停驚呼著，在看到他出來時，又突然彎起了那秋水般的雙瞳。那暖洋洋的彎彎眉眼，讓他心頭不自在的急跳了兩下。

女人停了驚呼，在放下攏嘴的雙手時，一隻手卻拉下那包裹嚴實的毛皮，將小巧嫣紅的嘴兒露出來。

嘴角彎了個很好看的弧度，衝他無聲的說了句話，隨後揮揮手，跟駕著牛車的趙猛子說了句什麼，就見牛車又漸漸平穩的行駛起來。

看著行得遠了的女人還朝他揮手，趙君逸立在那裡，久久不能平息心中那長久以來從未出現過的悸動。

那話……竟是讓他等她回來……

「等我回來」是李空竹說的話，她覺得自己應該跟趙君逸好好談談了。

現下她心裡雖還有些不大確定，但可以肯定一點的是，她有些不大受得了他的冷淡跟漠視了。如果這就是證明一個人進入另一個人心房的模式，那麼她覺得趙君逸可能已漸漸走入她的心房。

回想起那天跟惠娘說自己的夫君時，自己的心態，完全沒有那種想遮掩和撒謊的樣子，相反的還覺得有趣的全說出來。這種完全不掩飾、還想分享的心態，是不是就證明自己有那麼一點點的那個什麼了？

李空竹蹙眉，不停的回顧自己這段時日的變化，完全不知她這一驚叫，已驚得村中多數人都起來看到底發生了啥事。

再見到他們三人坐牛車離村時，個個都有些瞪大眼的驚疑不已。

第二十一章

這邊的趙君逸好不容易平復了心緒進院，那邊隔院開著門縫的門，卻「砰」的一聲關了起來。

門內鄭氏挽著袖子不停呸罵；西屋的張氏，卻摸著臉上未痊癒的爪印，皺眉道：「看來老三兩口子是徹底想跟我們劃清界線哩。」

「他敢？他娘的吃趙家這麼多年的糧食，咋地，想忘恩負義的說甩手就甩手？惹急了我，到時看我不去狠削他一頓。」

張氏別了眼自家男人那窩裡橫的樣子，不屑的冷哼一聲。「你要真有那出息，就去找了他，再不然，就去找了族裡的長輩來，把他給逐出趙家，不讓他姓了趙去！」

趙銀生遲疑了下，看著她道：「當初老頭子硬讓他入族譜時就說過，不得隨意欺負了去，也不知跟族裡的長輩說了啥，都護得很哩，為著這麼點事，妳覺著族裡人能聽了去？」

張氏也有些陰了臉，不甘自眼中閃過，道：「要是失了清白，丟了趙家族人的臉面呢？」

李空竹他們來到縣城時，輕車熟路的再次來到上次的地方。由於今天比那天出發時還早了半個時辰，是以再到達時，並未下集。

看到李空竹他們又來了，吃食攤的老闆們都很熱情的打招呼。

李空竹讓趙猛子將備好的山楂條子給他們每家送了點。來到未下集的擺攤集市時，李空竹還是裝著羞澀嫂子狀，由麥芽兒甜嘴的吆喝。

有了上次打響的名頭，多數來買菜或吃小食時聽了老闆們的介紹，都知道了他們所賣的東西，因此才開賣下，就有好些個前來問的了。

正賣得起勁時，就聽見一聲輕喝傳來。「妳這兒有多少，都給我包了。我全要了！」

圍觀買賣的人聽了這話，皆轉頭向發聲處看去，見是個四、五十歲的婆子領著個十四、五歲的俏麗丫頭。兩人衣著精細，一人還穿著緞子繡花襖，看那針腳細密緊緻，就猜著怕是哪個大戶人家出來的下人。

有眼色的眾人紛紛讓了道。

那兩人走過來後，婆子還很不悅的問著他們。「怎麼這般久才來？我們在這兒守了好些天了。」

「因為不是本縣之人，再加上做這些得用時較久，是以給耽擱了不少時日，還望姑娘跟嬸子見諒。」李空竹拉了下快口的麥芽兒，先她一步的出口，給兩人賠了個禮。

那俏麗丫頭特意掃了她一眼，見她不似一般膀大腰圓的粗野之婦，且禮也行得甚標準，心頭因久等而起的怒氣，就暫消了點。

走近籃前，看了眼他們包在油紙裡的東西，伸出手拿了根山楂條進嘴，確認跟婆子買的是一個味兒後，就點頭道：「這些我們全要，多少錢？開個價吧！」

「明碼實價，我們這就給姑娘秤。」

李空竹讓趙猛子秤重後，再將兩籃子的東西放一起秤，又扣除了籃子的重量。最後的物品淨重是八斤的山楂條，另兩樣則是各十五斤，算下來只有不到七百文的錢。

那俏麗女子從荷苞裡拿出個八錢的角銀，揮手道：「剩下的就當腳程錢了，你們出個人，拎著東西跟我走一趟吧！」

李空竹點頭，跟麥芽兒兩人挎起籃子，囑咐趙猛子去城門口等著。

趙猛子有些不放心，躊躇著想說什麼，一旁的婆子卻不耐煩的開口道：「趕緊吧，為著等你們這東西，我們可是連回府的時辰都耽擱了，再這樣下去，別怪以後再不買了你們的。」

李空竹忙跟著賠禮，給趙猛子打了個安心的眼色後，就示意兩人可以走了。

待來到專屬於富貴階層住的巷道後，幾人停在一家看似不小的院子角門邊。

俏麗丫頭讓守門的兩個小廝將籃子提過去，轉頭又對兩人道：「妳們先等一等，容我進去問問主子以後可還要？若要的話，以後妳們只管往這裡送來就成了。」

「多謝姑娘了。」李空竹行禮。麥芽兒見狀，也跟著行了一禮。

待看著幾人進去，小廝將角門關上後，麥芽兒吐了吐舌，驚道：「天啊，這大戶人家裡頭咋還這麼多規矩？」

李空竹好笑的搖搖頭，捏著手中的八角銀子，心頭浮起了絲複雜。

兩刻鐘左右，那俏麗丫頭出來，扔了個一兩左右的銀錁子給她們，道：「我們主子想多做些送禮，讓妳們在小年前每樣給送五十斤來，這算是定錢。當然，交貨後，自是少不了妳們該有的那份就是了。」

一聽每樣五十斤，麥芽兒就忍不住吸了口氣。這、這可是大主顧啊！

李空竹只淡笑的接過那銀子，施禮道：「小婦人會儘量按時送來。」說著，又問她：「還未請教姑娘……」

「主家賜蘇姓，單名秀字。」

「蘇秀姑娘。」李空竹很識趣的叫了她。

那叫蘇秀的女子聽了，不耐煩的揮手道：「行了，快走吧，別忘按時將東西送來！」

「是。」李空竹對她又一個行禮後，才拉著麥芽兒出了所在的富貴地兒。

幾人在城門會合後，便向著環城而去。待回到家，又是天黑之際。

告別了趙猛子兩口子，開門的趙君逸立在院中，看著那向主屋行去的女子，眼中複雜難辨。白日裡，他一整天都有些心神難寧，想著她說的話，心中不知是啥滋味。

那種又驚又喜又怕的感覺，簡直就如瘋草一般在心裡不停狂長著，讓他很是不喜的想壓下去，卻又有些捨不得。長久以來都一直以漠然處變不驚示人的男人，在這一刻竟是垂著眸，不知該如何自處了。

而進屋的李空竹也好不到哪兒去。她解下圍著的毛皮後，一邊化著睫毛上的冰渣，一邊心跳如擂鼓的想著一會兒自己要怎麼開口？

這種事在她看來，越早攤明越好，雖說她是個女子，應該有些矜持啥的；可前世時她好歹也算是個女漢子，讓她扭扭捏捏搞暗戀、搞曖昧啥的，還真不是她的作風。

正想著，男人已開門掀簾走了進來。

李空竹見他進來，心頭狠跳了數下，面上卻故作鎮定的看著他問：「當家的，那個崔九哩？又睡了不成？如今接了個大單，他的參片，怕是暫時買不了了。」

男人眼中有絲冷寒閃過，抬眸看她時，用著一種近乎淡漠到極致的眼光看她。李空竹本打算接下來步入正題，不想被他這麼一盯，給嚇得一下半張著嘴，愣在了當場。

好半晌，回過神的某女，眼神隨著男人移到他坐的地方，清了清嗓子道：「當家的，那個，我想跟你談談有關咱倆的事。」

「……嗯。」男人裝著不經意倒茶的樣子，手提著茶壺在空中停了一瞬，才繼續讓水流瀉出來。

李空竹見他應了，趕緊在他旁邊的一條凳子上坐下來。

看著他，剛想要開口說話時，卻見他不經意的又看過來。那平淡的眸子雖然很淡，可就這麼注視著她，還是讓她有些心跳如鼓的將要出口的話，給噎在了半空，全然沒了剛剛想事時的那股氣勢。

「妳想說什麼？」男人與她對視半晌，見她除了眼中偶爾閃過的一絲慌亂外，再就是眼珠很怕看到他而想要躲開的轉動著。平靜的將視線收回來，趙君逸不動聲色的喝著碗中茶水，靜等著她要與他談話的內容。

靜謐的小房裡，除了偶爾燈花跳動引起的小小聲響外，再就是李空竹愈加有些不平的氣息喘了出來。

暗中努力平息了幾個來回的李空竹，見男人又要看過來了，就趕緊伸手止了他道：「那個，當家的，咱能不對眼不？」

趙君逸愣了下，一時無語。

「其實我是真有話跟你說，你這一對眼吧，我這心哪，它怦跳得不受我控制啊！」李空竹很痛心的捶了下自己那不太中用的小心肝。

見男人詫異的看來，她不由得半是苦笑、半是玩笑的對男人道：「當家的，我好似看上你了咋辦？你覺著俺倆還能不能過了？」

男人捏碗的手緊了緊，別過頭，半晌沒有回答。

李空竹不敢看他，轉眸托腮看著牆上草簾處被燈光映出的男人暗影。

「上輩子加這輩子我都從未成過婚，也不知喜歡一人是何種感覺？初來不到一天時間，我便披著嫁衣嫁了你，雖說我很不甘，你也不願的，可日子總得要過。本想著得過且過，等著你哪天厭煩後將我休棄，或是哪天我發財後將你拋棄。」

男人聽見她想將自己拋棄，登時神色一冷。

沒注意到男人轉眼看她時黑沈的臉，她又繼續道：「誰承想生活就這麼狗血。雖說在一起久了就算是條畜牲也能生出幾分情誼的，可我與你才識得多久？就有了這種說不清、道不明的感覺。」

男人捏碗的手再次發緊，覺著這話分外刺耳。

卻又聽她嘆道：「我雖不知你在隱著什麼，我卻可以告訴你我沒有什麼可隱的，除了身子裡的那個靈魂你是知道的，可以說我在這世界沒有任何秘密了。」

李空竹說完，回想起前輩子活的二十八年。自十五歲時老爸從建築工地摔死、十六歲時老娘再嫁後，她就從此過上了一個人的生活。

老爸死後有工地補償，供她上完大學都行。可她不願受了那錢，覺著那錢每一分都流著她爸的血，受著了心尖兒都會跟著顫得受不了，更遑論拿著去花了。

從十六歲開始，她便開始獨自生活、獨自賺錢的日子。每一天過得不好不壞，不悶不樂。到哪兒都能活著的自己，也沒有如那些覺著上天不公，就要跟社會對抗的青少年一樣憤世嫉俗。

她很沈靜，感情之事從來都沒覺得沒有就要去強求。她信奉著該是你的就是你的，不是你的，你強求也不一定來。

即使到了二十八歲，再嫁的老媽想起她終身未定，催著她結婚時，她也是從來不鹹不淡的敷衍。

本以為就這麼平平淡淡的過著時，卻不想，某天不知道從哪個疙瘩飛出那麼個不長眼的玩意兒，竟是給削了後腦勺，就這樣，她一個失去意識就穿了過來，一過來就被迫嫁人。

想到這兒，她又嘆了口氣。「緣分這東西還真是沒法說啊。」誰能想到，她的婚姻會上演在古代呢？

李空竹看著靜默不語的男人，問他：「當家的，你呢？」究竟又是什麼看法？是不喜了，還是願接受的試試？

男人沒有吭聲。回想起她剛剛說看上他時，心頭那絲似蟲咬般的麻癢，在那種說不清、道不明的難辨之中，又有了那麼絲難掩的喜悅摻雜其中。

沒錯，是喜悅。男人垂眸看著杯中之茶。她能很坦然的說出自己過往，可自己呢？眼中冰寒狠戾的閃過，捏著茶碗的手指節泛起了青白。若不是最後一絲理智牽制著他，他很有可能就此當著她的面，將那茶碗給捏碎了去。

李空竹看他半晌，見他靜默不語，只低眸盯著那碗中茶水。那捏碗的手指顯得異常緊繃，透出了嘎吱的輕響，令她有些黯然的垂了眸子。

「我明白了。」說不出是什麼滋味，難過有之，失望亦有之。她故作輕鬆的聳聳肩，輕吐一口氣的站起來。「還好現下還來得及，說明白了，那以後我也就能夠再去喜歡別的人了。」

「呵！」男人冷笑著從她話裡回神，對於她的話，半是嘲諷的開口。「妳倒是想得開。」

「不想開點要怎麼辦？」女人斜眼，不屑的看著他道：「難不成要我兩輩子都不成婚還守身如玉不成？我又不吃素！」

男人黑了面，鳳眼如冰的直直盯著她看。

李空竹見他那樣，就忍不住嘀咕道：「你本就不甘不願，待你走後，怕是你我的這紙所謂的可笑婚姻，也是名不存，實也亡吧。」

男人難掩震驚的抬眸看她，卻見女人無所謂的再次聳肩。「當家的，求你件事唄！」

「……妳說。」半晌，男人開口。

「若你走那天，我還未足夠強大，能不能請你為我覓得一處安穩之地？」若他要走，自己這個假的趙家媳婦怕是也做不成了。娘家她是不願回的，那時的自己若還沒有條件置得一處安宅的話，她倒是希望他能看在今日的這份交情上，為自己尋得一個妥善之處。

「……好。」

男人的答話，讓女人安了心。李空竹扯了個真心之笑出來。「雖不知你隱了何種驚天秘密，但我在這兒先預祝你早日功成。」

男人看著她那極暖之笑，久久，淡然的勾唇。「好。」

一兩八角的銀子，李空竹全用來買了白糖。

由於需求量太大，加之又是送給大戶之物，李空竹便想著多加點糖，讓酸味去得更徹底點。

以前的山楂因為捨不得本錢，一斤裡的糖也不過一兩左右，再加上這裡的人並未嚐過前世那種細膩的口感，又是平常百姓的，是以很容易就接受了那樣的口感。

可大戶人家不同。吃過的細膩糕點不知凡幾，若不精細一點，久了就怕不再有市場了。平常百姓消費力有限，想要賺得多點，只能走高端。

李空竹將麥芽兒找來，說了自己的想法，麥芽兒也覺著這個法子好。上回去送貨時，那丫鬟隨隨便便一出手，就給了好幾十文的賞銀，可見那大門戶裡根本不缺那點銀錢。

知道李空竹資金短缺，麥芽兒乾脆將自己所有的私房全貼了過來，準備買白糖。

李空竹不敢盲目去做，就在臘八的前一晚，做了點原版跟改良版。臘八這天早上也沒來得及做什麼臘八粥，就喚了麥芽兒跟趙猛子借了牛車又再次進城了。

待到了餘州縣。

李空竹來到蘇府，從後角門找了小廝通報蘇秀。待將原版和改良版的山楂送給她嚐了後，她臉色微變的提著兩種口味，又快速的回了院。

待再出來時，就見她手中拿了個紅色錦緞荷包，對著李空竹就是一扔。「賞妳的。主子讓妳照著改後的口味做，銀子方面不成問題，妳只管做來便成。」

李空竹也不惱，彎腰去撿起那個被扔在地上的錦緞荷包，暗中用手捏了一下，見不是空的，就笑著見禮。「小婦人知道了。」

「滾吧！」蘇秀有些不屑的看了眼她那動作，喚著她趕快走。

李空竹點頭，拉著麥芽兒轉身就出了弄巷。

一出來，她將荷包打開來，見裡面是個七分左右的開花銀錁子，就不由得笑眯了眼，道：「還真是大方，這樣一來，又得七錢買糖了。」

麥芽兒看著也跟著倒吸了口涼氣，心頭因剛剛李空竹受欺而升起的那點不愉快也沒了，嘖了嘖口水道：「想不到大戶人家裡的主子出手這般闊綽。這、這……」銀子也太好賺了吧。

李空竹笑而不語，並未說可能實際賞得比這還多。畢竟沒有白跑路的理兒，那蘇秀拿著荷包時，就不信她不會生了心思留出一部分。

捏著手中那細緻好看的荷包，李空竹喚著麥芽兒快快行去城門。「一會兒去鎮上將這荷包賣給繡鋪，說不定還能賣個一、二十文哩。」如今，她可是啥都缺的人，尤其是銀子缺得最緊！

由於貨多人忙，李空竹跟趙君逸自那天談過後，日子照舊跟以前一樣的過著。他跟趙猛子依然是上山採果的勞力，有時回來偶爾還會幫著來攪拌果醬。

倒是崔九如今白天已經能全天醒著，人也能自行下到地上，扶牆在屋子裡走個兩圈。

李空竹雖沒有銀子為他買參片吃，但那參鬚她還是又出了百文買了些回來。現下每天都加在他的藥裡吃著，雖看不出多大的療效，可應該也是有效果的。

如今的趙君逸雖停了給崔九的把腕，但臉色也因李空竹每日的雞蛋、骨頭湯補著，顯得不那麼蒼白了。

這天上晌，將一鍋山楂弄好後，李空竹便拿麵出來醒著，準備晌午做發麵饅頭，再炒個雞蛋，混個骨頭湯完事。

主屋裡的趙君逸、崔九跟趙猛子三人，圍坐在林氏送來的一張舊的小炕桌上，吃著剩山楂做出來的零嘴，喝著暖胃的熱茶，靜默的屋子裡，誰也未曾先開口說過一句話。

詭異的氣氛讓趙猛子低著腦袋，大氣都不敢出的趕緊喝了幾口碗中之水。再出聲時，竟是連嗓子也不敢清的堵著喉嚨道：「家裡好像還有點活兒讓回去幹，那個趙三哥，俺先回家去會兒啊。」

「嗯。」男人不鹹不淡的應了聲。趙猛子卻聽力極好的趕緊下炕趿了鞋，掀了簾子就大步走了出去。

看著那飄動的門簾，崔九勾起那好看的稜唇，淡笑道：「趙兄跟嫂夫人好似跟這對夫妻異常親近呢。」

自己被救後安置在這兒的這些天裡，雖大部分時間都在沈睡，可也有很多清醒之時。平日裡除了那對常來的夫妻外，還未見過他們有哪個同村交好之人來串門子過。

男人不動聲色。「堂兄弟，自然親近。」

「原來是堂兄弟。就是不知隔壁……」說到這兒，他輕笑一聲。「趙兄莫怪，那日崔某沈睡時，偶然間似乎聽到點什麼……」

「哥哥嫂嫂。」男人極平靜的截了他的話，看著他道。

第二十二章

崔九聽後修長之眼故意上挑一瞬，作不解道：「倒是怪哉，既然隔院之人乃趙兄的哥哥嫂嫂，為何竟不如那堂兄弟親近？」

「心術不正之人，自然遠離為好。」男人端茶輕抿，看著明知故問之人，語調平淡。

崔九笑了笑，撚著手中沾著糖霜的山楂條子。「趙兄倒是難得大義之人。」

那天晚上關於趙君逸捶牆之事，當時的自己還有著半絲清明，沒有完全昏睡。那聲音，雖聽著極像是外物撞擊牆面的聲音，可同是練武之人，怎能不知那其中的差異？

再加上那隔院之人的辱罵，讓他知道了這趙君逸並不屬趙姓家族之人。也就是說，他極有可能是外鄉人，或許也根本不似他自己所說的什麼鄉野莽夫，那麼這倒也能解釋得通他為何會武一事了。

只是這樣一來，他的真實身分又是什麼？

「崔公子也是難得的喜探人隱私之人。」

崔九也不惱，只笑一聲。「趙兄於我有救命的恩德，自然會想多親近一分。」

「呵，難得。」趙君逸看著他，微勾淡粉薄唇，冰寒的臉上，襯著那分外恐怖的半邊毀容之面。「那便讓趙某看看有無看錯人吧。」

崔九愣怔，想著他這話是何意？是讓他探，還是自己被人看低了能力？輕蹙眉頭，崔九看著他，亦是笑得風雅。「既如此，倒是崔某卻之不恭了。」

外面的李空竹跟麥芽兒不知主屋之事，兩人這會兒正揪著發麵團子揉著饅頭。就忽聽見院外好似有驢打響鼻的聲音，隨後便聽見一男子喚門。

李空竹洗了手，從廚房走出來時，正好撞見了正向裡看的惠娘。見此，她趕緊滿臉堆笑的走過去，將大門拉開來。「沒承想妳還真來了，快快請進。」

「不歡迎？」她故意挑眉相問。

李空竹趕緊搖頭。看著立於她身後一步之遠的男子，遲疑道：「這位是……」

「這是我孀家兒子何木，我租借了他家驢車，讓他送我來的。」

「嫂子好！」叫何木的青年，笑出一口白牙，很熱呼的喚著她。

李空竹點頭，看了眼他那帶棚的驢車，又掃了眼自家過於「小巧」的門洞，對他為難道：「這門實在擠不進這麼大輛車，不如就此停在外面？」

惠娘已經先行一步跨進了院，將她所住之地給掃了個大概。見屋子破爛、院子窄小不說，連屋門都不對了正面，又想著回家這幾天自己所打聽到的事，不由得心下嘆了口氣。

「欸！」

打量間，見何木已拴好了車，忙交代道：「幫著把車上的禮盒拿下來吧。」

見何木上了車，李空竹就笑著打趣了句。「來就來吧，咋還破費哩？不過也正好，我收了個便宜。」

「倒是半年未見，嘴貧了不少啊。」惠娘亦是笑著打趣回去。

待拎著禮盒的何木下車，李空竹在招呼他們進屋時，又向跟出來看的麥芽兒打了眼色。

屋裡的趙君逸跟崔九兩人在說完那番話後，就各自沈寂下來。兩人不動聲色的喝著茶，表面看似安靜，實則內裡都在較著勁頭，誰也不願先行打破這無聲的沈默。

麥芽兒的到來，讓趙君逸起了身，沈默著下炕趿鞋走出去時，屋裡的崔九卻挑動了下黑亮俊秀的眉峰，眼中得意一閃而過。

趙君逸出來，正好迎著近前的李空竹幾人。

李空竹笑著跟身旁的惠娘介紹道：「惠娘姊，這便是我所嫁之人。」

「當家的，惠娘姊是我從前府中同鄉，如今她契滿出府，今兒是特意前來看我這故人哩。」

趙君逸不動聲色的跟那女子點頭，側身道：「進屋吧。」

惠娘在聽李空竹介紹時，也注意到他了。見他面色極冷，倒不敢盯著他打量太久，只匆匆瞥了眼後，便衝他得體的施了一禮。「打擾了。」

李空竹招呼著惠娘進了屋裡，見崔九老神在在的坐於炕上，就簡單的為她介紹了一下他的來歷。

惠娘在聽見是從深山狼群裡救來之人，內心還很驚詫了一番。

表面不動聲色的匆匆掃了那人一眼，見那人即使只著了再普通不過的灰布棉襖，也無法掩住其眉宇間所隱射出的那抹貴氣，便知此人怕是非平民出身。

到底在大戶人家裡看多了眼色行事，對於這樣的富貴之人，如何會淪落至此，惠娘面上始終平靜如常，淡笑著不說太多的衝其點了個頭。

很顯然對於她的點頭，崔九是不屑一顧的，哼哼著從炕上磨著起了身。「身子倒是乏了。既然你們有客人前來，我倒是可先騰騰窩了。」

李空竹點著頭，見他下地有些站不穩的樣兒，就轉眸看向趙君逸。「要不扶一把？」

很顯然，男人有些不情願，卻還是走過去，提著他一邊的胳膊，也未吭聲，直接拉著他大步向外面走去。

崔九被他帶得一個趔趄，抽著嘴角出來時，倒是別有深意的道了句。「多謝趙兄幫扶。」

男人鬆手，立在那裡看著他道：「目的既已達到，便自行走吧。」

「這局算是我贏了吧！」崔九挑眉，見他抿唇，眼中就滿是自得的笑了起來。「趙兄放心，你所說之話，崔某定當牢記在心，保你並未錯眼。」說完，便勾起那好看的菱唇，大踏著步子，向小屋而去。

趙君逸看著他遠去的背影，勾唇，眼中亦是有些意味深長起來。

屋裡的李空竹招呼惠娘上炕，麥芽兒則幫著收了殘留的茶碗後，就對李空竹道：「嫂子，妳留著招呼客人吧，中飯俺幫妳做了。」

「麻煩妳了。」李空竹並不推辭。確實沒有把新來之客扔著單獨在這兒的道理，又將桌上所剩不多的零嘴盤子遞給她道：「那麻煩芽兒幫著再來盤零嘴可行？」

「這有啥。」麥芽兒笑著，端起茶碗跟零嘴盤子就走了出去。

何木見屋子裡只餘自己一個男人，便有些不好意思的起身撓頭道：「嫂子，妳家有啥要幫忙的活兒沒？」

「有。」李空竹明白的點頭，招呼外面的趙君逸道：「當家的，我記得家裡昨兒好像拉了幾根木棒回來，正好何木老弟來了，你讓他幫著出把子力吧，這樣你也能輕省一點。」

「知道了。」立在外面的男人淡回，對已經出來的何木道：「走吧。」

待何木出去後，李空竹便讓惠娘先等一會兒。她走出去，到了小廚房，見麥芽兒正從油紙包裡挾出山楂零嘴，就伸手接過來，又重拿了乾淨的茶碗。

麥芽兒問她中午可還要加菜？

李空竹想了想，道：「院角雪堆那兒還凍了塊瘦肉，不若切了炒圓蔥？」

「行。」麥芽兒點頭。「到時我再烙兩張餅，瞅著蒸的這點發麵不太夠哩。」

「由著妳安排便是。」李空竹笑道：「記得給妳公婆兩口子端點回去。」

「欸，知道哩，不會少的。」麥芽兒推著她快走，別晾了客人。李空竹也任她推著，轉身，便笑著出了廚房。

回屋給惠娘上了茶，又推著桌上的零嘴讓她嚐著。

惠娘此次前來，只是單純想看一看她，見她推著那山楂條，也不拒的笑拿了根進嘴。一進嘴，她便驚疑了下，後又不動聲色的隱了下去。

李空竹見狀，就笑著找了個話頭道：「惠娘姊，從府中出來後，可想過今後有什麼打算？」

惠娘輕抿著口中的山楂條，笑得無奈。「能有何打算？左不過是等著成親生子罷了。」她如今已年滿十八，就算在鄉下也算是老姑娘一枚了。不過想著這兩天回家時，那些為著她錢財而來的說媒之人，就有些忍不住的蹙了眉。

李空竹聽此，笑著開解道：「該是到的時候，自然就來了。惠娘姊也無須太過擔憂，想來屬於妳的姻緣，該是不遠才是。」

惠娘被她說得有些臉色發紅，嗔怪的看了她一眼，道：「到底是成了婚的婦人，連說話也沒了那姑娘家該有的顧忌了。」

「那倒是，不然哪有凶婆娘這個名號？多少姑娘家在閨閣憋著，就等著一朝嫁人之時，好來個大翻身哩。」

惠娘被她說得摀嘴嬌笑不已。「妳倒真真變了不少，竟會說出如此風趣之話。」

李空竹亦是抿嘴笑著，算是默認。

那邊惠娘笑過一陣後，重回了正經的道：「對於嫁何人來說，我倒是不期望太高，只盼著以後能和睦共處即可。」說到這兒，她又苦笑。「不過如今看來，大多是為著我這點身外之物而來啊。」

「那就慢慢挑唄。」

惠娘訝異的抬眸看她，卻見她笑得好不明媚。「急什麼哩？好的姻緣，從來不怕遲。要是那些人硬要塞了給妳，妳直接將財產捐廟裡做尼姑去，到時，看誰還敢逼妳？」

要是沒有銀子可用了，誰還管妳嫁與不嫁的。

「這倒也是個法子。」惠娘好笑的點點頭，又拿起盤裡的一根山楂條問：「妳做的？」

「餬口之物罷了。」

見她不在意，惠娘搖搖頭。「妳休要糊弄我。這般精貴的白糖撒了這般多的沾在上面，能是普通的餬口之物？」

「確實是餬口之物。」李空竹自己也拿了一條放於手中，道：「再是精貴的東西，沒有門路，也只能降低成本的保個餬口而已。」

惠娘聽得眼神閃了一下，又拿著一根進嘴時，問道：「可是貴？」

「有接了一大戶之家的單子，因所用的糖比過去要多了不少，在價錢上差不多要翻個小半倍。」若用冰糖做的話，就更加貴為天價了。可惜，那得有很大的資金和客源才做得起來。

「可有值這個數？」她比了個五數。

李空竹笑道：「再不值了五十文，可就真是虧大了！」

「我說的是五百。」惠娘好笑不已。「府城中的大戶之家，誰會吃了這般便宜之物？連那府中管事吃的那些水晶糕，也非一兩之銀的不吃哩。」

李空竹眼神輕閃的苦笑道：「便是這般廉價都賣得小心翼翼，又怎還敢要了高價的去府城闖？惠娘姊也該知道匹夫無罪，懷璧其罪這個理吧。」

「便是再小心翼翼也有發現之日吧。」

這倒是。她如今沒有背景，做這高價之物來賣，說得不好聽點，若接單這戶人家將之送禮的都是交好的富貴人家，那麼她山楂糕點名號打響之時，也就是被人盯上之時。若是一般普通的店，她還能競爭一下。但面對有權有勢之人呢？注定要當個炮灰吧！

「齊府在府城也算得是上數一數二的人家了。」惠娘不經意的提了這麼一句。

李空竹聽得眼皮一跳，給她又重續新茶，道：「惠娘姊不妨直說便是。妳也知我是齊府所趕的不要之奴，怎還敢厚著顏面去求？」那簡直就是不要臉的節奏啊。

「有一事我並未告知妳。」惠娘見她直問，也不打算繞彎子了。

「什麼事？」

「府中的二少爺跟二少夫人，被本家分了出去，所分的家財，在千里之外的蒼桐鎮。」

李空竹愕然。原身的記憶裡，所爬之床便是這二少爺的床，會被抓挨打，是讓二少奶奶發現了。而之所以沒死，是大少奶奶剛好經過，心有不忍，將她救了下來。

惠娘見她變了臉色，肅臉道：「妳我皆不過是奴才下人，於主子之間的鬥爭來說，不過是被波及的犧牲品罷了。」

李空竹心頭跳了兩下。這話是何意？是說原身被人利用了？

「不知？」惠娘見她一臉迷茫，便又好意提醒道：「妳走後不久，文繡便出了錯，被發賣了。」

「文繡？」李空竹喃喃。只覺得腦子抽疼得厲害，蹙了眉，開始認真回想起來。一旁的惠娘見狀，也不打擾她，只慢慢等她想清楚這其中關鍵。

李空竹經她一提，確實回想起一張模糊的臉蛋。好像是在原身剛升二等不久，所認識的大少奶奶院裡的一個三等灑掃。

當初原身本有些看不上她三等的身分，奈何那小丫頭是個慣會拍馬屁的，沒多久，便將原身吹得不知雲裡霧裡。也就是她經常在原身耳邊吹著什麼寒門妻不如高門妾，說自己是沒了那個機會，長得不夠漂亮。

可原身就不同了，確實長得漂亮。二少奶奶身邊那幾個侍奉的還不如她來得有顏色，與其將來出去嫁個不知名的山野莽夫，還不如留在這高門之中，當個富貴妾吃香喝辣。如今想來，原身之所以會腦袋抽了的去爬床，完全是被人給洗腦了。

「老夫人最重內宅規矩，豈會容人亂來？加之二少爺是庶子，對於這事，自然是睜隻眼、閉隻眼罷了。」惠娘見她明白過來，又接話道。

李空竹皺眉想了一下，抬眸看著她，認真道：「便是那件事我是被人利用，惠娘姊也說了，齊家在府城那是數一數二的，能饒我一命，已是我撿來的福分。若還不識趣的往前去湊，讓世人知道了，豈不是就識破了大少奶奶的計謀，丟了齊府的名聲？」

到時，她怕是再難活命了吧！

惠娘看她半晌，良久嘆道：「當真變了不少，如今腦子越發靈活了。」

李空竹尷尬的笑了笑，卻聽她又道：「我不是那個意思。我之所以能出府，是因為一時運氣，救下了落水的大少奶奶娘家姪兒罷了。」

見李空竹疑惑，她又是一嘆。「我是明年二月期滿，提早了兩個多月罷了。」

當時救下那親家府中的公子時，老太太很是誇讚了她一番，要給她賞賜；又正逢院中的管事一等婢女出嫁，便尋思著抬她上去。她不願，只說再有兩月便是身契年滿之時，一旁的大少奶奶見狀，便作了個主，幫著說服老太太提前放她出府。

「得了這份恩典，總得常回府去看看，以謝主子的恩德才是。」

李空竹閃了神，笑了起來。「惠娘姊這是打算開鋪？」

「走時，老太太跟少奶奶賞了不少銀，尋思著想自己掙點副業作嫁妝。雖說不能立腳於府城之中，小小環城鎮還是能行的。」有了她常去高門府中走動，即使是在環城鎮賣不了多少，可府城所認識的大戶管事丫鬟中，只消稍微打點一下，主子知道那是遲早的事。

「若是做大，惹人眼紅，到時不妨再考慮讓齊府摻進一股；雖賺得不多，好歹是我這個昔日奴才的一點心意不是？」

李空竹看著她久久不語，忽然笑得很明瞭。「惠娘姊怕是咱們這些奴才中，看得最為長遠的一位了吧。」

古人的智慧，還真不能小覷了啊！

「妳如今比我，怕是有過之而無不及吧。」惠娘受著她的誇，同時也不忘回誇她一嘴。末了，又問：「可是願意合夥？」

「自是願意！」李空竹笑著，又道：「明面上我與妳是合夥，暗裡，我只負責貨源給妳，可成？」

了。

這樣，於她也有好處。畢竟，山裡紅只冬天才能得到，翻過年，開春化雪後便不再有了。

「自然！」

午飯過後，李空竹送走了惠娘。下晌時，跟麥芽兒兩口子，又開始了熬煮山楂之事，貨品在臘月十八就全做了出來。

十九這天，一大早趙猛子便將牛車趕過來。由於崔九如今全然不用人攙扶，整個人差不多好了大半的樣子，是以趙君逸便決定要隨他們一同去縣城。

李空竹在聽他也要去縣城後，很不解的打量他良久，以至於牛車已經行出村了，她還盯著他的側顏看。

「要看到何時去？」他突然回眸盯著，讓李空竹很尷尬的咳嗽了聲。

見麥芽兒離他倆遠遠的坐於車頭那裡，就壓低聲音道：「當家的該知道我的心思才是。你既明白我的心思，又百般與我這般親密，你這樣，搞得我想遠離你的心思都拿不出來，這讓我以後還要如何去覓了新人？」

「呵！」男人未著任何東西的頭上，一頭束得齊整的黑絲，被亂颳的北風吹亂了幾縷，肆意的黑髮飄飛在空中，拍打在他俊美無雙的右側顏上。

有那麼一瞬，李空竹被這凌亂的俊帥之美迷了眼，望著他竟有些走神。

男人並不知她這般，只半眯著眼，迎著那狂亂的北風，半嘲諷的低吟道：「若真有心思，又豈是遠著就能放下的？」

李空竹惱了，對他很無語的道：「我不遠著，難不成還死纏爛打，把你給綁了，來個霸王硬上弓？」

見男人危險的瞇眼看來，她又很不屑道：「你又不喜我，我上了你有啥好處？還不如找個喜我之人，還有點成就感。」

男人的眼神已經十分危險，抿著的雙唇中，有一縷髮絲調皮的夾在其中。

李空竹有些受不了的哆嗦一下，不是被迷的，而是被凍的。這時她所哈的氣，隨著毛皮縫隙全凍凝在睫毛上。這個天氣本就冷得很，偏偏旁邊還有個比這鬼天氣還冷之人。

見男人盯著她的樣子，直恨不得凍僵才好，就趕緊挪著屁股隔遠的挑釁道：「本來就是，我幹麼要吊一棵樹上？且還是棵歪得徹底的歪脖樹。」

男人已經徹底黑了臉，看著她，盯著她的脖子，動了動那修長的手指。

李空竹瞅他那樣，就趕緊縮了下脖子，覺著愈加危險的直接跑去車前頭，挨著麥芽兒坐下。

麥芽兒正跟趙猛子說得起勁，見她過來，就很疑惑的看了她一眼。「嫂子，妳咋上這兒來坐著了？」

第二十三章

「那邊太冷，我過來跟妳擠擠。」李空竹說著，拿起她搭在腿上的被子，翻開來。「來來來，咱倆擠擠，這樣暖和點！」

麥芽兒笑著拍了她一下，努嘴朝坐在另一頭的趙君逸道：「女人身子哪有男人的暖和？讓妳男人把被子給妳裹上，你倆一起捂捂。」說完，還特曖昧的朝她眨眨眼。

李空竹聽得打了個顫，很尷尬的乾笑著，不知該如何是好。

一路尷尬的行到了縣城，到城門口寄了牛車，就挑著貨物去往目的地。待到了那熟悉的小巷，前來驗貨的蘇秀卻領來一位衣著嚴謹、近五十歲的中年婆子。

中年婆子看到他們，很沈肅的問道：「妳們誰是做這山楂條的村婦？」

「是小婦人。」李空竹眼神閃了一下，往前走了一步。

管事婆子掃她一眼，對她點個頭道：「把東西搬進來吧！妳與我去拿錢便可。」

「好。」李空竹聽了這話，轉身想吩咐趙猛子將挑子挑進去。

不想趙猛子將挑起挑子，一旁的蘇秀卻出口攔了他。「咱們蘇府可不是隨便什麼阿貓阿狗都能進的，還不放下了！」

李空竹瞇了眼，抬眸看她時，見她挑著下巴，正衝著門內的幾個小廝喝道：「還不趕緊搬進去！」

「欸！」小廝們聽著她喝也不惱，堆著笑臉彎著腰，從後面走上來。看到李空竹他們，又立刻挺直了腰，很不屑的冷哼了聲。

李空竹上前一步，想攔了道，不想被旁裡伸出的一隻手給攔下來。皺眉，很不悅的看他一眼。

趙君逸卻衝她挑了下眉，盯了眼她放於腰間的荷苞位置。李空竹登時明白過來，轉臉再去看麥芽兒時，見她正脹紅著一張臉，眼中很是憤怒異常。

趙猛子先頭也覺有些不忿，不過見對方著人來抬，倒沒給難堪的讓了道，幾個小廝很快的將挑子給抬進去。

那管事婆子見狀，就對李空竹抬了下下巴。「進來拿銀吧！」

「小婦人在這兒領就成，府中精貴，豈是我等鄉野村婦所能落腳的？」

管事婆子聽得挑眉，上挑的吊梢眼半眯起來。「小娘子還是識趣點好，該是什麼身分記得自然是好，但也要記住，有些身分之人，不是妳惹得起的！」

「嬤嬤說得對。」李空竹忍著心中氣怒，很標準的行了個禮。「小婦人不才，做過幾天府城齊府的奴才，自然明白啥樣的富貴人不能惹。前些日子，我那同在府中當差的同鄉姊妹也正好返鄉，尋思著過年得備點給齊府各主子的年節禮，好感恩主子開恩，讓她早些回鄉呢。」

仗勢欺人誰不會？今兒她就扯張虎皮作大鼓給她們看看了！

管事婆子一聽她說府城齊府，眼皮就不自覺的上下連跳了幾下。瞪著那上吊的吊梢眼，將她上上下下打量良久，方道：「齊府？哼！妳倒是好大的膽子，妳可知府城齊府是何等之家，豈會是妳這等鄉野村婦能攀得上的？」

府城中的丫鬟出身，如何會落魄成這樣？那齊府人家，聽說連裡面的三等婢女也比外面一般富戶裡的二等丫鬟要來得體面，她這樣的，又是混了幾等？

「齊府大少奶奶娘家乃城州人士，伍姓，哥哥乃城州知縣，父親乃一方富貴員外；堂哥前年考中庶起士，如今為內閣人士。奶奶有二子一女，大哥兒年方十一，已是童生；二哥兒七歲，正開蒙於家學；還有一小小姐，芳齡僅四歲。」李空竹說完，嘲諷看她。「嬤嬤，我可有說對？」

管事嬤嬤臉上青白一陣。若說是一般的鄉野婦，可能聽過齊府，可知道齊府奶奶的娘家，再加上府裡的哥兒、姊兒……

想到這兒，她趕緊衝後面門內的小廝打了個眼色。見小廝向內院方向跑去後，才閃著眼神，很尷尬的看著李空竹道：「我雖不知小娘子從何處打聽了這些事，但妳這般大張旗鼓的說出一府主持中饋的奶奶的身家背景，便是妳再有理，這般說一富貴奶奶，也尤為不妥吧！」

李空竹作恭敬低頭狀。「小婦人當然自知無禮。待我那姊妹進府時，我自會請她替我言明今日之事，若奶奶要怪罪的話，小婦人自當會負了荊條，前去請罪！」

管事婆子脹紅了臉，停了好一會兒，才終於見門內先頭打過眼色的小廝已經回來，正向她點頭。乾笑的將袖筒中一直捏著的荷包拿出來，道：「聽說妳這是改良後的成品，不知要加價幾何？」

李空竹當然也看到了她指使的小廝回來，見她緩了話，也跟著緩了臉色道：「糖比過去每斤多加了三兩多，光是買糖就添了足有八兩銀。小婦人也不瞎說，嬤嬤看著給就行，只要不賠了本，多少小婦人都無怨。」

「瞧這話說的，再是如何，我們蘇府豈會做了那強壓之事？該是給你們的，自是不會少了去！」說著的同時，她扯著僵笑，將荷包遞過去。「小娘子數數吧！」

李空竹伸手接過，當著她的面，將荷包打開，見裡面有兩個銀錠，就轉眸去看了趙君逸一眼。「當家的，可是能行？」

趙君逸知她不確定這是幾兩銀錠，就瞟了眼，點點頭。「自是可以。」

李空竹心裡鬆快了一瞬，收起後，也不提以前的一兩定銀之事。對於這樣的人家，她是不打算再有後續了。辭別了管事婆子，李空竹再不想多待的領著麥芽兒一行人，出了富貴巷子。

「什麼玩意兒！啊呸！」出來後，終是忍不住的麥芽兒，朝後狠狠的吐了口口水。「這幫子狗眼看人低的玩意兒，想來主子也不是個好樣兒！」

李空竹沒有制止她，趙猛子卻拉著她，給她打了個眼色。

李空竹見狀，哼笑道：「罵就罵了，反正以後也不會再做他們生意了。」很明顯，剛才那婆子是想把她叫進去，威脅她說出山楂的做法。現下想想，看來懷璧其罪這種事，還真不論高端不高端，看來她還真得好好想想今後的路該咋走了。

「不做了？」麥芽兒聽得臉有些抽。雖說氣人，可那銀子是實打實的啊！聽剛剛嫂子說什麼白糖用了八兩銀子，其實根本就只用了六兩多一點。想著那荷包裡的銀子，怕是比八兩還要多哩。「嫂子！」

李空竹揮手止了她。「我已經有了新的打算，不比在這兒少賺了，不用擔心。」

「我聽嫂子的！」麥芽兒見狀，一如既往的相信她。

李空竹回眸看她，朝她扯了個暖笑，道：「多謝！」

所得的十兩銀子，幾人再回家時，李空竹除買了些米麵、肉類跟崔九的參片外，還剩下八兩多的銀子。李空竹拿出二兩多，將剩下的六兩全給了麥芽兒兩口子。

麥芽兒推辭不過，只得接了過去，只是忍不住出聲相問。「嫂子，不做了那大戶的生意，咱還做了送去縣城賣不？」

李空竹搖頭。「先歇著幾天，待過完小年再做。到時趁賣年貨時，大賣一場。」

「嫂子說得是，哪兒還不能混口飯吃了？比起受氣來，俺還寧願少掙點哩！」

李空竹笑著點頭。「正是這個理，老天不會餓死咱們的。」

麥芽兒點頭。

待送走了他兩口子，李空竹把所得的二兩多銀子小心的放進荷包裝好，找了個牆角的位置挖了洞，和她那根細細的陪嫁簪子一起裝罐子裡藏在裡面。

趙君逸在一旁看著，默了默，還是忍不住開口。「如何換地方了？」以前她不都隨身貼放的嗎？

「對啊！換地方不能讓你看了去！」李空竹恍然，又將準備埋土的罐子拔出來道：「這是我以後的嫁妝，可不能讓外人看了去。」

嫁妝？外人？某人簡直有些氣極反笑起來，登時語帶薄怒。「就算妳再是如何不願，別忘了妳如今仍是我的妻，當著丈夫的面說著以後的陪嫁之物，妳可有將我放在眼裡？」

「有啊！」李空竹轉眸看著他，彎曲著食指中指，比著自己的兩隻眼道：「哪，你正在這裡，你看吧！還有，不是我不願，而是你不願，你也說了我是你如今的妻子，並未說以後也是，早晚要散夥的，我面對現實有什麼不好呢？」

男人被她指著眼睛去看她眼中自己的倒影，秋水般清澈的眼中，黑亮的眼珠正一瞬不瞬的盯著他看。

聽著她所謂面對現實的話和散夥之說，讓他從愣怔中回神，心頭竟有些分不清、辨不明的滋味。很是憤怒，卻又無從反駁。

李空竹盯他半晌，本想讓他看著自己眼中他的倒影傳傳情意，哪承想他突然就移了眼，轉身向著外面走去了。有些頹廢的將手中抱著的罐子向桌上一扔，心頭開始不是味兒來。

當天晚上，給崔九熬好了參片藥，李空竹只草草做了個米粥，就著麥芽兒送的乾野菜拌的鹹菜，草草吃完了事。

去廚房洗漱時，崔九很是大爺的倚在架子床上，指著手邊的小爐道：「多加幾塊柴，如今又降溫了呢。」

「柴就在這裡，要用自己加吧。」又不是下不了床的時候。如今都能自由走了，還大爺的讓人伺候。

見李空竹斜眼別他，想起剛剛吃飯時席間有些詭異的氣氛，就不由笑得邪惡的道：「怎麼？兩口子吵架了？」

翻了個白眼給他，女人將一盆水送至他的面前。

「幹麼？」崔九道。

李空竹對著盆子「呼」的吹了口氣，然後挑眉指著那波動的水紋道：「若懶得添柴，可知道了？」

崔九臉色有些難看，抬眼見她很挑釁的看著自己，就不由得冷哼一聲，將頭偏向了一邊。

李空竹才懶得相理，直接端著水盆出去淨面洗腳。回到主屋後，見男人閉眼在炕上打坐，就暗哼一聲。快速扯過炕頭疊放整齊的被子，鋪了炕，又起身，很氣鼓的將油燈吹滅。上炕、捂被、閉眼睡了過去。

「呼……」男人少有的輕吁了口氣，有些苦笑的勾動了下嘴角。黑暗中開始肆無忌憚的向那緊閉眼眸的人兒看去。

還真是一往無前的性子，這種直白坦率差點擊得他潰不成軍……

是夜，北風颳得越發大了起來，外面寂靜的黑夜裡，連土狗的叫聲也無。雪粒被風颳得在空中飛舞著打了幾轉後，又落在另一個遠處。如此反反覆覆的吹動，令夜行之人的眼睛都差點糊了起來。

躍過一處靜謐的牆頭，來到一處小小狹窄的院落，身著緊身黑衣的蒙面人開始緩步的向前移動。睡在小屋裡跟主屋的崔九和趙君逸，在來人落入院中的那一刻便驚醒過來。

主屋裡的趙君逸只瞇眼從炕上無聲的起身，聽著走得幾近無聲的腳步，眼中一絲危險快速閃過。

崔九捂著還有些發疼的心口位置，亦是瞇起了那雙好看的細長之眼，不動聲色的儘量讓呼吸平緩。

感受著腳步是向著小屋方向，主屋裡的男人沈眼，輕掀擋住屋牆的草簾，藉著一絲縫隙看向院中那慢慢接近小屋的高大黑衣之人。

瞇著眼，手指有一瞬間的僵硬。記憶中那一群群似曾相識的裝扮幾乎覆蓋了他整個腦海。他呼吸開始有些變了，不再隱藏的開始粗喘起來。

院中接近小屋之人，似乎也感覺到這邊的異動。轉過眼，穿透黑暗的尋著這個方向看來。

「啊——當家的，俺好想你，你不要走嘛！」床上的李空竹突然哭叫了一聲，隨後又消了音的開始打起鼾來。

趙君逸驚得回頭看她，卻見她突然又翻了個身，嘴裡跟著咀嚼了幾下，似乎在嚼著好吃的東西般，嚼完，又嘆了一聲，隨呼吸又開始平穩起來。他無聲寵溺的勾動了下嘴角，搖著頭，繼續向外面看去。

院中的黑衣人已無再有接近的打算，直接幾個快步行到了小屋，忽然單膝跪了下去。

「主子！」

當熟悉又低沈的聲音從外面傳進來時，崔九心頭狠狠的鬆了口氣，對外面之人吩咐道：

「進來。」

「是！」來人輕推那小屋門，未發出一絲聲響的走進去。

一刻鐘後，只見崔九走出來，伸手阻停了身後跟著之人，站在院中，望著主屋方向，半晌，便聽見他似笑非笑的道了句。「且看你有無看錯？呵，那就等來日再看吧！」

說著，就伸展開一雙修長之臂，後立之人立刻上前，蹲身在地。

再次回看了主屋一眼，崔九眼中閃過勢在必得之勢，抿緊唇瓣，上了那蹲著之人的寬闊之背。

待那黑衣人穩著起身後，恭敬的道了聲。「主子，屬下要起了。」

「走吧！」

「是！」一個飛身跳躍，那黑影立即躥上那一丈來高的牆頭，不過轉瞬，就隱沒在那黑暗之中。

趙君逸放下手中輕掀的草簾，轉回身，看著那炕上的熟睡之人。

良久，複雜的嘆息一聲。走過去，脫鞋上炕後，轉身與她隔著炕頭炕梢的距離，對視而躺的看著她熟睡的豔麗小臉。

睡夢中，女人似有些察覺到什麼，很是不爽的皺眉一下，又開始咀嚼著嘴，哼叫著翻了個身背對於他。

半晌，呼吸平穩中，她閉著的眼皮下，是不停轉動的眼珠……

翌日，李空竹如往常一樣早早的起了床，打著哈欠向廚房走去。待開了門，還有些恍惚的揉了揉眼，用腳踹了下水缸，見水並沒有完全凍住。

便很滿意的點頭道：「看來崔九老弟昨兒自己動手挺足啊，這水竟只凍了上面一層冰渣，碰碰就能碎了。」說著的同時，就轉頭向床上看去。

這一看，便愣在了當場。只見床上除了那凌亂的被子外，崔九卻已不見蹤影。

「一大早的鬧肚子拉屎去了？」疑惑的走過去，將手伸進被窩探了一下，打顫的將手又猛的收回來。「咦？咋這麼冷哩？跟沒睡似……」

沒睡？李空竹瞪大了眼，又不可置信的摸了一下。還是那樣冰手，嚇了一跳的她也管不得燒火做飯啥的，大步的跑出去，邊跑邊朝主屋的方向喊著。「當家的、當家的！你出來下！」

正將被褥疊放整齊的某人聽見她喊，眼神閃了下，踏步出去，正好迎著她衝跑過來的身子。男人嚇得趕緊退後一步，向一旁挪開去，看她皺眉相問。「什麼事？」

李空竹被他躲開，也沒了跟他計較的心情，而是用手指著後院的茅廁方向。「你去茅房看一下崔九在不在？我咋沒瞧見他呢？那被窩也冰冰涼涼的，就跟昨兒晚上沒睡過似的。」

「……嗯。」男人輕聲回應，作勢向後院走去。

李空竹站在那裡看著他走遠後，這才收拾臉上的慌亂，整了下衣襟向廚房行去。添了水，燒起了柴，和著麵疙瘩，準備吃疙瘩湯。

趙君逸作作樣子去後面轉了圈後又走回來，見她用筷子正在攪著白麵，就道了句。「茅廁沒人。」

「沒人？」停了攪筷的手，女人緊皺眉頭，又一臉擔心的道：「那他上哪兒去了？這不在被窩裡躺著，外面又冷得凍死人，難不成還能出去乘涼啊？」

「或許是走了。」相較於她的擔心，男人則相當冷淡。

「走了？」李空竹拿筷的手緊了一瞬，下一刻則是狠狠的將筷子向盆子裡一扔。雙手扠腰，瞪大眼，不可置信的吼道：「就這麼不聲不響的走了?!他有問過我嗎？我有讓他走嗎？簡直莫名其妙……居然真就這麼走了?!」說著的同時，她跑去將崔九睡過的床，大肆的翻找了一遍，除了在上面找到幾根頭髮外，根本就是空無一物。

憤然的將被子狠狠一摔，李空竹整個人陰沈得厲害。

男人在一旁看著她這一連串的動作，眼中不由閃過一絲冷意，道：「怎麼？捨不得？」

「當然捨不得！」瞥了眼他黑沈下來的臉色，李空竹哼道：「老娘辛辛苦苦的救了他，餵他吃、餵他喝，還買了那般多的好藥，就這麼不聲不響的給我消失了？

「簡直莫名其妙！」捂著胸口一臉肉疼樣的李空竹，捶胸頓足，咬牙不已。「看著人模人樣的，穿得也不俗，沒承想卻是個二賴子。白吃白住這麼久，不說拿個上百幾十兩的，連他娘的一百文都不給我，就這麼悄沒聲息的走了？這是浪費了我多少的熱心啊！」

男人淡漠無語，心頭卻又莫名的升起了一絲愉悅。走過去，將盆中的筷子拿出來，刮去上面黏著的麵粉疙瘩，挑眉道：「與其糾結沒用之事，不如快快做了早飯來，我餓了。」

李空竹衝他翻了個白眼，敢情最後一點才是重點吧？冷哼一聲的走過去，將筷子奪過，朝著他鼻子不是鼻子、眼睛不是眼睛的喝道：「餓了就等著，沒看到鍋都沒燒開嗎？還不架柴添著。」

男人不與她爭辯，倒是難得乖覺的蹲身下去，替她架起了柴禾來。

李空竹眼中閃過一絲落寞，不過轉瞬，又快速隱去，開始將麵和勻起來。

第二十四章

將吃完早飯，麥芽兒就過來了。彼時的李空竹正在廚房洗碗筷，麥芽兒問她可要去集上？

李空竹想了下，覺得該給趙君逸買身衣裳回來才是。崔九在的那段時間，他唯一的兩身衣服也讓崔九穿了一套，剩下身上穿的那件，總得趁晚上脫下拆了夾襖洗後上炕烘乾，第二天再縫上。

雖說總讓她縫當練手，可老這麼一件洗著拆著，也太不像樣了。

麥芽兒見她點頭，就在一邊等著。待她洗好後，隨她一同去往主屋時，又覺著有些不大對勁的問了句。「那個崔九呢？咋沒看見啊？」

正拿著厚襖出來的李空竹聽罷，臉色當即沈了下來。「那傢伙走了！」

「走了？」

「嗯。」李空竹點頭看著她有些訝異的臉，冷哼著。「不聲不響就走了，連個招呼都沒打哩。」

「還有這樣的人啊！」麥芽兒也忍不住跟著有些氣憤的道：「不說照顧得有多精心，單說餵了他吃好喝好的，嫂子妳也沒少往他身上搭錢吧？就昨兒回來時，為了給他買參片，就花了近一兩的銀子。一兩銀子啊，那得賣多少山楂條子才能回本的。忘恩負義的傢伙，不說還錢，竟連個屁都沒放就走了？」

見有人和自己同仇敵愾，李空竹邊套上厚棉襖邊點頭道：「是吧！簡直是浪費我的好心，再有下次這樣的，別說讓我救了，我不踹他都是給他面子了。」

「嗯，對！」麥芽兒簡直是她的忠實擁護者，也跟著肅然點頭道：「最好是一腳踹沒了氣，活著也是白費力氣。」

兩女人唧唧喳喳的，在一旁不停說著要怎麼處死下一個被解救者，某男人聽得是直接狠抽了下嘴角，放下茶碗，抬腳就走了出去。

李空竹看了，就皺鼻子哼了幾哼。「也就你三哥是個悶葫蘆性子，唯一的兩套衣服，還讓人給順走一套，真真是讓人氣得不行！」

「天！不但不報恩，還給順走了一套衣服？」麥芽兒摀嘴驚呼。「瞧著人模人樣的，不承想還是這種人呢！」

「誰說不是哩！」

繫好衣帶的李空竹，找出皮子摀好頭後，又去到牆角挖出罐子拿銀子，這才跟麥芽兒相攜著出門。兩人沒打算再借牛車，而是直接走路上環城鎮。

到了環城，兩人便就著商鋪不管大小先逛了起來。

麥芽兒除了跟李空竹買了些肉類和扯布秤棉外，再就是去了糕點鋪子又買了些糟子糕。李空竹也應景的跟著買了些生瓜子跟花生，準備過年的時候自己炒。待到大包小包的扛著出來時，麥芽兒又想去繡鋪買些絡子回來打著。

發哩。」

「反正也閒著，就打幾個，到時過年賣了，回娘家後也能給娘家有娃子的人當個壓歲錢

好提。

「妳倒是會過日子。」李空竹換了個挎籃的手。實在是買的幾斤棉花太滿，擋著手不太

麥芽兒嘻嘻笑著。「俺是新婦頭回回娘家過年哩，總得大方點才是。」

兩人穿過弄巷，剛轉過一彎，就見在臨街口的地方，有一新開的鋪子在裝修。要去的繡

鋪在裡面一點，兩人路過那店門口時，不經意的向裡面掃了一下，正巧裡面的人兒也走出

來。幾人碰面，皆齊齊愣了一下。

還是出屋之人先揚笑，道：「本打算裝修齊整了再著妳前來看看，沒承想，竟是在這兒

碰上了。正好，進來看看？」

碰到的不是別人，正是惠娘。她笑著招呼兩人快進去，李空竹也笑著轉了腳步向她走

去。「倒真真是巧得很，幾次都能遇到，看來，我跟惠娘姊的緣分還真是板上釘釘，想扯也

扯不掉啊！」

「那正好，我呀，也正好巴著妳賺筆大的哩！」

說笑間，幾人步進鋪裡。店鋪不是很大，不足二十坪的兩邊牆上，鑲嵌著幾塊長條木

板。

挨門的左面方向，此時工匠們正釘著櫃檯。立在一旁二十出頭的青壯男子，正肅著臉指

揮那些匠人跟他們說著該如何做。他轉眸看到惠娘領進的人時，就止了嘴，抬步向這邊走

來。

惠娘給幾人介紹道：「當家的，這就是我跟你說的合夥人，空竹妹子，是跟我是同一府中出來的姊妹哩。」

當家的？李空竹不可置信的看了她一眼。這才幾天時間，她竟然出嫁了？

「等會兒再與妳明說。」惠娘瞧著她的神色，招呼幾人先去後面。

李空竹見此，只得隱下想問出口的話語，跟著向那邊掛著的簾子處走去。簾子後有兩個單獨闢出的小間，用木板隔開，李空竹她們被喚著在外間坐下。想來裡間，以後怕是用來當兩人臥房所用。

沒有熱茶糕點，惠娘就有些抱歉的握了下她的手。「待過兩日正式開店，妳再來坐坐吧！」

「這話說的，難不成，我還是專門來貪那口茶水的？」李空竹嗔怪的回笑道。

男人立在一邊，見沒有什麼可搭話的，就跟著拱手告罪，走了出去。

他一出去，李空竹便趕緊詢問她。「如何才幾天不見，竟連婚都成了？為何又沒來招呼一聲？我卻是連知都不知，都還盼著喝妳的喜酒哩。」

看她一臉怨怪樣兒，惠娘就好笑的拍拍她。「快莫怪了！我都十八有餘，還不快快成婚，難不成要當了老姑娘？至於喝喜酒這事，之所以沒有招呼妳，不過就是走了個形式，也沒有大辦。」

想著家中那群人，一個個一邊想著她的錢財，一邊還想賣了她，就忍不住冷笑了聲。

「這樣也好，與其讓那幫子不懷好意之人打著我的主意，不如趁此滅了他們的想法的好。」
李空竹沒有再問。該說誰家還沒幾個極品呢？問了，也不過是跟著來氣罷了。
「這店面就是他的。妳也看到了，他年歲不小了，不是頭婚，頭個婆娘兩年前因為難產走了，就一直沒有說親，能同意了我，也是偶然間的意外罷了。」
李空竹點頭。從她嘴裡知道她所嫁的男人姓李，單名一個沖字。頭一個老婆死了，一屍兩命，沒有孩子。因為自己掙得有個店面出租跟良田二十來畝，是以，行情在鄉下還算不錯。
之所以會跟惠娘這麼急著成親，是因為那次惠娘來看她後，在回家的路上何木抄了近路，就直接駕車從結了冰的清水河走。哪承想，這車行到一半時，那河就裂開了，結果他們連人帶車的全掉進冰窟窿裡。
「當時真是嚇傻了，還以為就這麼沒了呢。哪承想，還是命大的讓他路過碰到了，把我給救上來。」身子被人抱了，當然就得嫁了。
「這也是緣分啊！」李空竹嗟嘆，嘻笑道：「姊夫也算有能力之人，在鄉下怕有不少想巴結成親的人家，這讓妳給撿著了。惠娘姊，妳就等著受那些人的羨慕嫉妒恨吧！」
好歹是個王老五，還是個條件不錯的王老五，多多少少會令一些鄉下女子嫉妒的。
惠娘笑著拍了她一下。「妳倒是敢打趣我。」
李空竹也是嘻嘻一笑，惠娘轉了話題，問她上鎮來買了些啥？
「這不是眼看著過小年了嘛，來買點好吃的，待過了小年，準備大幹一場，趁著囤年貨的勁頭，多賺點哩。」

說起這個，惠娘也想到了。「我尋思著過兩天就去府城一趟，雖說是小年，可該有的節禮還是早走為好。」

「那倒是。」李空竹點頭，又想起什麼來。「上回聽惠娘姊說府城的管事非一兩銀子的糕點不吃，我捉摸著，若是要送，也不能低了檔次才行。」

「那依妳的意思？」

「做，自然得依著好口感做，只這成本怕就得近一兩的銀子。」她故意賣了個關子。

惠娘見狀，直接噗哧的笑出聲來。「妳只管說，銀子的事不成問題！」

李空竹嘿嘿一笑，衝她伸了兩指道：「冰糖跟羊羹！」

用冰糖跟羊羹做出來的山楂糕，不僅口味更甜爽，再有一個是羊羹有膠質能凝固。這兩樣做的山楂糕亦可稱為水晶糕，上層透亮，下層瑩白，看著就很好看，更遑論吃的口感了。

如果可以，李空竹倒還想要點洋菜，可一想，這個時代大概沒有，也就作罷。

最後商量，冰糖跟羊羹都由惠娘來出，其餘便全交給李空竹去弄。

從店鋪出來，麥芽兒也不去繡鋪了，摩拳擦掌的在那兒直哼哼著。「這回可要大幹一場了。嫂子，咱們快回去，下晌時，說不定還能讓當家的去深山摘一背簍山裡紅哩！」

「著急個啥？那冰糖和羊羹可不便宜，怕是得等個一、兩天，明兒去也一樣。」

「哎呀，快走吧！一會兒坐牛車，喔不，坐驢車，俺出錢，快快！」不理會她的嗔怪，麥芽兒這會兒心頭早癢癢得受不了了。

李空竹輕笑著任她拉著。去到城門口時，見她真要雇了驢車，就趕緊拉住她，只要了輛牛車，晃悠悠的向村裡行去。待行到村中，牛車還沒到家門口，麥芽兒就受不了的跳下車，大跑著回家去了。

任李空竹在後面怎麼喊，也是於事無補，無法，只她一人坐著車，慢悠悠的行到自家門口。

付了錢，讓牛車走後，正準備進家門的李空竹忽然瞧見隔壁院門口立著趙家的三個小兒。三個小兒見她看他們，皆舔著手指，聳著鼻子，眼巴巴的看著她。

尤其最小的趙苗兒，眼圈跟小臉都紅紅的，那清鼻涕更是糊了一臉。

李空竹這人向來對小孩沒什麼抵抗力，也不知該拿他們咋辦。

「三嬸！」趙苗兒聳著鼻子，怯怯的喚了一聲。

「三嬸，俺想吃山楂條。」趙泥鰍也舔著手指，看著她道：「像吉娃家裡的那種。」

趙鐵蛋不知為何沒有吭聲，只眨著一雙眼睛，同樣巴巴的望著她。

李空竹心軟，嘆了聲。「過來吧！」

「好！」得了令的三小兒，頓時歡呼著跑過來。

趙苗兒甚至還撒嬌的拉著她的厚棉褲腿。李空竹見此，便伸手將她的小手牽起來。這一牽，只覺著小手冰涼，再一看，那手指都有些紅了。

皺著眉推開大門，她不經意的問道：「咋手這麼涼，在外面待了多久？幹啥不回屋暖著點？」

趙鐵蛋一進院就開始活潑起來，眼珠轉動的東看西看，聽了她這話，就搶著回道：「俺娘說不知道三嬸要多久回來哩，說要是沒逮到三嬸的話，到時進了院，就不會給俺們開門了！」

「所以就一直等著？」李空竹皺著眉頭，把他們向主屋方向領去，正逢趙君逸出來看到，冷臉走過來，伸手就要接過她手中的籃子。

三個小兒都有些怕他，尤其是他那毀了容的半邊臉面，讓小小的趙苗兒跟趙泥鰍見了，都不自覺的往她後面躲著。

「三叔。」趙苗兒小小的叫了一聲。

「嗯。」趙君逸用眼角掃了幾個小兒一眼，見女人這會兒將籃子遞給他後，又去牽了趙泥鰍的小手，就不經意的垂眸道：「進去吧。」

領著幾個小兒進了屋，李空竹讓他們脫鞋先上炕等著。趙鐵蛋聽後，將鞋一脫，一個打滾就爬了上去。兩個小的因為有些搆不著炕，撐不動，就開始急紅了臉。

李空竹正解著包頭的毛皮，看到這一幕後，就淡著眼神，掃了下在炕上打滾的趙鐵蛋。「下來幫弟弟妹妹一把。」

趙鐵蛋剛一聽到，就想頂嘴，可就在他要張嘴反抗時，見自家的三叔站在那裡正冷冷盯著他看，不由嚇得打了個冷顫，趕緊爬下炕，彎腰下去抱著趙苗兒的腿，接著就一個用力的向上一抬。

趙苗兒正撐著炕，哪承想，讓他這麼一提，下巴直接重重的磕在炕沿上，牙齒瞬間就磕破了嘴唇，鮮血頓時就流出來。

下一瞬，趙苗兒疼得張嘴就「哇哇」大哭起來。李空竹看得驚了一跳，也顧不得化眼睛上的冰渣了，直接快步過去將人給抱起來。

趙鐵蛋一看闖了禍，趕緊一個抬手就指著李空竹辯道：「是妳讓俺幫的忙！」

李空竹正抱著趙苗兒哄著，聽了他這話，不由得狠皺了下眉頭。趙苗兒見流了血，哭得愈加大聲起來。那撕心裂肺的哭聲，吵得趙君逸很不悅的蹙了眉。

趙泥鰍左右看看，見趙苗兒的血因為哭鬧都蹭到了袖子上，那紅紅黏黏的混著眼淚口水，讓他也跟著害怕得哭叫起來。「哇哇！」

兩小兒一哭，趙鐵蛋這個肇事者也跟著哭起來。他不但哭，還抹著眼睛大叫著。「是妳讓俺幫的！是妳讓俺幫的！」

到底大了一些，這一哭就開始想著要告狀。只見趙鐵蛋哭叫著，一個轉身就掀簾子向屋外跑出去了。「哇哇……娘啊！娘——」

趙鐵蛋一跑出去，幾乎立刻就有罵聲傳過來。「李空竹，妳個賤騷蹄子，連小孩也不放過不成？賤騷玩意兒，遭了天譴的玩意兒，開門，快開門！」

屋裡正哄著人的李空竹聽了，臉色立即沈了下來。

忍著氣怒的抱著趙苗兒，拿自己洗臉的巾子給她小心的擦了嘴唇上的血漬。「不哭了啊？嬸嬸給妳拿山楂條和山楂卷吃，家裡還有，咱們這就去拿。」

被止了血的趙苗兒，一聽有到山楂條吃，頓時就將腫了的嘴唇閉起來，抽噎的點點頭。

「好。」

李空竹見她止了哭，便又對還在抹淚的趙泥鰍道：「先別哭了，你娘在外面叫門哩，跟我出去吧，拿了山楂條就送你過去。」

趙泥鰍在她跟趙苗兒說拿山楂條時，哭聲就小了很多，這會兒聽著她又跟自己說了一遍，這才止了哭的點頭道：「好。」

李空竹抱人出去時，順道摸了一下腰間的荷包。

剛一出來，就見鄭氏跟隻瘋狗似的看著她，不停的吠著。「開門，賤騷蹄子，快開了門！看老娘今兒不打死妳去，妳還敢打我兒子。啊？誰給了妳本事？妳就是大過天去，也不能打我的兒子！」

李空竹懶得看她，皺眉看著還在仰天不停大叫的趙鐵蛋，沈喝了聲。「要不想要了山楂條，就給我閉嘴，滾回去！」

「哇哇——嗚！」正哭得起勁，想找老娘討公道的趙鐵蛋聽了這話，立刻就閉上了嘴。

外邊的鄭氏聽到，更加不得了。「妳個賤玩意兒，還敢吼我兒子？開門，快開門！老娘才不稀罕妳那破玩意兒，把我兒子還給我，快點！」

李空竹簡直快被這瘋婆子給惹毛了，正想發火頂回去時，就見趙君逸從屋中出來，幾步過去，一個單手向上提拉，揪著趙鐵蛋的後脖頸衣襟，直接將他提在了半空。

「啊！娘——」趙鐵蛋受了驚嚇，更加尖銳的大哭起來。

「當家的！」李空竹被他這一動作驚了一跳，怕驚著另兩個小的，趕緊捣了趙苗兒的眼，又拉著趙泥鰍向小屋走去。「走走，快，三嬸給你們拿山楂條吃！」

「趙君逸，你個不得好死的玩意兒。啊！老娘要跟你拚了啊——」

不待她叫喊完，趙君逸已經提著那哭得撕心裂肺的趙鐵蛋，一把扔過了牆，直直的砸到了正在拍門的鄭氏身上。

突來的撞力跟被撞力，讓兩母子一人驚叫著殺人了，另一人則哭得驚天動地，差點背過氣去。

李空竹催著兩小的剛進小屋，轉眸就看到了這一幕，頓時就跟著倒抽了口氣。隔壁院牆的人，在聽到鄭氏不一樣的叫聲和孩子的哭聲也變了後，皆雙雙跑出了院。

一出來，趙金生正好撞見自家大兒子落到自家婆娘身上的情景。

登時就忍不住焦紅了眼，轉頭衝門洞內的趙君逸急急喝問。「老三，你這是有多恨我們？要這麼對待一個不足五歲的娃兒啊！」

李空竹拿了兩包包好的山楂條給趙苗兒和趙泥鰍，哄著兩人出來時，正好聽見這話。

那邊的鄭氏還趴在地上嗷嗷直叫著，這聲聲的鬼哭狼嚎很快又引來一群人圍觀聚集。

「啊？老三！你說啊！我這個做大哥的平日裡待你咋樣，你不會不知吧？你這是啥意思？連我娃兒都不放過，你這是在恨啥啊！」趙金生一把眼淚一把鼻涕的將大兒子從鄭氏背上抱下來，抱著頭蹲在地上，一陣陣的哀聲嘆氣著。

李空竹沈了眼，趙君逸始終淡漠不語。

外面的趙銀生、張氏兩口子看著李空竹子一手抱著自家女兒，一手牽著趙泥鰍走來時，張氏眼神輕閃。

趙銀生在她走近後，在看到自家閨女那高腫的嘴唇時，立即就大叫起來。「老三家的，妳個賤人，妳對我閨女做了什麼？」

李空竹不鹹不淡的看了他一眼，並未理會的走到趙君逸身旁，問他道：「當家的準備怎麼辦？」

「既是不受歡迎，叫來族長除族吧！」

圍觀的眾人跟著倒吸了口涼氣。

正抱著頭的趙金生也驚得抬起了頭，一臉悲憤道：「老三你這是啥意思？用除族來威脅不成？你做錯了事，做哥哥嫂子的還不能要兩句公道話了不成？啊？」

說著，他又一臉淚的悲哭起來。「老三啊，你以前也不是這樣啊，咱們雖說不是一個爹娘生的，可在一起也有個七、八年了吧，你啥時候變得這樣親疏不分了？」

「還不都是從娶了那騷婆娘開始。」鄭氏疼過了一陣，聽了自家男人的話，直接不分青紅皂白，指著李空竹就開始大罵起來。「以前就是個不安分的，俺就說要不得吧。果然吧，騷狐狸的玩意兒，到哪兒都發著騷氣，給自家男人戴綠帽子……啊！」

被罵得氣紅眼的李空竹，實在忍無可忍，將趙苗兒放下，從地上撿了個凍得結實的土坷垃，往她嘴裡就扔過去。

「滿嘴的糞味，還是堵著為好，免得把人給熏暈了。」

第二十五章

鄭氏被扔了帶泥的冰疙瘩，痛得嘴都麻木了。她一邊大吐特吐的連連「呸」了好幾口，一邊更加恨恨的盯著李空竹，正準備還擊時，林氏的聲音卻突然傳進來。

「怎麼，死婆娘妳這是還沒長記性不成？要不要老娘替妳再長長？」不知何時過來的林氏，聽到她又要連帶罵了自家兒子進去，直接捋了袖子，撥開人群就走進來。

鄭氏被嚇得眼皮急跳了幾下，見她正一臉狠戾的盯著自己，就忍不住悄聲的嘀咕幾句。

林氏側耳沒聽清，轉眸就衝著兩房人呸了一口。「莫怪你們掙不到錢，一天天沒事都要找點事來挨罵，活該一輩子吃泥去。老娘兒子、兒媳就跟了這邊怎麼著？實話告訴你們，瞅著那天來的驢車沒？那是在大戶做事的丫頭，是老三家的姊妹，如今人家開了鋪子，拉著老三家的入夥，你們就嚎吧，遲早把剩的那點親情給嚎沒了，有得你們哭！」

她話一落，大房、二房幾人也跟著驚著了。

張氏眼中閃過一絲精明，眼神落到自家小女兒這時正抱著的油紙包上。

想了想，拉了下正一臉氣怒不平的趙銀生，衝他使個眼色，讓他先別衝動。趙銀生這會兒也被開店給震驚到了，見自家婆娘拉他，很快便明白過來。

那邊鄭氏聽後，更加不得了，轉頭指了李空竹的鼻子又開罵。「廢了良心的狗東西，給男人戴綠帽子，又教唆自家男人不跟了自家兄弟親！老天爺啊！祢要有眼，就下個雷劈死他們吧！沒良心喲，俺們一家養了這麼久的人，轉眼就成了白眼狼！」

李空竹冷冷的勾嘴看著，趙君逸亦是平淡的任她叫著，眼睛掃到人群裡擠過來的趙猛子兩口子，便朝他們沈聲道：「猛子去族裡請了族長來，順道把里長也請過來，我要自請出族！」

「趙三哥！」

趙猛子兩口子嚇了一跳，麥芽兒更是伸著脖子，向這兒邊擠邊喊。「趙三哥你可得想清楚了，這不是鬧著玩的。」沒有族人的保護，今後他們又到哪兒去定居呢？

「去！」趙君逸立在那裡，冷淡的給趙猛子下令。

趙猛子見狀，只得無奈的點頭道：「噯，我這就去！」

「不許去！」幾聲大叫異口同聲，除了大房的趙金生跟趙銀生兩兄弟，林氏也跟著叫了不許去。

只見她轉過身，衝著裡面的兩口子道：「有啥事長輩不能作主，鬧啥除族不除族？當初費多大勁才讓你上的族譜，你咋說不要就不要了？你要真看不慣他們，我跟族裡長輩說去，讓他們暫時湊點錢，去村裡給你們找塊地兒，過年融雪後，直接就去那兒修房，可好？」

可不能除族了，這一除族就不屬了趙姓人，以後自家兒子、兒媳讓跟著還行，要不讓跟著了，上哪兒去找這麼好掙錢的活路去？林氏心中雖有些勢利的想法，可她想得了好處，就得幫李空竹他們去鎮著大房、二房。

李空竹如今還不夠除族的本錢，不想因著這事再大鬧一場，毀了名聲。要知道她現下眼看馬上要起飛了，若是這個節骨眼上被除出去，怕到時生意場上人人都可欺了她去。

李空竹轉眸看著趙君逸，走近他，低聲道了句。「當家的，要除族，但不是現在。」要除，也要名聲好、沒人敢說她壞話時。轉眼淡漠的盯著外面那群圍觀之人，她就不信沒有扭轉他們的機會。

鄭氏見她跟趙君逸兩人耳朵貼耳朵的，就忍不住冷哼了聲。「又下迷湯了。」見林氏轉眼橫來，又不滿的嘀咕著。「真當人是傻子哩！」

「閉嘴！」這會兒趙金生也不悲痛了，皺著那粗黑的眉，一張憨厚的臉上滿是深沈的盯著院內的兩人。

院裡的趙君逸聽了李空竹的話，並沒有多少起伏的淡道：「隨妳。」說罷，便轉身回了屋。

李空竹看了眼他大步離去的背影，微微的蹙了下眉尖，將正小心咬著山楂條的趙苗兒抱起來，輕拍著她的背道：「來，妳給妳娘和大夥兒說說妳這嘴是怎麼回事？怎麼破的，照實說出來，嬸子等等帶妳去看大夫。」

吃著甜嘴的山楂條，暫時忘了痛的趙苗兒聽了她的話，點點頭道：「三嬸讓俺們上炕暖著，大哥跑得快，先上了炕，三嬸讓他幫俺們。結果，大哥就抱俺的腿，這樣……俺就磕著了。娘——痛痛！」

她奶聲奶氣的邊說邊比著趙鐵蛋摔她的動作，一想起剛才的情景，又覺著痛的開始哭著找起娘來。

李空竹抱著她向那邊走，對外面有些驚著的幾人道：「我還沒怎麼說著他哩，他倒好，哭得比人受傷的還大聲，跑到外面大哭告狀，指著說是我讓他幹的。這是什麼樣的大人，竟教出這樣撒謊的兒子？」

趙金生被說得臉白一陣紅一陣，鄭氏依舊梗著脖子道：「要不是妳讓幫一把，他能去幫？說到底，還不是妳讓的！」

「妳倒是會強詞奪理，倒是妳兒子怎麼都不會錯了？」

李空竹將院門拉開來，張氏立即就衝過來接手自己的小女兒。忍著心頭的不滿，臉上笑得溫和道：「小娃子間的鬧事罷了，我還當咋回事了。老三家的，妳別多心了啊！」

「到底是我沒看嚴實。」李空竹從腰間拿出荷包，從裡面拿半串錢出來。「以後娃子要來吃東西，讓她過來就是，用不著守在門口，臉都凍僵了，不知道的，還以為我這做嬸嬸的有多狠心。」

張氏被說得心頭氣恨，面上卻露著尷尬道：「就尋思著平日老見不著人的，大嫂隨口說了兩句，哪知這幾個娃兒就非要執拗的等哩。」

那邊的鄭氏見她掏錢給了二房，就忍不住拔高音的叫道：「我這腰怕是讓你們砸斷了，不能就這麼白白的打砸了，拿了銀子來，俺要看大夫去！」

李空竹冷眼看她，對她懷裡的趙鐵蛋道：「你以後不准來這邊，泥鰍可以。」

「憑啥！」

果然是兩母子，連說話的腔調都一樣。李空竹看看兩人，又看看趙金生，道：「沒教好的娃兒，我可不敢讓來了我家玩，要是以後再出點啥事，怕是房子都能給我燒了呢！」

一些圍觀的人也聽出味兒來了。敢情就是幾個娃兒鬧著玩，惹出的一點事，這鄭氏一副全家被殺的樣兒，不明就裡的，還真以為趙老三兩口子把幾個娃兒給打了。

圍觀的眾人開始小聲議論著，有那精明的看向麥芽兒兩口子時，甚至還有些悔意。早知道以前就不那麼帶著有色眼睛看人了，多跟著走動走動，說不定不能吃著肉，好歹喝點湯還是可以的。唉，也不知以後有沒有這個機會了。

鄭氏聽著眾人的議論，氣得咬牙切齒，拉著兒子站起身，拍著泥，一副理直氣狀的樣子。「我不管那麼多，反正若不是妳這個大人發話，他能去做？俺的兒子，俺知道哩，妳少他娘的在這兒打馬虎眼，拿著吃食指使小娃兒亂說，妳真當人信哩！快拿銀子過來，我這腰都斷了，怎麼也得一兩才行！」

眾人又是一口涼氣吸進。這鄭氏還真敢獅子大開口啊！

「妳的腰斷了？斷哪兒了？讓老娘來給妳檢查檢查！」林氏看不慣她那樣，拍了兩下手，就又要走過來。

「咋地，妳還敢來啊？來來來，妳要再打老娘一下，俺就賴死到妳家去！」她一副就是受了腰傷的彎著腰，梗著脖子一副死豬不怕開水燙的樣兒，讓林氏倒真不太好下手。

「當真斷了嗎？那二嬸替我檢查檢查。若斷了的話，我養她炕吃炕拉一輩子；要沒斷，妳照著幫我給她打斷了，我照樣養她炕吃炕拉一輩子，還天天大魚大肉伺候著！」李空竹當即放了狠話，眼神冷冷的看著鄭氏，道：「在場的大夥兒也正好都作證，我說話算數，只要她腰真的斷了，我立刻將她接我家炕上養著去。」

「妳個死婆娘，妳好歹毒的心，咋地？妳這是巴不得想早早弄死我！天啊！」見鄭氏一副又要哭鬧的模樣，李空竹徹底沒了耐心。「再鬧，就徹底斷了關係，我便是出去沒族人可護、賣身為奴了，也再不留在這裡！」說完，她準備再次關了院門。

那邊的麥芽兒見狀，拉著趙猛子趕緊擠過來對林氏道：「娘，這事妳幫著辦吧，俺們還有大事要幹哩。那惠娘掌櫃讓做些山楂出來，說是小年的時候要給府城大戶送去哩！」

眾人一聽府城二字就不得了了。要知道那裡的大戶平日裡看都看不到的，聽說個個都富得流油。這要真是賣去府城的大戶裡，那以後，這趙老三家的，可真就要發達了啊！眾人想著的同時，跟著又低聲議論起來。

張氏跟趙銀生的眼皮狠狠的跳了幾下，趙金生也皺了眉頭，向門裡看去。

那邊的林氏聽了，直接揮手道：「交給我吧，老娘保管收拾得服服貼貼的。」她又似故意炫耀一般的大聲道：「你們只管好好做，再下次，怕就不只賺二兩銀子回來了！」

李空竹皺了下眉。人群中果然又再次議論起來。

麥芽兒給了她一個無奈的眼神，卻又不得不回了林氏的話。「知道了。」

李空竹讓趙猛子幫著把門拉上，人群裡有人見她轉身要回屋，就趕緊問了聲。「那個趙老三家的，妳家接了這麼大的活兒，以後能忙過來不？」

一些眼色快的也跟著反應過來，紛紛問著能忙過來不？

李空竹忍著心下厭煩，嘆了一聲。「如今還不知道咋樣哩，先走一批看看能不能得了大戶的喜歡，若是成功的話，大戶要得多，到時再跟我那好姊妹商量看看要不要人？畢竟，我只管送貨，人啊物啊，都是她在管哩。」

「這樣啊！」眾人有些失望，又不死心的道：「那到時，妳那姊妹若要挑人，妳能幫著說兩句好話不？咱們鄉里鄉親的，平日裡也常來往的，總得占點先吧！」

李空竹抿著嘴，笑不吭聲。

麥芽兒則一臉鄙夷的看向眾人。常來往？連根毛都沒拔過的一群人，這是見著好又想往上貼哩！李空竹見趙猛子把柵欄重掛好了，便轉身不再相理的向主屋行去。

眾人見她不答話就回了屋，雖心中有些不滿，到底也知是平日裡自個兒冷淡引起的。一些心思活的，甚至想著回家商量看看，到時要不提點啥的來串個門，把往日裡的冷淡關係看看能不能試著補點回來？

李空竹一走，也就沒了吵架觀看的必要，林氏杵在那兒，鄭氏就是想鬧也鬧不起。聽著外面的聲音漸漸小了，麥芽兒掀簾，見大房、二房的人也罵罵咧咧的回了隔壁。

就轉身拉著還沈著個臉的李空竹，道：「也就妳心好，是我，幹啥理他們呢？整著孩子來套東西！」

李空竹抿著嘴沒有吭聲。在她心裡，幾個三、四歲的娃兒就是個啥也不懂的孩子，自己就算跟那兩房人再不對付，也沒必要把氣撒在孩子身上。不過是一口吃的，自己又不是出不起，何苦要做了那小氣勁？

嘆了一聲，揮揮手道：「算了，成天惹不完的氣，懶得理了去。」

「倒也是！」麥芽兒見她想通了，就跟著說去山上摘果的事。「俺跟當家的一過來就碰到了這事，虧得俺當時機靈，跑回去叫了俺婆婆的過來，不然，怕得鬧到下晌也不見停的，那果子怕也摘不成了。」

李空竹看了眼放在屋裡的背簍，問趙猛子：「山上能找到的還有多少？到時得做去集上賣的也不少，若是順利的話，怕是府城那裡的單子更大。」

「這事兒嫂子放心，這北山山頭大著哩，俺跟著獵隊跑了好些年的，哪些地兒有都知道。」

李空竹點頭。「既然如此，深山裡的先別採了。」

「啊？為啥啊？」麥芽兒兩口子很不解的看著她問。

李空竹笑了笑。「咱們趁著看看有沒有能收到的？」說著看向趙猛子道：「你也說了北山這麼大，那遠的深溝裡的地方，指不定還有消息沒傳到地兒的。你今兒先上山摘些給府城做樣兒的果子回來，後面便試著去租趙大爺的牛車，到幾里開外的小山村找找，若能找到，能收多少先暫時收多少。咱們要開始做過年的買賣了！」

「這個好！」趙猛子點頭。這樣一來，深山裡沒採的也就能存起來了，到時若真的府城做大了，也不怕沒貨供了。

幾人商量好後，趙猛子便揹著背簍準備出發。

李空竹看向從剛剛她說不除族就進屋來的趙君逸，見他也正看著自己，就趕緊扯了個笑，問：「當家的要去嗎？」

「……嗯。」男人淡然起身。「走吧。」

李空竹跟麥芽兒見狀，兩人也跟著起身，送他們出去。

已經出得門口的趙君逸，用眼角掃向那立在門邊的俏麗女子。這一次，她沒再讓他出手，而是用自己的辦法解決。不讓除族，怕是也要用她自己的手段去達到吧！

心下嘆了口氣，這樣也好，鍛鍊多了，以後心智也會更加穩重成熟了。

惠娘的動作很快，在說好的第二天，一早就跟她男人李沖坐車趕過來。拿著買來的大包冰糖跟羊羹，問著可是一天能做好？如今已經二十一了，要想小年時送去府城，就得明兒早早過來拿貨走。

李空竹點頭說差不多。如今天這麼冷，那山楂糕晾不了多久就能好的。

當天惠娘跟她男人便決定留在這裡，李空竹找來麥芽兒兩口子，將兩人安排去了趙猛子家。一些村人一直在暗中觀察著，見到那驢車又來了，心中僅存的一點疑惑也都消了去。

林氏把人安排到她家的東廂那裡，趁著白天那兩口子在李空竹那兒的時間，出去跟村人聊天的口氣中都透著得意。一些村人看了，又是嫉妒又是酸意滿滿的，有些不是滋味。

李空竹這邊，本以為拿著羊羹跟冰糖能好好動手開做了。

哪承想，惠娘他們才到這兒坐一會兒，就有村人陸續前來叫門。一些婦人以著客人上門，她們沒菜為由，提著籃子，不是送花生，就是送番薯。

李空竹看著她們，心頭明鏡似的，好不容易將人打發走了，卻見仍有人還徘徊著伸脖望的。耐著性子待她們都遠去後，卻又見隔壁有了動靜傳來。來的又是三個小兒。

李空竹皺眉，對趙苗兒和趙泥鰍道：「明兒你們倆過來，今兒有客人，不方便進。」

「俺娘說就是要趁客人在才能吃到好吃的！」一旁的趙鐵蛋開始不滿的噘起了嘴。

李空竹看著他肅了臉。「不記得昨兒我的話了？我說了，從今以後不准你再來這邊！要吃讓你娘拿錢來買！」

「三嬸妳偏心，為啥他們能來，我就不能來了？」趙鐵蛋跳腳，擦著凍出的鼻涕又開始大叫起來。

「為啥？昨兒你做了啥事不知道？」

「那是妳指使俺幹的！」

見他一副不服還梗脖的樣子，李空竹簡直要氣笑了。交代了趙苗兒跟趙泥鰍，讓明兒過來，便不再相理的向廚房行去了。

趙鐵蛋見她到最後都沒說讓他去，就咧了嘴，一巴掌搧到自家弟弟身上，邊哭邊向自家跑去，喊道：「娘！娘——三嬸不讓俺去！她讓泥鰍跟苗兒明兒過去，不讓俺去哩！」

「死賤蹄子，她憑啥？都是一樣的娃兒，憑啥要區別對待？」

外面挨了巴掌的趙泥鰍不敢吭聲，癟著小嘴站在那裡，不停掉著眼淚。趙苗兒見了，就上前伸著小胖手，給他抹著淚兒道：「不哭啊二哥，明兒咱們不帶他去，三嬸不喜歡他哩！」

「嗯。」趙泥鰍擦著眼淚，聽著院裡的娘還在罵三嬸，就覺著自家的娘真是好壞。人家三嬸每次見了他們，都會拿吃的給他們，也不凶他們，一點也不像娘，只知道罵人和打人。

李空竹再次回到小廚房後，麥芽兒就趕緊圍過來問道：「走了？」

「嗯，剛說走，隔壁幾個娃兒也來了，都讓回去了。」李空竹攪動著大鍋中的山楂，見差不多了，就舀出來放盆裡，叫另外兩位男人端去攪碎，又燒了另一鍋，開始熬起糖來。

麥芽兒聽了很不屑的癟癟嘴。「這幫子人，這是見著好了就上趕著來巴結呢，連著那邊也開始用娃兒來套路子不成？」

「小娃子而已，吃不了多點兒，沒必要計較。」

麥芽兒見她不在意的樣兒，忍不住開口勸道：「小娃子也不能小看了，誰知道在這兒看著了啥，轉過頭就給大人學了，到時要真學了啥要不得的事情，就是後悔都晚了。」

「我知道哩。」李空竹將冰糖下到鍋裡，笑道：「能教好的就帶過來教教；教不好的，就隔遠著，我也沒義務去教。」

麥芽兒一臉的不可思議。「妳還要給人教孩子啊！」

「呵呵——」李空竹笑得輕快。「反正家裡也冷清得很，有孩子鬧著多好玩啊！」

上輩子一個人住了那麼多年，實在是受夠了那股冷清，這輩子又跟了這麼個冷情的男人，若想家裡熱鬧點，還是多幾個孩子鬧著好。

何況跟那兩房人再鬧再僵，人不要了臉皮，那是想躲都躲不開的。

——未完，待續，請看文創風523《巧婦當家》2

寵妻指數★★★★

文創風 518-521《嬌妻至上》全套四冊 5/2陸續出版

撲朔迷離的重生之祕，唯妻是從的愛情守則／東堂桂

她雖是將軍府大小姐、嫡長女，
卻是爹娘不疼，連庶女都爬到她頭上！
要不是她大病一場重生醒來，現在還任人捏圓搓扁、委曲求全，
如今有機會改變命運，她絕不再傻傻等待，
只求能掙脫家的束縛……

池榮嬌這名字，據說是出生時祖父滿心歡喜，說幸得嬌嬌，取名榮嬌……
可為何大病重生之後，記憶裡只有父親不疼、母親憤恨、祖母不喜，
池家大小姐過得比家裡的下人還不如，連庶妹都敢欺負她的人！
病後重生讓她領悟，親情既然求之不得，那便不求了，
加上母親把她的婚事當籌碼，她更不想如從前那般委屈退讓，
總得適時保護自己、掙回嫡女的臉面，可她也是母親親生女兒，
為何三個哥哥都備受疼愛，只有她被冷落，甚至眾人也任她受母親折磨？
再者病癒之後，她腦子裡常冒出一些稀奇古怪的想法，
而夜裡，總有個自由奔放的身影在夢中出現，
彷彿身體裡還有另一個恣意的靈魂，教她嚮往著掙脫牢籠，
但現在的她身無分文也無一技之長，何來本錢離家？
只好先改裝出門瞧瞧有什麼賺錢門道，可錢還沒賺，就先惹禍了……

♥♡ 獨愛限定 ♡♥ 原價250元/本，**週年慶特價188元/本**

閃婚嫁對人指數★★★★★

文創風 522-525《巧婦當家》全套四冊 5/16陸續出版

半掩真心，巧言挑情／半巧

家裡窮？
瞧她慧心巧手、生財之道一把罩，
誰說只有大丈夫才能當家？

才穿越就被迫閃婚?! 李空竹糊裡糊塗地嫁給趙家養子趙君逸，
方弄清原身的壞名聲，就見丈夫的兩位養兄趕著分家，
瞧著屋旁砌起的土牆、空蕩蕩的家，以及鼻孔朝天對她不屑一顧的夫君，
她憋著口氣，立志讓日子好過起來。
好容易做了些小生意，誰知分家的養兄們總想著來占便宜，
幸虧這便宜相公冷歸冷，還是懂得親疏遠近，
但是他一個鄉野村夫，竟是身懷武功，莫非有什麼難言之隱？
本想向他探個究竟，可那雙黑黝黝的冷眼使她打退堂鼓，
也罷，她一個聲名有損的女人，尋思著多掙些錢，有個棲身之所便是。
誰知他又是口不對心地助她，又是偷偷動手替她出氣，
原以為這是先婚後愛、日久生情，孰料他若無其事地退了回去，
這還是她兩輩子頭一回動心，她可不願迷迷糊糊地捨棄，
鼓起勇氣盯著那冷面郎君，她直言道：「當家的，我怕是看上你了，你呢？」

♥♡ 獨愛限定 ♡♥ 原價250元/本，**週年慶特價188元/本**

真心換深情指數★★★★

文創風 526-527 《吾妻不好馴》 全套二冊 6/6出版

嬌妻不給憐，纏夫偏要黏／岳微

聽聞夫君心中另有所屬？沒關係，她沒打算談情説愛；
老夫人跟大房不待見她？無所謂，她無意當賢良媳婦。
反正她嫁入高門僅是衝著「侯爺夫人」的頭銜，
哪曉得這枕邊人當初指名要娶她，竟是別有隱情……

歐汝知借屍還魂為商賈之女衛茉，
滿心滿眼就是為家族通敵罪狀翻案這等大事，
可從一名習武女將換成這副病秧子皮囊，
猶如虎落平陽，難展拳腳啊……
正當她不知該從何起頭時，
恰逢靖國侯趕著上門提親求娶她，
命運都向她伸出了橄欖枝，
她當然得把握機會，嫁入侯門！
所幸老天爺待她不薄啊，
這丈夫平時總小心翼翼地呵護她，還能替她治療寒毒，
更重要的是，他竟是替歐家翻案的同道中人！
遇上如此義氣相挺的良人，她再冷傲的心也被捂熱了……

♥♡ 獨愛限定 ♡♥ 原價250元/本，**週年慶特價188元/本**

你可能會喜歡

不只是說故事，還教妳過人生的另一種方式

帶妳品嚐愛情的單純美好

一穿越就遇上稀奇事?!

老闆～來一客甜味小品！

先下手為強才是真、男、人！

折扣懶人包

來來來！其他優惠照過來！

6折	75折
文創風001~290、花蝶001~1622	文創風291~517
采花001~1264、橘子說001~1176	橘子說1177~1248

最愛小狗章

5本100元： PUPPY001~354、小情書全系列
4本100元： PUPPY355~474

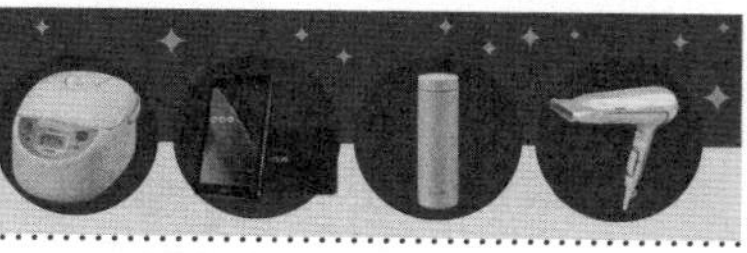

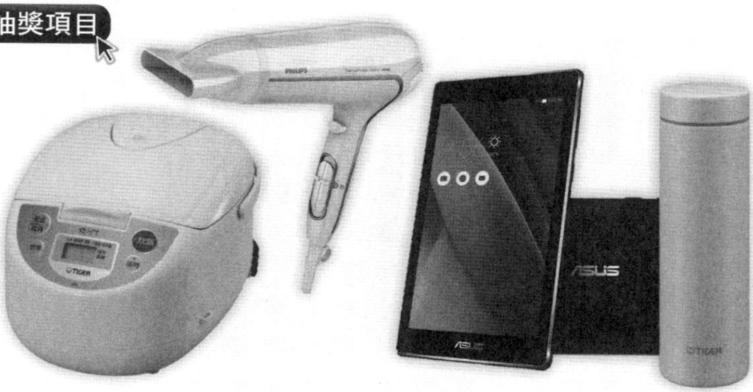
PHILIPS
ASUS
TIGER

為流浪貓狗加油 和貓寶貝 狗寶貝

廝守終生(一定要終生喔！)的幸福機會

對人來說，貓寶貝狗寶貝只是生活的一部分，但妳（你）對牠們來說，卻是生活的全部，領養前請一定要考慮清楚——

▲ 喜歡「愛的抱抱」的小女孩　黑美

性　　別：女生
品　　種：米克斯
年　　紀：1歲半
個　　性：溫柔、可愛、親人
健康狀況：身體健康，2016年8月已接種疫苗
目前住所：台中市霧峰區

本期資料來源：台灣認養地圖

『黑美』的故事：

某天，中途看見四隻小黑狗在國道下方路段的車潮間奔跑著，由於太過危險，便下車向路邊攤商詢問，這才知道是被人整箱遺棄的小幼犬。於是，中途將牠們帶回照顧，就這樣，被拋棄的四個孩子有了安身之所，黑美就是其中最溫順的一隻毛寶貝！

黑美的體型在中途的狗園中算是嬌小玲瓏，連頭都只有人掌心般的大小，接近小型犬，所以容易被幾隻調皮的狗兒逗弄。可是這並不影響她樂天派的性格，牠依舊很開朗，天天與其他同伴們在空地上奔跑、嬉戲，或是咬著不知從哪兒來的抹布、湯匙，不是把這些當寶貝一樣護著，就是和其他狗兒玩起你追我跑的搶奪遊戲，令人覺得有趣又可愛。

而每當看到有人接近時，黑美的神色會顯得額外興奮，但是在行動上卻很柔順——兩腳站起，貼在人的身上討抱，若此時你移動幾步，牠的小腳還是會貼在你身上，繼續移動牠的小步伐緊緊相隨，這樣的萌樣讓人都忍不住想多抱牠一會兒。因此，要是黑美非常輕柔的巴在你身上時，就表示牠想抱抱了！

溫和的黑美對人較倚賴，也較不適合狗園裡的群體生活，因此中途希望能替牠找到一個溫暖舒適，又充滿愛的家。如果有拔拔或麻麻願意給黑美一輩子「愛的抱抱」，請來信leader1998@gmail.com（陳小姐），或傳Line：leader1998，或是搜尋臉書專頁：狗狗山。

認養資格：

1. 認養者須年滿20歲，有獨立經濟能力，並獲得全家人的同意。
2. 須同意簽認養寵物切結書，並能讓中途瞭解黑美以後的生活環境。
3. 同意送養人日後之追蹤探訪，對待黑美不離不棄。
4. 同意讓黑美絕育，且不可長期關、綁著黑美，亦不可隨意放養。
5. 為讓中途對您有更深入的瞭解，中途會先有份線上問卷請您填寫。

來信請說明：

a. 個人基本資料：姓名、性別、年齡、家庭狀況、職業與經濟來源等。
b. 想認養黑美的理由。
c. 過去養寵物的經驗，及簡介一下您的飼養環境。
d. 若未來有當兵、結婚、懷孕、畢業、出國或搬家等計劃，將如何安置黑美？

風 文創 522

巧婦當家 1

國家圖書館出版品預行編目資料

巧婦當家 / 半巧著. --
初版. -- 臺北市 : 狗屋, 2017.05
冊 ; 公分. --（文創風）
ISBN 978-986-328-727-8（第1冊 : 平裝）. --

857.7 106003601

著作者	半巧
編輯	林俐君
校對	黃薇霓　簡郁珊
發行所	狗屋出版社有限公司
地址	台北市104中山區龍江路71巷15號1樓
電話	02-2776-5889～0
發行字號	局版台業字845號
法律顧問	蕭雄淋律師
總經銷	知遠文化事業有限公司
電話	02-2664-8800
初版	2017年5月
國際書碼	ISBN-13　978-986-328-727-8

本著作物由北京黑岩信息技術有限公司授權出版

定價250元

狗屋劃撥帳號：19001626

網址：love.doghouse.com.tw　E-mail：love@doghouse.com.tw